Romance Real

Também de Clara Alves:

Conectadas

CLARA ALVES

Romance Real

SEGUINTE

Copyright © 2022 by Clara Alves

O selo Seguinte pertence à Editora Schwarcz S.A.

Grafia atualizada segundo o Acordo Ortográfico da Língua Portuguesa de 1990, que entrou em vigor no Brasil em 2009.

capa e ilustração de capa Isadora Zeferino
preparação Sofia Soter
revisão Valquíria Della Pozza e Luciane H. Gomide

Dados Internacionais de Catalogação na Publicação (CIP)
(Câmara Brasileira do Livro, SP, Brasil)

Alves, Clara
   Romance real / Clara Alves. — 1ª ed. — São Paulo : Seguinte, 2022.

   ISBN 978-85-5534-204-2

   1. Ficção brasileira I. Título.

22-105028   CDD-B869.3

Índice para catálogo sistemático:
1. Ficção : Literatura brasileira B869.3

Eliete Marques da Silva – Bibliotecária – CRB-8/9380

3ª reimpressão

Todos os direitos desta edição reservados à
editora schwarcz s.a.
Rua Bandeira Paulista, 702, cj. 32
04532-002 — São Paulo — sp
Telefone: (11) 3707-3500
www.seguinte.com.br
contato@seguinte.com.br

Para você, que sempre teve o protagonismo nos contos de fadas negado.

Espero que consiga se enxergar nesta história e sonhar com seu próprio felizes para sempre.

Príncipe Arthur pode estar tendo um caso!
por Chloe Ward

O duque de York tem dado o que falar. Segundo fontes, o príncipe Arthur anda se encontrando com uma mulher ainda não identificada. Durante a corrida de Ascot, realizada no sábado, o filho da rainha Diana foi visto se isolando do evento em um cômodo particular, acompanhado de uma mulher desconhecida — apesar de ter comparecido ao evento com a indiana Tanya Parekh, com quem é casado há quase dez anos.

"Arthur tem andado muito estranho. Ele sai furtivamente do palácio, é flagrado em lugares incomuns para a família real, e na semana passada todos ouviram uma discussão exaltada entre ele e a duquesa", revelou uma fonte próxima ao casal.

Sabemos que não são apenas os plebeus que sofrem com infidelidade. Pelo contrário: os relacionamentos reais são marcados por polêmicas, sendo a mais conhecida a traição do falecido rei Oliver à sua então esposa, rainha-mãe Daisy.

Mas a história do príncipe Arthur com Tanya Parekh tem sido vendida como um conto de fadas da vida real desde que assumiram o relacionamento. Será que as badaladas da meia-noite estão prestes a transformar nosso príncipe em um sapo?

1

And I'll be gone, gone tonight
The ground beneath my feet is open wide
"Story of my life"

As turbinas do avião soaram mais agressivas no momento em que a luzinha se acendeu acima da minha cabeça. Tentei espiar pela janela, mas a persiana estava quase completamente abaixada e o passageiro ao lado, dormindo. Como alguém consegue dormir com o barulho e a tremedeira do avião servindo de lembrete constante de que estamos a quilômetros de altitude? Era uma incógnita para mim.

Eu já tinha ouvido minha vó contar várias histórias de suas viagens de avião no século passado, e tudo sempre parecera glamoroso.

Não tinha nada de glamoroso em andar de avião.

A poltrona era apertada demais, e eu tinha passado boa parte do trajeto com a barriga quase esmagada pelo cinto de segurança curto até uma aeromoça perceber meu incômodo e me oferecer um extensor. Sério, por que não avisam para as pessoas gordas já no *começo* da viagem que existe um extensor?

Eu tinha escolhido a poltrona do corredor porque ficara com medo de atrapalhar as pessoas na hora de levantar — sou uma maria-mijona, era óbvio que ia acontecer. Só havia esquecido que, sentada na ponta, as pessoas *me* atrapalhariam. Além disso, o banheiro era minúsculo e eu mal conseguia me equilibrar meio agachada sobre a privada, tentando evitar que o xixi escorresse pela perna.

Quando as rodas tocaram o chão, fazendo o avião inteiro quicar, as malas dançarem no compartimento superior e meu coração quase ir à boca, tudo em que eu conseguia pensar era chegar em casa e tomar um banho.

O problema era que eu não estava indo para casa. E não voltaria para casa por um bom tempo.

Me forcei a empurrar o pensamento para o Arquivo Mental de Coisas Em Que Não Posso Pensar Para Não Surtar e puxei minha mochila do bageiro enquanto esperava a fila de passageiros no corredor começar a se mexer. Esperei *sentada*, óbvio, por mais que o dorminhoco da janela e a mulher entre nós — que passara tanto tempo da viagem digitando no notebook que eu ainda conseguia ouvir o tec tec — já estivessem de pé, apoiados na poltrona da frente, como se qualquer segundo que economizassem fosse poupar dez anos de vida.

Eu deveria aproveitar o momento para tirar o celular do modo avião e avisar meus avós que tinha chegado bem. Eles deviam estar ansiosos, à espera de notícias. Mas nem tirei o aparelho da mochila. Ainda não conseguia falar com eles.

Quando a fila ao meu lado começou a andar, em vez de tentar me espremer por entre os passageiros, esperei até que o corredor ficasse livre para levantar. Podia sentir dois pares de olhos me fuzilando.

Eu mesma não estava com nenhuma pressa de sair do avião. Por pior que as últimas doze horas tivessem sido, sabia que ainda eram muito melhores do que o que me aguardava lá fora.

Infelizmente, quando a fila diminuiu, não tive escolha a não ser seguir os últimos passageiros em direção à escada de alumínio que me levava à pista de pouso, onde teríamos que pegar um micro-ônibus. Naquele momento, enregelada pelo vento frio daquela cidade cinzenta mesmo no fim da primavera, fui tomada por uma constatação chocante.

Eu odiava Londres.

Nunca, em toda a minha vida, pensei que diria aquilo. Mas... para tudo tem uma primeira vez, não é?

E, veja bem, sempre amei a Inglaterra e desde que me tornei fã da One Direction, conhecer o país virou o meu maior sonho (eu sei, sou um clichê ambulante — também amo tomar café na Starbucks e usar coque frouxo enquanto leio fanfics). Eu amava o frio. Amava o fato de que a cidade tinha um café a cada esquina. Toda vez que pensava em ir para Londres, meu peito formigava de empolgação. E, mesmo que a One Direction estivesse num hiato interminável, eu ainda podia sonhar com um *comeback* emocionante sendo anunciado coincidentemente no período da minha visita, com um daqueles shows enormes em Wembley e, quem sabe, até um *meet & greet*. Se tivesse sorte, poderia esbarrar com Harry e Louis, meus preferidos do grupo, andando por aí!

Mas a cidade tinha passado a representar minha nova vida. Tudo, desde os mínimos detalhes da minha rotina até as coisas mais importantes, tinha ficado para trás, no Brasil: meus amigos, minha escola, meus avós, minha mãe. Ou, mais precisamente, a *memória* da minha mãe. O sofá onde nos deitávamos para ver novela. O canto da mesa ao qual ela sempre se sentava para falar com os clientes e catalogar as encomendas. Sua cama, para onde tantas vezes fugi quando não conseguia dormir. Tudo o que me fazia lembrar dela... ficara para trás junto à vida que eu amava.

A pior de todas as coisas ruins na minha mudança para Londres, porém, era o homenzinho irritante que acenava para mim por trás das portas deslizantes do desembarque: Roberto, meu pai.

Apesar de fazer mais de dez anos que eu não o via, era impossível confundir. Roberto tinha os mesmos trejeitos exagerados que eu, nossos cabelos castanhos, encaracolados e grossos só difeririam na altura — os dele, mais curtos; os meus, no ombro —, e o sorriso que ele me dava era o mesmo que eu veria num espelho.

Não que eu sentisse vontade de sorrir naquele momento.

Ele não se importou com isso quando parei ao seu lado, empurrando o carrinho com as minhas malas.

— Uau, Dayana! Olha como você cresceu! — Roberto me segurou pelos ombros para me admirar. Como se o que eu me tornara fosse mérito seu. — Caramba, nem acredito que você tá aqui!!

Ele parecia tão empolgado que todas as suas frases terminavam assim! Cheias de pontos de exclamação!

Aquele saco de chorume falso parecia ter esquecido que havia abandonado minha mãe e a mim dez anos antes para ganhar a vida no exterior. O que significava que, aos dezessete anos, eu já tinha passado mais tempo sem nem ver a cara desse homem do que com ele.

É claro que ele não tinha sumido por completo — minha mãe nunca teria deixado que levasse sua vidinha boa na Europa enquanto ela penava para criar uma filha sozinha. Ele mandava dinheiro quando as coisas não estavam "difíceis demais" e ligava em datas comemorativas, tipo meu aniversário e Natal.

Mas só.

Pois é.

Nada como o amor paterno.

Uma pequena parte de mim se sentia vingada por ele estar sendo obrigado a cumprir a função de pai depois de tanta negligência. Mas a parte maior estava consumida pela dor de todas as perdas que eu continuava sofrendo. Como eu conseguiria morar com aquele homem e olhar para a cara dele todos os dias pelos próximos anos? O homem que tinha me abandonado quando eu ainda era criança e arranjado uma nova família no exterior? O homem que me encarava sorridente no aeroporto, como se fôssemos pai e filha de verdade, e não dois desconhecidos?

Sem corresponder à empolgação, trinquei a mandíbula e apertei a barra do carrinho com mais força.

— Pois é, nem eu acredito que tô aqui — retruquei, entredentes, mas ele não ouviu o amargor na minha voz, ou fingiu não ouvir, pois apenas pegou a alça da minha mochila, segurou a barra do carrinho e me levou na direção do estacionamento, falando sem parar sobre quanto estava animado por me ver e ansioso para me apresentar Londres.

Caramba, era assim, então? Depois de dez anos de abandono, ele não tinha nada para dizer? Um pedido de desculpas? Um "sinto muito por tudo o que aconteceu"? "Sua mãe morreu, mas estou ao seu lado agora"?

Todas aquelas questões começaram a borbulhar dentro de mim como se eu fosse um poço sem fundo de fúria e ódio. Eu queria virar um vulcão e expelir a raiva para todo lado, sem me importar com quem ia atingir. Tenho orgulho de dizer que consegui me conter. Pelo menos até o carro estacionar em uma rua residencial, na frente de uma casinha branca geminada com a porta aberta.

Foi então que dei de cara com duas mulheres sorridentes — mãe e filha paradas no hall de entrada, me encarando cheias de expectativa fingida, como se fôssemos uma grande família feliz. Como se eu estivesse indo passar férias em Londres.

— Oiii, *sweetie*.

Mal subi os degraus e a voz estridente de Lauren me atingiu e fui puxada para um abraço. Sem me soltar, ela me levou para dentro, a filha em nosso encalço sem dizer uma palavra.

— Que bom que você chegou! Estamos tão *excited* de receber você! Você vai amar *London*!

Roberto veio arrastando minhas malas pesadas atrás de nós. Do quintal nos fundos da casa, um latido anunciava a presença ilustre do Ruffles, provavelmente o único ser daquela casa com quem eu me daria bem. Já tinha visto o terrier escocês em algumas das (raríssimas) chamadas de vídeo e meu pai falava dele vez ou outra, mas eu havia esquecido completamente da sua existência enquanto me afundava em autocomiseração pela perspectiva da mudança.

— Esse é seu quarto.

Roberto colocou as malas no cômodo ao lado da sala, mas eu nem tive chance de segui-lo para me refugiar ali, porque continuava presa no braço de Lauren, tendo que ouvir sua tagarelice sobre como Londres era perfeita.

Eu tinha falado com Lauren algumas vezes ao telefone. Minha mãe e eu ríamos do seu jeito afetado, misturando inglês e português, e zombávamos do tom falso em sua voz toda vez que ela conversava comigo como se fôssemos melhores amigas. Como se eu não ouvisse os seus sussurros intrometidos do outro lado da linha quando meu pai pegava o telefone para perguntar se eu estava precisando de alguma coisa. Materialmente falando, é claro, pois essa era a única coisa que ele podia me oferecer.

Por causa dessa falsidade óbvia, a piada interna lá em casa era chamar Lauren de Lauriane.

Eu deveria estar me divertindo por conhecer Lauren pessoalmente. Deveria estar contendo uma gargalhada com seu discurso sem fim. Deveria estar anotando mentalmente todas as coisas que poderia contar para minha mãe no telefone mais tarde para que ríssemos mais um pouco.

Mas não fiz nada disso.

Primeiro, é claro, porque não estava achando a menor graça.

Segundo, porque não haveria ligações para minha mãe mais tarde — nem nunca mais.

Então ninguém pode me culpar por ter explodido de repente, quando Lauren virou uma metralhadora de bosta insensível e começou a falar sobre as viagens que estava planejando para a gente, inclusive para a Eurodisney.

— Será que dá para você calar a boca?! — gritei tão alto que senti minha garganta arranhar.

Me contorci para me soltar do seu braço e fiquei de frente para ela.

Meu pai tinha acabado de voltar à sala, e o barulho de seus passos cessou, junto a qualquer outro ruído dentro da casa. Até os latidos do Ruffles pararam, e o cômodo ficou muito silencioso. Todos me encararam com surpresa por um segundo.

— Não quero ir pra Disney! Não quero morar em Londres! Não quero nada dessa merda de família!

Quase bati o pé ao final, tamanha minha frustração, mas não queria parecer uma garotinha mimada, então me contive.

— Dayana, olha como você fala com a Lauren! — meu pai interrompeu, sério pela primeira vez desde que o encontrei no aeroporto.

Virei e dei de cara com sua expressão severa. Seu olhar era intimidador, mas nem isso foi capaz de me parar.

— Eu falo do jeito que eu quiser! Quem você pensa que é pra mandar em mim? Você não tem moral nenhuma pra querer me educar.

— Vi o exato momento em que ele fraquejou. Sua postura deixou de ser tão ameaçadora; seu olhar dardejava de mim para Lauren, e então para Georgia, sua enteada, que permanecia calada vendo toda a discussão com as sobrancelhas arqueadas. Ele abriu a boca para responder, mas a fechou antes de falar qualquer coisa. E aquilo me deu mais força para continuar: — Você abandonou a gente, sumiu da minha vida, nunca quis saber droga nenhuma da própria filha e, agora que eu fui o-bri-ga-da — falei bem pausadamente — a vir pra cá, quer dar uma de pai? Me poupe!

— Eu... Você não... — ele gaguejou.

Antes que qualquer um de nós dois conseguisse continuar, Lauren nos interrompeu:

— Não vamos admitir esse tipo de comportamento nesta casa, Dayana.

Ela estava com um olhar sério e a voz dura. Seu pulso firme era idêntico ao da minha mãe. Mas aquilo era como uma imitação barata da pessoa que eu mais amava no mundo. Da pessoa que não estava mais presente na minha vida. Talvez por isso, ao contrário do que qualquer um poderia esperar, eu gargalhei. Gargalhei alto e forte, a ponto de lágrimas escorrerem pelas minhas bochechas. Cheguei a me curvar de tanto rir, segurando a barriga já dolorida.

Aos poucos, o riso morreu nos meus lábios e as lágrimas cessaram. Em vez de responder, apenas olhei Lauren de cima a baixo e me virei para Roberto.

— Então é isso? A família toda vai se juntar contra a intrusa aqui?

— Dayana, não vamos conversar sobre isso agora — ele pediu, frustrado.

Eu não soube decifrar a expressão em seu rosto. Parecia mágoa, mas isso era impossível: ele não tinha o direito de se sentir magoado. Minha mãe e eu, sim.

Ele, não.

Nunca.

Como eu não queria continuar encarando a dor em seu rosto, saí pisando duro em direção ao meu novo quarto e fechei a porta com tanta força que as paredes tremeram. Minhas pernas estavam bambas, como se eu estivesse de volta ao avião, a quilômetros de altitude — alto demais para pisar em terra firme.

O barulho da chave tilintando ao ritmo dos nossos passos era como música para os meus ouvidos. Minha mãe e eu seguíamos pelo corredor em direção ao quarto. Eu ia pulando na frente, animada e sorridente, e me virava toda hora, dizendo:

— Anda logo!

Lá atrás, meu pai vinha carregando todas as malas, enquanto seguíamos livres, como se fôssemos duas madames. É claro que minha mãe tinha feito alguma gracinha para que ele se oferecesse para levar tudo, mas eu estava empolgada demais para prestar atenção.

Flagrando meu olhar, minha mãe virou para trás e então deu um sorrisinho para mim.

— Viu, só, Day? Você é filha do Super-Homem.

Eu dei uma risadinha.

— Pela cara dele, tá parecendo mais o Hulk.

Nós duas gargalhamos e, lá atrás, papai nos fuzilou com o olhar.

— Eu tô ouvindo, hein! Vocês fiquem espertas com o Hulk.

Quando a chave encontrou a fechadura do quarto do hotel, eu mal esperei minha mãe abrir a porta antes de escancará-la e entrar correndo.

— Uau, olha essa cama, mamãe!

Me joguei na cama e comecei a pular antes que meus pais tivessem tempo de me impedir. Quando voei até o teto, virando para a porta, em vez de repreensão, recebi o olhar carinhoso da minha mãe.

— E aí? É boa pra pular?

— Muito! — respondi, ofegante.

Meu pai apareceu na porta, largando todas as bolsas de uma vez.

— Cuidado com minha mala! — minha mãe reclamou.

— Vocês é que têm que tomar cuidado, o Hulk chegou!

Ele estendeu os braços, as mãos como se fossem garras, e grunhiu enquanto vinha correndo até nós, que fugimos aos berros pelo quarto.

Rindo como uma família feliz.

2

How many nights does it take to count the stars?
That's the time it would take to fix my heart
"Infinity"

Quando Roberto veio me chamar para jantar, não respondi. O quarto não tinha chave, mas ele não se atreveu a abrir a porta. Foi impossível não ouvir Lauren ameaçar, com sua voz aguda, vir ela mesma me chamar, mas, baixinho, meu pai disse algo que a impediu.

Não saí do quarto nem quando minha barriga roncou alto. Em algum lugar da bolsa eu ainda tinha um pacotinho de biscoitos oferecido pela companhia aérea e foi o que forrou meu estômago enquanto esperava a exaustão da viagem me derrubar.

Sentia o corpo implorando por um sono revitalizante, mas minha cabeça estava a mil. Fiquei encarando a tinta craquelada do teto até a casa ficar silenciosa. Achei que todos já estavam dormindo, mas, depois de um tempo, ouvi alguém descer as escadas e abrir a porta de casa. Fiquei curiosa, atenta aos barulhos, e aí mesmo que não consegui dormir. Passei um tempão stalkeando os meninos da One Direction, tentando descobrir se estavam por Londres, mas não achei nada. O perfil de todos andava muito parado, para minha infelicidade. Então botei vídeos antigos do grupo, de antes do hiato, e me distraí até ouvir a porta lá embaixo se abrir de novo, horas depois. Incapaz de conter o espírito fofoqueiro, abri uma frestinha da minha, o mais silenciosamente que consegui, a tempo de avistar Georgia subindo de fininho para seu quarto. Então a filha querida não era tão perfeitinha, né?

Depois de saciada a curiosidade, finalmente me entreguei ao sono.

Sonhei com risadas e famílias felizes e acordei assustada, com um nó na garganta. Demorei a perceber que fui despertada não pelo sonho, mas por lambidas geladas na mão, que eu deixara escapar para fora da cama. Um cachorrinho lindo de menos de meio metro de altura, com mechas ruivas mescladas no pelo branco, me encarava feliz enquanto empapava minha mão de baba.

Atrás dele, Lauren estava parada, de pijama, na porta do quarto, segurando a maçaneta e me chamando.

— *Breakfast!* — falou, quando me viu acordada.

Eu resmunguei, me virando para a parede e cobrindo o rosto com o edredom. Parecia que um trator tinha me atropelado, depois dado ré e passado por cima de novo. Quanto tempo será que eu tinha dormido? Não sentia que haviam se passado nem dez minutos.

— Não tô com fome.

— Greve de fome é terminantemente *forbidden* nesta casa. — Lauren puxou meu edredom. — *Get up* — reforçou, quando eu a fulminei com o olhar.

Sentei na cama, emburrada, o que bastou para ela abrir um sorriso satisfeito e sair do quarto, me dando um tempo para acordar. Ruffles enfiou o focinho no meu edredom.

Esfreguei os olhos com a mão seca, piscando para tentar espantar o sono. O quarto começou a entrar em foco. Não era muito grande, mas também quase não havia decoração para preencher o ambiente. As paredes eram brancas, com um aspecto envelhecido. Do meu lado esquerdo, um guarda-roupa antigo de madeira era o único móvel do cômodo, além da cama de solteiro, encostada à parede da direita, e uma mesinha de cabeceira. Eu passara tanto tempo analisando os detalhes na noite anterior que o quarto já estava gravado na minha mente como se sempre tivesse sido meu.

Do edredom grosso com que eu me cobria emanava um cheiro forte de amaciante. Minhas roupas de cama do Brasil também cheiravam a amaciante, mas era diferente. Cheiro do amaciante que *minha mãe* escolhia. Cheiro de casa.

Eu ainda não tinha desfeito as malas — as duas seguiam abertas no chão, completamente reviradas depois que precisei caçar meu pijama em meio à arrumação cuidadosa que eu fizera para conseguir enfiar lá dentro tudo que tinha.

Olhei para o terrier.

— Você se importa se eu mandar sua dona ir cagar no mato, Ruffles?

Ele abanou o rabo para mim.

Eu só queria dormir em paz. Mas paz não era algo que eu teria naquela casa.

Com um suspiro que era ao mesmo tempo uma forma de extravasar minha frustração e de tentar reunir forças, levantei da cama e fui tomar o bendito café.

Lauren cantarolava na cozinha enquanto preparava panquecas. Era um cômodo comprido, com o lado esquerdo todo ocupado por bancada e armários. Na mesa perto da parede à direita, Georgia já estava sentada, parecendo um zumbi.

Pelo menos eu não era a única mal-humorada por ter sido acordada cedo demais.

Ou talvez sua expressão rabugenta fosse ressaca. Eu bem lembrava de como ela parecera descoordenada ao voltar de sua pequena incursão da madrugada.

Lavei as mãos para tirar a baba do Ruffles e me sentei ao lado da minha nova irmãzinha, sem dizer uma só palavra.

— *Good morning*, Dayana — Lauriane cumprimentou ao se virar com a frigideira, como se não tivesse sido ela mesma a me acordar.

— Bom dia — resmunguei, ao perceber que ela esperava uma resposta.

Meu Deus, que mulher insuportável.

— Tem café aqui — ela indicou um vidro de café solúvel na mesa — e água quente na *kettle*. — Seu dedo seguiu para a chaleira elétrica na pia. — E eu fiz panquecas.

Ela abriu um sorriso cheio de dentes enquanto despejava as panquecas num prato no meio da mesa.

E ficou me encarando.

— O... brigada? — arrisquei, encolhendo o ombro, e foi a coisa certa a dizer, porque ela se voltou para o fogão para uma nova leva de panquecas.

Georgia não agradeceu. Apenas pegou uma panqueca com a mão e começou a comer.

Minha irmã postiça era um ano mais nova que eu, mas eu ia cursar o segundo ano do ensino médio com ela. Como não tinha terminado os estudos no Brasil e as aulas na Inglaterra só começavam em setembro, a direção da escola achara melhor que eu recomeçasse o ano letivo. Eu já estaria atrasada o bastante com as diferenças de currículo entre os países. Pois é, muito empolgante... Eu mal podia esperar. Faria questão de escolher o máximo de disciplinas diferentes das de Georgia. A julgar por sua cara fechada, não acho que andaríamos de braços dados na escola.

Roberto apareceu quando eu já voltava com meu café para a mesa e desejou um bom-dia animado, dando um beijo no topo da cabeça de cada uma de nós, como se a briga da noite anterior não tivesse existido.

Será que aquela família tinha nascido com o cérebro na bunda? Só isso explicava o fato de agirem como uma grande família feliz, livre de problemas, apesar de termos gritado uns com os outros havia poucas horas.

Minha teoria foi reforçada conforme Lauren e Roberto conversavam, relaxados, sobre o churrasco que pretendiam fazer no almoço, para comemorar a minha chegada.

Quando terminamos o café da manhã, Roberto saiu para comprar carne e Georgia resmungou que ia voltar para a cama porque "não estava se sentindo bem" — minha teoria da ressaca estava certa.

Pensei que era minha deixa para voltar a me refugiar, mas é claro que acabei interceptada pela insuportável da Lauriane.

— Não acredito que caí no conto do vigário e vim pra Londres pra ser explorada — murmurei, quando me aproximei o suficiente da cozinha, onde Lauren começava a preparar o almoço.

Ao lado dela, Ruffles ansiava por uma distração.

Eu passava aspirador pela sala cheia de pelo de cachorro, com uma fúria que mal cabia em mim.

— Não tem nenhuma exploração, *sweetie*, *here* cada um faz sua parte. — A voz de Lauren sobressaiu ao barulho do aspirador.

De onde estava, eu a via pelo portal que ficava entre os cômodos. Ela estava de moletom e com os cabelos escorridos de um vermelho-escuro presos. Fisicamente falando, Lauren era um resultado curioso da união de um inglês com uma brasileira: tinha cabelos cacheados e castanhos, que alisava e tingia, mas a pele era bem branca e os olhos, azuis. A ponta do nariz era mais comprida, e os lábios finos estavam franzidos no momento, deixando-a com uma expressão severa. Não era exatamente bonita, mas também não era feia. Algumas coisas só pareciam meio desproporcionais em seu rosto.

Desliguei o aspirador e me apoiei nele enquanto encarava Lauren.

— A sua filha deve ser uma imprestável mesmo, se a maior ajuda que ela pode dar é dormir.

Lauren ignorou minha alfinetada e continuou o discurso:

— E, enquanto você morar aqui, vai ter que se acostumar a ser responsável e respeitar os mais velhos.

Arqueei as sobrancelhas.

— Não sei quanto tempo faz que você esteve no Brasil, mas lá eles também ensinam que o respeito deve ser mútuo. Aqui na Europa é diferente?

Abri um sorrisinho cínico e fui retribuída com um olhar irritado de Lauren. Os olhos azuis chegavam a ser assustadores quando ela me encarava daquela forma, mas, talvez por causa de tudo o que estava acontecendo, eu não conseguia me deixar intimidar pela minha madrasta. Devia ter perdido o senso de perigo.

— Não vamos mais tolerar escândalos como o de ontem, ok? — ela alertou, sendo direta pela primeira vez. — Sabemos que você está num momento difícil, mas seu pai e eu te recebemos de braços abertos, apesar da sua atitude *rebel without a cause*. Você vai ter que aprender a se adaptar, quer queira, quer não.

Sem saber o que responder, liguei o aspirador novamente para evitar o som da sua voz. Dei as costas a ela e segui em direção à entrada.

É claro que eu sabia que não podia voltar. Eu também não era mais bem-vinda no Brasil.

Engolindo o nó que tinha se formado em minha garganta pela segunda vez no dia, subi e comecei a aspirar o corredor do segundo andar com raiva. O espaço era pequeno e havia três portas fechadas. Me aproximei delas, uma por uma, fazendo questão de bater o aspirador com força, várias vezes. Quando cheguei à terceira, a porta que ficava de frente para a escada foi aberta de supetão.

Georgia me encarou com a cara amassada e o cabelo crespo despenteado.

— *Que merda você tá fazendo?!* — ela berrou em inglês, com a voz rouca de sono.

Dei de ombros, com a maior cara lavada.

— *Sorry, I don't speak* estupidês — respondi, com um sotaque ridículo, que me deixou irritada.

Mesmo com o inglês avançado, tendo feito teste de proficiência e tudo para entrar na escola, minhas habilidades orais eram ridículas. Se as escolas britânicas fossem como nos filmes, com certeza eu sofreria bullying pela minha incapacidade de pronunciar os fonemas corretamente. Seria a grande piada brasileira da escola.

Georgia respirou fundo.

— Eu estava descansando — disse com um português perfeito, e eu quis morrer.

Eu tinha falado poucas vezes com Georgia ao telefone, apenas quando era ela quem atendia minhas ligações — o que sempre fazia em inglês. Ao ouvir meu português, ela já saía gritando "daaaad" bem alto, sem nem me responder. Como eu sabia que Georgia tinha crescido na Inglaterra, supus que ela não tivesse aprendido o idioma.

Mas, considerando que a mãe e o padrasto eram brasileiros, e que Roberto, mesmo vivendo em Londres havia dez anos, não tinha dominado muito bem a língua, fazia sentido que ela soubesse.

Ela só não queria falar comigo.

— Eu tô limpando a casa. — Dei de ombros. Perceber isso naquele estado de irritação que eu estava fez meu peito quase queimar de fúria. — Sua mãe que mandou.

— E pra limpar precisa quebrar as portas?

— Desculpe atrapalhar seu descanso, vossa majestade, vou tentar ser uma criada exemplar de agora em diante.

Ela me encarou com um misto de pena e raiva. Então abriu a porta completamente e estendeu a mão para dentro do cômodo.

— Pode limpar aqui dentro então, já levantei mesmo.

Fui pisando duro até seu quarto. Quem ela pensava que era para me dar ordens? Será que era por isso que me aceitaram? Precisavam de uma empregada? Era assim que minha vida seria dali em diante?

Enquanto eu bufava, Georgia voltou para a cama. Pelo canto do olho, acompanhei seus movimentos. No dia anterior, eu estava tão irritada com a mudança que nem tivera tempo de prestar atenção nela. Eu tinha visto fotos no Facebook de Roberto, é claro, mas aquela era a primeira vez que parava para analisar minha nova irmãzinha. Georgia não havia puxado quase nada da mãe: tinha a pele negra muito escura, lábios grossos e ligeiramente mais claros, olhos pretos e cabelo crespo, com cachos bem apertados. Embora eu não fizesse ideia de como era seu pai — sabia apenas que ele também era brasileiro e que Georgia nem tinha começado a andar quando ele foi embora, alguns meses antes de a mãe dela se mudar para Londres —, a garota só podia ser cópia fiel dele. As únicas coisas que parecia ter herdado da mãe eram as maçãs do rosto altas e a sobrancelha meio falhada.

Ela estava abatida, e cogitei que talvez estivesse falando a verdade sobre não se sentir bem. Mas logo descartei a ideia. Ela tinha saído ontem escondida e acordou no dia seguinte passando mal? Ah, ela estava achando que eu nasci ontem?

Georgia se encostou na parede, dobrou as pernas em cima da cama, apoiou a cabeça nos joelhos e ficou me observando aspirar o quarto. Fiz questão de deixar a cara bem emburrada. Doente ou não, não era justo eu limpar, enquanto ela só olhava.

Depois de alguns segundos de silêncio, ela suspirou.

— Sei que você odeia o nosso pai — começou, de repente, quando me virei em sua direção —, mas ele é uma boa pessoa.

Fingi que não ouvi.

Continuei passando o aspirador perto dela, debaixo da escrivaninha e perto da porta.

— Ele não parou de falar de você desde que soube que viria.

Pelo canto do olho, percebi que ela continuava me observando, esperando uma resposta, mas era fácil para ela defendê-lo. Para Georgia, ele era um pai exemplar. Para Georgia, ele dera tudo.

— Também fui abandonada pelo meu pai biológico, sabe? E o Roberto não pensou duas vezes antes de me assumir, mas... não era a obrigação dele.

— Não — concordei, enfim respondendo, sem me virar para ela. — A obrigação do Roberto era criar a filha *dele*. Acho que podemos concordar que ele não deve gostar muito de fazer suas obrigações.

— Você tá sendo meio injusta. Eu sei que ele errou, mas pelo menos tá tentando se redimir. Pelo menos você ainda tem a chance de ter um pai.

Desliguei o aspirador, mas não me virei.

Injusta. Aquela era a palavra que eu mais tinha ouvido nos últimos meses.

— É, talvez — retruquei, a voz baixa. — Talvez eu esteja sendo injusta por não perdoar o homem que eu tinha como meu herói, que era meu melhor amigo, que me disse que vinha pra Inglaterra pra nos dar uma vida melhor e acabou nunca mais voltando. Posso até estar sendo injusta, mas, considerando os últimos anos, acho que tenho esse direito.

Sem olhar para trás, larguei o aspirador onde estava, desci correndo em direção ao meu quarto, peguei a bolsa e saí daquela casa sufocante.

— Mas que ideia doida é essa, Beto? — A risada nervosa da minha mãe invadiu o quarto, mesmo de porta fechada. Parei de pintar o peixinho do livro de colorir para prestar atenção. — Quando você mencionou ir pra Inglaterra achei que estivesse sugerindo tirar umas férias, não morar lá!

Inglaterra? Isso não era, tipo, muito longe? Como eu ia estudar na minha escola e ver meus amigos se estivéssemos longe?

— Ó amor — meu pai entoou, daquele jeito brincalhão e charmoso que sempre persuadia minha mãe —, mas não era você quem sonhava em viver na terra da rainha?

Ah, a terra da rainha! Era lá onde moravam a Lady Di e os príncipes Arthur e Andrew! Devia ser legal...

— Ai, Beto, mas era só um sonho distante. Talvez, se a gente não tivesse a Day... — Epa! Ela queria ir para a terra da rainha sem mim? Que injusto! Quase levantei para abrir a porta e reclamar, mas, antes que eu pudesse me decidir, minha mãe continuou: — Mas como eu vou me virar lá fora sozinha? Meus pais me dão o maior apoio aqui pra eu poder trabalhar; levam para a escola, depois vão buscar e ainda ficam com ela durante o dia. Se a gente for pra Inglaterra não vai ter ninguém pra ajudar.

— Eu sei, mas as coisas estão difíceis demais por aqui, amor. Tá difícil de me recolocar no mercado. — Ele baixou o tom de voz, e tive que me esgueirar até a porta e abrir uma frestinha para continuar ouvindo. — A Mara comentou de um amigo que foi pra lá e tá se dando bem. Parece que o salário mínimo é quase seis libras por hora, e trabalhando pelo menos quarenta horas semanais dá pra ganhar quase mil libras por mês! É ganho suficiente pra me virar lá e ir mandando um dinheirinho pra vocês. A libra tá quase três reais! Vamos juntar grana rapidinho.

— Peraí, você tá pensando em ir sozinho? — Mamãe ficou brava. E eu também. Não queria que o papai deixasse a gente.

— Só até eu conseguir me estabelecer. Eu vou na frente, pra procurar trabalho, um lugar pra gente morar, e vou mandando dinheiro pra vocês. Quando estiver tudo certo, você e a Day vão me encontrar lá.

Minha mãe ficou em silêncio por um longo tempo. Então suspirou.

— *Sei não, Beto. Preciso pensar. Me dá um tempo? Você já fez sua pesquisa, agora eu preciso fazer a minha.*

— *Pensei que você soubesse tudo sobre a Inglaterra* — *ele brincou, tentando amenizar o clima.* — *O país dos seus queridinhos do Muse. Daquele filme mela-cueca que você ama. Da sua musa Diana!*

Minha mãe riu, amolecida.

— *É, talvez não seja uma ideia tão ruim... Vou pensar, tá?*

Ela saiu andando, e fechei a porta o mais rápido que pude. Voltei correndo para minha mesa e fiquei olhando o desenho inacabado, o coração agitado.

Hmmm, Inglaterra. Era longe, mas eles tinham reis e rainhas, príncipes e princesas. Eu queria muito ver uma princesa, e podia convidar meus amigos para irem me visitar. Torci para que minha mãe topasse.

3

I wanna reach out for you, I wanna break these walls
I speak a different language, but I still hear your call
"Diana"

Londres nunca foi um sonho só meu.

O filme favorito da minha mãe era *Um lugar chamado Notting Hill* (ela tinha até a fita vhs, que funcionava apenas como enfeite, claro, mas era exibida com orgulho no rack da sala) e já tínhamos visto tantas vezes que eu sabia as falas de cor. Eu não gostava tanto assim do filme: era velho, com um roteiro um tanto esquisito, e o Hugh Grant me irritava com aquele jeito desengonçado; mas eu amava o cenário de Londres tanto quanto ela.

Além disso, nós duas éramos obcecadas por notícias da família real, e não apenas a atual. Víamos todo tipo de filme e série, histórico e contemporâneo, sobre a realeza britânica, e estávamos sempre acompanhando as notícias e escândalos. Os eventos reais eram especiais lá em casa. Fazíamos *fish and chips* e passávamos o dia inteiro sentadas na frente da televisão assistindo à transmissão ao vivo. Eu mal me entendia por gente quando fui matriculada no inglês e me formei no cursinho antes mesmo de começar o ensino médio.

Também não era à toa que eu me chamava Dayana. Claro, eu preferia que minha mãe não tivesse *abrasileirado* o nome da rainha — que na época ainda era princesa —, mas ela dizia que a mudança me dava um charme único. Lady Day, era como costumava me chamar.

Depois que ela e meu pai se separaram, minha mãe passou por um período de fossa, que incluía odiar tudo que tinha a ver com a Inglaterra. Não podíamos nem falar palavras em inglês. Tive que passar a chamar shopping de centro comercial, hambúrguer de sanduíche e até e-mail virou correio eletrônico. Não podíamos ver filmes, nem séries em inglês — nem as americanas. Passamos por uma longa fase de novelas brasileiras, mexicanas e até coreanas. E ai de quem ouvisse *uma* música inglesa! Ela quase jogou fora seus preciosos álbuns autografados do Oasis.

Então um dia, depois de assistir um filme espanhol sobre superação chato pra caramba (mas que a fez chorar horrores), ela decidiu que a fossa tinha acabado e que não ia deixar de lado as coisas de que sempre gostara por causa de um "covarde bundão". E fui liberada para gostar da Inglaterra de novo.

Ainda bem. Caso contrário, nunca teria conhecido a One Direction, e minha vida seria um grande vazio.

Desde a morte dela, porém, eu não tivera coragem de procurar mais nenhuma notícia sobre o país. Não havia nem assistido à coroação de Lady Di — rainha Diana —, após a morte do rei Oliver. Acompanhar aquelas coisas doía, porque qualquer detalhezinho me lembrava demais da minha mãe.

Mas ali, depois de sair a esmo da casa do meu pai, depois de mais um dia me sentindo oprimida, indesejada e abandonada, eu de repente me vi pegando o metrô em direção ao lugar que tantas vezes minha mãe e eu sonhamos em visitar.

O palácio de Buckingham.

A arquitetura antiga, sólida, se erguia diante de mim com esplendor, como era de esperar. Da praça à frente do palácio, onde ficava o monumento em homenagem à rainha Victoria, eu podia ver toda a extensão retangular com seus três andares, protegida por grades pretas e pelos tradicionais guardas de farda vermelha e chapéu peludo e comprido. Eu sabia que a praça era rodeada pelas árvores do St. James Park. Seguindo pela via oposta, eu encontraria a residência real da era Tudor. Mas meu olhar estava hipnotizado pela construção à minha frente. Senti um calafrio de empolgação repentina. Era começo de junho, o que significava que o palácio não estava aberto para visitas, porque a rainha ainda não tinha saído de férias.

Será que eu conseguiria um vislumbre da Rainha Pop algum dia? Diana sempre fora um ícone no mundo todo, desde que era princesa. Não apenas por sua elegância despojada, moderna demais para os costumes da realeza britânica, mas também por seus posicionamentos. Quando começaram os boatos de que o príncipe Andrew, seu primogênito, era gay, Diana foi a primeira da Casa Real a apoiar o filho. Declarara aos jornais que não via motivos para tanto fuzuê em torno da sexualidade de Andrew e que achava ultrajante perguntarem o que ela achava sobre isso ou se ela se incomodaria. Por que se incomodaria? O filho continuava a ser a mesma pessoa, independente da orientação sexual. Um mês depois, quando Andrew de fato se assumira gay, ela estava do lado dele, segurando sua mão.

Os rumores diziam que o marido da princesa, Edward Mitchell, não tinha ficado nada satisfeito — assim como seu pai, o rei Oliver. Uns meses depois, ela se separara do marido e ameaçara romper com a família real. Como filha única, um rompimento daqueles implicaria a quebra da linha de sucessão da família. Então o rei Oliver tinha resolvido tudo com doações a instituições LGBTQIAP+ e declarando que a Casa Real era contra qualquer tipo de discriminação.

Diana era realmente incrível.

Minha mãe ficaria louca de empolgação se soubesse onde eu estava.

O pensamento me atingiu como uma flecha, e meu estômago deu uma cambalhota. Afastei a lembrança e comecei a contornar o palácio.

No fone de ouvido, minha playlist da One Direction mudou de "Infinity" para "Diana". Os acordes pesados abafaram as batidas aceleradas do meu coração enquanto eu seguia pela grade do palácio em direção à rua lateral. A tarde já chegava ao fim, mas o dia ainda estava claro. Pelo que eu sabia, até o solstício, a tendência era os dias durarem cada vez mais, até oito, nove da noite. No dia anterior, o sol se pusera depois das sete.

Mesmo assim, o movimento nas proximidades não era grande. A maioria dos turistas se concentrava na praça em frente à entrada principal do palácio. Não havia comércio nos arredores, apenas prédios que eu não sabia para que serviam, no mesmo estilo arquitetônico do palácio — antigo, imponente, todos cor de creme, claros e limpos. Um prédio em obras se erguia na esquina seguinte. Na calçada por onde eu caminhava, uma faixa presa nas grades do palácio indicava que a Queen's Gallery estava temporariamente fechada.

Um movimento atrás das grades me chamou a atenção no mesmo instante em que "Diana" parou de tocar: ligação de vídeo dos meus avós. Eu tinha falado com eles rapidamente na noite anterior, mas continuava sendo horrível ter que encarar os dois. A viagem tinha sido ideia minha, mas eu ainda me sentia traída por eles terem me despachado tão fácil. Eles eram a única família *de verdade* que me restava e, mesmo assim, não pensaram duas vezes antes de me mandarem para a casa do meu pai.

A mágoa me fez ignorar a chamada.

E a culpa me corroeu logo em seguida. *Você merecia ser despachada desse jeito*, uma vozinha disse na minha cabeça.

Quando a chamada sumiu da tela, reparei que havia várias mensagens e ligações de Lauren e Roberto. Ignorei também. Dei play na música e guardei o celular no bolso, mas, antes que pudesse voltar a andar, a faixa ao meu lado começou a balançar perigosamente, como num vendaval. Só que não estava ventando.

Olhei para cima a tempo de ver um vulto pulando a grade à minha direita, bem na minha direção. Caí no chão, e nós rolamos pela calçada numa confusão de pernas e braços e cabelos. O fone de ouvido desplugou do celular e a música parou novamente.

Abri a boca com a intenção de gritar um belo xingamento, mas mal comecei a falar e alguém atrás de mim tapou minha boca. Naquele momento, minha cabeça somou um mais um e chegou num alarmante dois. Eu era tão azarada que tinha dado de cara com um assaltante no meu primeiro dia em Londres! Fugindo do palácio real!

O que eu faço? Será que ele está armado? Ai, meu Deus! Será que vai me matar por ter testemunhado a fuga?

Minha mãe sempre me ensinou a não reagir a assaltos, mas, na hora do "vamos ver", não tem racionalidade que funcione. Comecei a me contorcer, o som esganiçado de um grito abafado pela pele macia da mão do assaltante. A pessoa saiu de cima de mim, me permitindo virar. De repente percebi que, na verdade, o assaltante era uma garota.

Uma garota *bem* jovem.

E muito bonita.

— Sinto muito. Sinto muito mesmo — disse em inglês. — Não tinha te visto aí. Não precisa gritar...

Ela continuou a falar, mas eu já não estava mais prestando atenção.

A garota era bem alta, ou talvez fosse impressão porque eu estava caída no chão. Seus cabelos ruivos estavam parcialmente presos: o tombo havia soltado metade do penteado, e os fios acobreados emolduravam o lado direito do rosto até pouco abaixo do queixo. Ela era esguia e tinha um ar meio rebelde, o olhar de quem estava pronta para começar uma briga. Mas, a julgar pelas roupas, estava longe de ser uma bad girl; usava um vestido cinza engomado de manga comprida que batia no joelho e sapatos de saltinho. Aliás, reparando bem, a roupa toda era desconfortável demais para a manobra arriscada que ela acabara de fazer.

A garota estendeu a mão, me oferecendo ajuda, e eu franzi a testa. Ela era mesmo uma ladra, afinal? Educada daquele jeito? Se não era, por que estava fugindo do palácio, pulando a grade desesperada como o diabo foge da cruz?

Queria perguntar tudo aquilo para ela, mas de repente passos apressados se aproximaram de nós. A garota arregalou os olhos, amedrontada. Olhei para trás a tempo de ver, por entre as grades, dois homens de terno saindo do palácio e correndo para a rua. Pelo olhar assustado dela, imaginei quem eles estavam procurando.

Então, sem pensar, segurei sua mão.

— Ai, meu caralho, corre! — gritei em português mesmo, antes de sair em disparada pela calçada.

A garota nem hesitou em me acompanhar. Os fones desplugados do celular balançavam para fora do meu casaco, silenciosos.

Atravessamos a rua assim que o movimento de carros cessou por um instante, entramos em uma via transversal e sumimos de vista. Esbarramos em várias pessoas, mas não havia tempo para pedir desculpas.

Enquanto corríamos, a garota olhou para mim.

— Você é brasileira? — perguntou em português, e eu fiquei tão surpresa que parei de repente, e, de mãos dadas, nós duas quase caímos.

Coméquié?

— Você fala português?

Ela com certeza não era brasileira, ou portuguesa, ou qualquer outra nacionalidade que tivesse o português como língua principal; ou, se fosse, não crescera no país. Sua pergunta veio carregada com o sotaque inglês: *vuxê ê brazilera?* Mas ela no mínimo dominava a língua.

Isso é que era coincidência!

Fiquei encarando a garota, ainda meio chocada, e fui engolida de repente pelas íris verdes e brilhantes que retribuíam meu olhar. Fiquei muito consciente de que ainda estávamos de mãos dadas e que seus dedos finos e compridos tinham se entrelaçado aos meus. Meu rosto esquentou na hora, e um sorriso brincou nos lábios finos dela.

Antes que pudesse responder, ela olhou para trás de mim e apertou minha mão.

— Depois explico — respondeu, voltando para o inglês.

Olhei para trás também e vi que os homens de terno estavam em nosso encalço. Apertei o passo, sem saber muito bem para onde ia, mas ela nos guiou, virando em tantas esquinas e becos que me perdi. Nós nos misturamos às pessoas, atravessamos avenidas. Vi um ônibus vermelho de dois andares cortar a rua e me senti momentaneamente em choque: era o *clássico* ônibus londrino.

De repente, estávamos em uma rua larga e movimentada. O letreiro de uma Starbucks me chamou a atenção. Olhei para trás de novo, me certificando de que a dupla ainda não tinha virado a esquina, e puxei a garota para dentro da cafeteria. Nós nos embrenhamos em direção ao fundo da loja, até o caixa, para nos disfarçar entre os clientes.

Ou talvez porque eu quisesse aproveitar a oportunidade para conhecer melhor aquela garota.

Entramos na fila, tentando ao mesmo tempo recuperar o fôlego e nos esconder de quem olhasse pela vidraça. Espiei disfarçadamente a rua, mas esbarrei com o olhar da garota no meio do caminho. Nós rimos, cheias de cumplicidade, como se nos conhecêssemos havia anos.

Quando já estávamos com os copos descartáveis em mãos, sentadas a uma mesa num canto escondido, enfim falei:

— Então...

Ao que ela respondeu:

— *So...*

Um sorriso se embrenhou em minha boca, e eu bebi um gole do meu *chai latte* para disfarçar. Ela tinha uma voz rouca, meio grave, daquelas que vão no fundo da alma e reverberam dentro da gente. Continuava a me perscrutar com seus olhos verdes.

— Você fala inglês? — foi a primeira pergunta que fez.

Eu estava esperando mais um *Por que você me ajudou?*, mas assim foi melhor. À outra pergunta, eu não saberia o que responder.

Balancei a mão, insegura, num gesto que indicava *mais ou menos*.

— E você fala português.

Ela imitou meu gesto com a mão.

— Minha mãe é brasileira — explicou, tomando um gole de matchá gelado. — Aprendi português quando era criança, mas só consigo praticar com a minha mãe. É uma língua difícil.

Ela falava com um sotaque bonitinho, misturando os idiomas, mas, diferente de Lauren, que parecia achar que estava abalando com aquele jeito tosco de falar, dava para ver que a garota só usava o inglês quando não sabia dizer alguma coisa.

— É mesmo, até pra gente, às vezes. — Então, me lembrando que ainda não tínhamos feito as apresentações, acrescentei: — Meu nome é Dayana, aliás.

— *Bloody hell!* — respondeu, surpresa, e eu fiquei na dúvida se tinha cometido alguma gafe. — O meu também!

— Ah, para. Tá me zoando?

Foi minha vez de arregalar os olhos, embasbacada.

Minha xará franziu o cenho, provavelmente não entendendo a gíria que eu acabara de usar. Dei uma risada.

— Só estou chocada — expliquei, assustada e um tanto maravilhada com todas essas coincidências numa situação tão incomum. — Mas o seu se escreve como o da rainha?

Ela se remexeu na cadeira, desconfortável.

— Como assim?

Saquei o celular, abri o bloco de notas e escrevi meu nome. Virei a tela para ela.

— O meu se escreve assim.

— Ah! Não, o meu é... — Ela pegou o celular da minha mão e digitou *Diana*.

— Igual ao da Rainha Pop — insisti.

Daquela vez, ela compreendeu, mas apenas assentiu.

Talvez não gostasse da família real?

Pensar nisso me fez lembrar de como tínhamos nos conhecido, e não pude evitar redirecionar a conversa para a questão mais importante.

— Por que você estava fugindo?

Tentei parecer casual, mas a curiosidade devia estar transbordando em minhas palavras.

Ela tomou um longo gole do matchá antes de retrucar:

— Por que você me ajudou?

E, assim, ela me pegou. Isso eu não sabia responder.

Nós duas sorrimos, compreendendo que ambas as perguntas eram pessoais demais para aquela primeira conversa. Mas também que havia algo ali entre nós, uma ligação que foi formada no momento que peguei sua mão.

Eu não tinha certeza do que havia me impelido a ajudá-la. Não tinha sido o rostinho bonito, embora definitivamente aquilo chamasse minha atenção. Sob a luz amarelada da Starbucks, seus cabelos ruivos pareciam emanar luz própria, e uma covinha na bochecha direita se destacava sob as sardas. Ela era como um ser místico — uma fada das antigas histórias da Grã-Bretanha.

Talvez ajudá-la tivesse sido minha forma de me rebelar contra Londres.

Uma garota fugindo do palácio da *rainha* da Inglaterra era o maior ato de insubordinação que eu poderia encontrar. E eu estava bem puta da vida com a Inglaterra no momento.

Nossa troca de olhar foi interrompida pelo som crescente do toque de um celular.

Diana puxou o próprio telefone do bolso, olhou a tela e suspirou.

— Acho que preciso ir.

Ela não parecia muito convencida. A curiosidade formigou em meu peito, mas não perguntei nada. Em vez disso, estendi meu celular para ela.

— Me dá seu número? — pedi, o coração acelerado, me sentindo insegura e nervosa e morrendo de medo de ela recusar.

Diana hesitou.

— Posso te ajudar a treinar português, se você quiser — insisti.

Se ela hesitar de novo, eu deixo pra lá.

Diana deu uma risadinha e pegou o celular.

— Como é mesmo que vocês falam em português? Promessa é dúvida? — disse, me devolvendo o aparelho enquanto se levantava. Eu pressionei os lábios, tentando não rir do erro dela, e concordei com a cabeça com a maior seriedade. — E obrigada. Pela ajuda. Eu estava mesmo precisando. — Ela deu um sorriso e pegou o copo de matchá já pela metade. — *Text me.*

Com um aceno, ela foi embora.

Mordi o lábio, me sentindo estranhamente satisfeita pela primeira vez desde que chegara à cidade.

Encaixei o fone de ouvido de volta no celular e abri o Spotify.

"Diana" estava pausada.

Abri um sorriso.

Talvez Londres não fosse tão ruim assim, afinal.

— *Mãe, cadê você? Já vai começar!*

Ajeitei a tiara na cabeça enquanto ouvia seus passos se aproximando devagar da sala.

Na televisão, a "Marcha nupcial" começava a tocar. Pulei no sofá, empolgada.

— *O que é isso?* — minha mãe perguntou, rindo, enquanto observava meu vestuário especialmente escolhido para a ocasião: a transmissão do casamento real do príncipe Arthur e de Tanya Parekh.

Eu usava um macaquinho branco, além da coroa de plástico, e tinha em mãos o vaso de lírios que minha mãe cultivava em casa.

— *Tô treinando pro meu casamento real.*

Levantei e comecei a andar pela sala bem devagar, como se estivesse entrando na igreja.

Minha mãe pegou uma batatinha na mesa de centro. Seus olhos estavam inchados, mas achei que fosse de sono. Minha empolgação era tanta que não notei que ela não estava tão animada para a ocasião.

— *Acho que não tem ninguém da sua idade na realeza, tem?* — comentou, com a voz fraca.

Eu fiz bico.

— *Não tem nenhum príncipe da minha idade?*

Minha mãe me olhou com aquela expressão de carinho maternal.

— *Acho que não, minha princesinha. Só se algum deles tiver um filho perdido por aí.*

Desabei no assento macio do sofá de um jeito nada nobre, apoiando o vaso no braço lateral.

— *Aff. Espero que descubram um filho perdido pra eu casar antes que a gente se mude pra Inglaterra. Será que o papai consegue me apresentar à rainha?*

Minha mãe deu uma risadinha fraca e voltou a olhar para a televisão.

Na época eu ainda não sabia, mas a Inglaterra não estava mais nos nossos planos.

4

I was stumbling, looking in the dark
With an empty heart
"Home"

Quanto tempo esperar para mandar mensagem para uma garota? Será que na mesma noite era rápido demais? Ou eu deveria fazer o que tinha vontade e não me preocupar com isso?

Eu tinha zero experiência em namoros, ou mesmo em ficadas, especialmente com garotas. Minha única relação (se é que poderia chamar assim) havia sido com um garoto da escola, por quem passei meses nutrindo sentimentos até ele ao menos prestar atenção em mim. E, quando *finalmente* alguma coisa começou a rolar, ele jamais admitia para ninguém e precisávamos ficar escondidos. Minhas amigas disseram que ele tinha vergonha de mim e que eu deveria terminar tudo o quanto antes — mas foi muito difícil me convencer de que não deveria aceitar migalhas quando a outra opção era continuar sozinha.

O destino acabara decidindo por mim: seis meses depois, minha mãe morreu e tudo na minha vida desandou. Eu já não me importava mais com nada, muito menos com um garoto que tinha vergonha de mim.

Era o tipo de dúvida que eu tiraria com Emilly, minha melhor amiga. Ela sabia lidar com garotas — e muito bem. Emi já ficara com mais garotas do que eu conseguiria imaginar, e era ótima com conselhos amorosos.

Mas eu não falava com Emi desde o velório da minha mãe. Nem com ela nem com nenhum dos meus amigos que ficaram no Brasil. Não tinha coragem de encará-los depois do acontecido. Morria de medo de ver o julgamento em seus olhares.

Por isso, em vez de mandar mensagem para Emi, apenas pensei no que ela faria. Quase escutei minha amiga falando: *A vida é curta demais pra ter medo de mandar um simples oi.* Então peguei o celular no bolso e digitei: *hey, it's Dayana.*

Meu dedo pairou sobre a tela, tenso.

A porta do meu quarto se escancarou de repente e, no susto, toquei em enviar.

— Dayana! — Lauren gritou. — Por onde você andou? Ficamos tão *worried*!

Fiquei olhando a mensagem enviada, com o coração quase pulando pela boca. Então me virei para minha madrasta. *Puta merda.*

— Você não sabe bater, não? — perguntei, irritada.

Lauren levou a mão à cintura.

— E você não tem *a phone* pra avisar que vai demorar a voltar? Não viu *our calls*?

Um sorrisinho quase se esgueirou pela minha boca, mas mantive a expressão impassível e dei de ombros.

— Eu tenho que dar satisfação de tudo que faço?

Lauren apertou a ponte do nariz, como se tentasse controlar a irritação. Eu devia ter um talento especial para tirá-la do sério.

Ela respirou fundo.

— Vem jantar — falou com a voz grave.

Soltei um xingamento bem feio assim que ela saiu.

Minha vó dizia que eu era boca suja demais para o meu próprio bem, mas o que eu podia fazer? Foi assim que minha mãe me criou. Ela dizia que era melhor xingar do que guardar tudo dentro de si.

Dei uma última olhada na mensagem para Diana, mas só havia um tracinho, indicando que ela ainda nem recebera a mensagem, então larguei o aparelho na cama e fui até a cozinha.

Roberto e Georgia vieram logo atrás. Minha irmãzinha sentou ao meu lado, quieta, e meu pai de frente para mim.

— Lauren disse que você saiu hoje — comentou Roberto, parecendo tranquilo enquanto montava seu prato. — Conheceu um pouco da cidade?

Minha madrasta o fuzilou com o olhar. Com certeza não era *aquilo* que ela esperava ao contar para ele sobre minha fuga. Mas esperava *o que* então? Era apenas meu segundo dia de convivência com Roberto, e eu já tinha entendido que ele odiava conflitos. Não à toa estava agindo como se estivesse tudo bem entre nós. Acho que era assim que ele tentava apaziguar os ânimos exaltados: fingindo que nada tinha acontecido. Pelo que eu podia perceber, meu pai era adepto da filosofia de deixar o tempo resolver tudo.

O problema era que já havia passado tempo *demais* para que as coisas se resolvessem sozinhas. E, na verdade, só tinham piorado.

Mas é claro que eu não seria a primeira a levantar o assunto. O mínimo que eu merecia depois daqueles anos todos era que ele *quisesse* resolver as coisas entre nós. Se ele não quisesse, eu também não faria questão.

Ao mesmo tempo, eu não conseguia simplesmente sentar à mesa e bater um papo descontraído com ele. Havia muita coisa entalada na minha garganta.

— Sim — respondi, seca, pegando um pouco da salada de cenoura e repolho.

À mesa, também havia uma panela com carne grelhada. Lembrei que meu pai pretendia fazer um churrasco para "comemorar" minha chegada. Pelo visto, eu não tinha comparecido à minha própria festa de boas-vindas, mas nem assim ele havia se irritado. Fiquei ainda mais magoada ao lembrar.

— Fui visitar o lugar que minha mãe sonhava em conhecer — complementei.

Meu pai pigarreou, desconfortável, e baixou o rosto para o prato. Lauren não ousou me repreender, e eu levei uma garfada à boca, aproveitando a salada com muito mais satisfação. Senti um prazer perverso com o clima tenso na mesa.

O silêncio não durou muito. Lauriane logo começou a falar bobagens com meu pai, tentando deixar para trás o mal-estar que eu provocara. Fiquei em silêncio, ignorando sua tagarelice e me concentrando no barulho dos talheres nos pratos e nos latidos que Ruffles soltava de vez em quando nos fundos da casa.

Quando ergui a cabeça para pegar o copo de água, percebi que Georgia estava muito parada ao meu lado. Olhei para seu rosto, e mais uma vez ela estava com aquele aspecto adoentado, como se estivesse fraca.

— Georgia, *dear*, está tudo bem? — perguntou Lauren, antes que eu pudesse dizer alguma coisa.

A garota balançou a cabeça lentamente.

— O que você está sentindo? — perguntou a mãe.

— É aquela dor de novo. Só que mais forte, me deixou meio enjoada. Suor brotava da testa dela.

A farra devia ter sido boa mesmo. Até agora seu mal-estar não havia melhorado.

— Acho que vou vomitar.

O rosto de Georgia se contorceu de dor conforme ela andava muito lentamente em direção ao banheiro.

Lauren levantou depressa para ajudar. Roberto foi atrás. Pela cara de preocupação deles, não pareciam ter considerado nem por um segundo que Georgia estivesse de ressaca.

A primeira vez que eu tinha enchido a cara, acabei indo dormir na casa de Emilly, para que minha mãe não desconfiasse. Mas a ressaca tinha sido de matar e fora impossível esconder o efeito mesmo no dia seguinte, porque eu não aguentava ficar um segundo em pé sem enjoar. Nunca mais tinha sentido vontade de beber depois daquilo. Deus me livre, que experiência ruim.

Aparentemente, Lauren e Roberto eram bem mais ingênuos que minha mãe. Poucos minutos depois, começaram um corre-corre atrás de bolsa, casacos e chave do carro. Meu pai foi correndo para o segundo andar, e Lauren levou Georgia, parecendo prestes a desmaiar, até a porta. Ruffles, percebendo a confusão na casa pelo vidro da porta do quintal, latiu ainda mais alto.

Quando mãe e filha já estavam quase na calçada, Roberto desceu, pegou a chave do carro na mesinha de entrada e veio em minha direção, apressado.

— Dayana, vamos levar a Georgia para o hospital. Por favor, nos espere aqui.

Assenti, atordoada demais para responder.

— Obrigado. Vejo você mais tarde.

Ele pareceu indeciso por um momento, se deveria me abraçar, beijar ou apenas ir embora. Percebi quando hesitou, e então, por fim, se aproximou e deu um tapinha desajeitado em minha cabeça. Em seguida, foi embora, correndo como se a vida dele estivesse em risco.

O silêncio caiu sobre a casa.

Por um momento, fiquei apenas sem reação, olhando para a porta.

Então, pouco a pouco, a sensação de solidão foi me corroendo por dentro.

Eu deveria estar feliz, não? Era bom estar sozinha em casa — Lauren não conseguia ficar um segundo quieta e sua voz irritante era como uma música chiclete insuportável na minha cabeça.

Mas a solidão...

A solidão era pior.

A salada de repolho perdeu o sabor, e eu comecei a tirar a mesa, levando as panelas de volta ao fogão e empilhando os pratos na pia de qualquer jeito. Abri a porta do quintal para deixar Ruffles entrar e me fazer companhia, mas o traidor saiu correndo para a porta de entrada e ficou lá, choramingando à procura dos donos.

Então botei uma playlist para tocar bem alto enquanto lavava a louça, tentando abafar os pensamentos incômodos.

Por fim, quando acabei de arrumar a cozinha, me joguei na cama, ansiosa por uma certa resposta.

Mas não havia nenhuma notificação no celular.

Mal percebi que amassava a folha numa das mãos enquanto apertava os números no telefone fixo com a outra. Ao longe, ainda ouvia o barulho do chuveiro ligado. A agenda da minha mãe estava aberta na mesinha do corredor, a letra R no topo da página.

Quando a ligação completou, uma voz fina atendeu em inglês.

— Hello? — disse a menina, com um forte sotaque britânico.

Segurei o telefone com mais força.

— Oi — falei, tímida. — Aqui é a Dayana. Eu posso falar com meu pai?

A menina nem respondeu. Apenas largou o telefone em cima de algum lugar, provocando um barulho alto no meu ouvido, e gritou ao fundo:

— Dad!

Eu podia não saber muito de inglês ainda, mas entendia bem o que significava "dad".

Pai.

A mão que segurava a folha tremeu. Olhei para o desenho nela, três bonecos de palito na frente de uma casinha, de mãos dadas, e uma colagem de letras no topo: "Feliz Dia dos Pais".

Antes que meu pai pudesse atender, desliguei o telefone e rasguei o papel.

5

I don't know where I'm going, but I'm finding my way
"Midnight memories"

Ninguém comentou nada sobre o hospital durante o café da manhã seguinte.

Eu tinha ido dormir antes que eles voltassem, mas senti que o clima da casa estava pesado quando Lauren me acordou com uma expressão cansada.

Georgia e ela se sentaram à mesa em silêncio, o que para Georgia podia até ser comum, mas para Lauriane definitivamente não era. Roberto estava com aquela mesma postura alegre e tranquilona de sempre. Evitando conflitos.

Talvez porque eu estivesse de saco cheio, ou porque não tivesse dormido direito, depois de alguns minutos de silêncio, simplesmente soltei:

— Então, ninguém vai me contar o que aconteceu ontem, não? Pensei que éramos todos uma *grande e bela* família feliz.

— Não aconteceu nada, *sweetie*. A Georgia só teve um mal-estar.

Ao meu lado, Georgia fez um barulho estranho. Algo entre uma bufada e uma risada irônica. Pensei que ia começar uma discussão com a mãe, mas apenas revirou os olhos e ficou calada.

Ao que parecia, Georgia adotava a filosofia de Roberto.

Lauriane, no entanto, era muito estourada. Assim como eu.

O pensamento me provocou um calafrio.

— *Foi* só um mal-estar, *dear* — insistiu, apesar de a filha não ter dito uma palavra sequer. — Você não ouviu o que o médico disse?
— Claro que ouvi — Georgia respondeu entredentes.
— O que o médico disse? — perguntei ao mesmo tempo.
— Não te interessa — resmungou, baixinho.

Quase ri ao perceber que tinha acabado de receber uma resposta atravessada da minha irmãzinha. Que grande vitória! Claro que só serviu de combustível para mim, que já contava com uma bela mistura de mágoa, raiva e frustração.

— Como assim, *dear?* Isso é jeito de falar com sua irmã? — Era como se, a cada palavra, as barreiras do pudor fossem derrubadas, me permitindo falar mais e mais. — Eu só tô preocupada com você. Se nem um médico é capaz de imaginar o que poderia provocar um simples mal-estar, que calhou de ser logo depois de a paciente chegar tarde em casa, então realmente deve ser uma coisa muito grave.

Foi naquele momento que algo terrível aconteceu: Lauren concordou comigo.

— Viu, *darling?* Era o que eu estava falando. Até a Dayana acha isso.
— Ah, pronto! — Georgia levantou de repente, fazendo a cadeira arrastar para trás com um barulho irritante. — Agora a Dayana é a autoridade aqui. Já que vocês duas sabem taaanto sobre o meu corpo, eu tô muito mais tranquila.
— Georgia, querida, se acalme. — Roberto estendeu a mão para ela, pedindo que se sentasse. — Você tem que entender que a gente fica sem saber o que fazer se os médicos dizem que não há nada com que se preocupar. Mas a gente pode procurar outro médico e tentar outro diagnóstico, não precisamos brigar assim.
— Eu adoraria entender, Roberto, mas é *muito* difícil quando estou sentindo dor no corpo *inteiro* e ninguém parece acreditar em mim.

Pude ver a tristeza nos olhos dele quando ela o chamou pelo nome. Era como se Georgia soubesse que aquilo o atingiria e estivesse fazendo de propósito. Mesmo assim, ele não se deixou abalar.

— A gente vai dar um jeito, minha filha, eu prometo.

Ele abriu um sorriso tranquilizador para ela, o que pareceu deixá-la ainda mais irritada. O *meu* sangue também quase ferveu ao ouvi-lo chamá-la de *minha filha*. Era muita cara de pau dele fazer aquilo na minha frente.

Senti uma certa alegria amargurada quando Georgia gritou:

— NÃO FALA ASSIM COMIGO! EU NÃO SOU SUA FILHA!

Ela apontou para mim com raiva. O terrier descansando embaixo da mesa deu um pulo com o susto.

— SUA FILHA TÁ AQUI, Ó! APARENTEMENTE LOUCA PELA SUA ATENÇÃO.

Sem dar chance para que ninguém mais dissesse qualquer coisa, ela saiu pisando duro e subiu com tanta raiva que senti o chão vibrar. Lá em cima, bateu a porta do quarto com força e soltou um grito de frustração. Depois disso, a casa ficou em silêncio.

Lauren e Roberto olharam para mim.

Encarei meu colo, pensando no que poderia dizer para fugir daquela situação.

— Você precisava ter perguntado? — ele indagou, cansado.

— Ué, eu só queria ter uma conversa em família — falei, dando de ombros tranquilamente. — Construir laços, sabe? Pensei que era para isso que tinham me mandado morar com o homem que me abandonou.

Roberto suspirou, e senti que Lauren estava prestes a dizer alguma coisa que com certeza me deixaria irritada — tipo me lembrar que a mudança para Londres tinha sido sugestão *minha* para começo de conversa. Por isso, eu a cortei logo.

— Peço perdão se eu disse a coisa errada. Prometo que vou ficar calada de agora em diante em qualquer conversa familiar em que minha opinião não seja requisitada.

Fiz uma mesura formal, debochada, e fui para o meu quarto.

Lá dentro, me escondi debaixo do cobertor quentinho, com os olhos apertados e o fone nos ouvidos tocando a minha playlist de músicas tristes, tentando acreditar que, quando os abrisse novamente, estaria de volta à minha casa, com minha mãe fazendo cafuné na minha cabeça enquanto assistíamos à novela juntas.

Quase senti o cheiro de alho que não saía das mãos dela depois de passar o dia inteiro fazendo comida para as marmitas congeladas que vendia. Quase vi seus olhos pretos e carinhosos, que pareciam dizer muito mais do que a boca, me lançando um olhar de reprovação. Quase ouvi sua voz doce, mas firme, me passando um sermão: *Foi assim que eu te criei, Dayana? Pra ficar dando show na casa dos outros e não enfrentar nenhum problema de cabeça erguida? Pra se isolar do mundo e esquecer que você tem uma vida inteira cheia pela frente? Eu não eduquei filha minha pra ser medrosa, não.*

Arregalei os olhos quando a imagem se tornou real demais e encontrei apenas a escuridão embaixo do edredom. Pisquei, atordoada, sentindo os olhos marejarem involuntariamente. Era duro ver o rosto dela, mesmo na imaginação. Era duro até mesmo me lembrar de sua voz.

Eu queria tanto que ela estivesse comigo.

Mas ela não estava.

E era minha culpa.

O barulho de uma notificação no celular me impediu de desenterrar pensamentos que eu tinha guardado a sete chaves. Dei um pulo, a mão voando para o aparelho com tanta rapidez que quase me embolei no edredom e rolei da cama.

Sequei os olhos com as costas das mãos e desbloqueei o celular.

O nome de Diana dançava na frente dos meus olhos.

> *Hi there!*

> Desculpa não ter respondido ontem, eu trabalho no turno da noite, cheguei em casa supercansada

> tranquilo! imagino que deve ser cansativo trabalhar de noite

> aqui pode trabalhar antes dos 18, ou você já é maior de idade mesmo com essa carinha?

Haha! Tenho 16

É a idade mínima pra ter um National Insurance number

Por quê? Tá querendo trabalhar?

> não tinha pensado nisso, mas agora que você deu a ideia...

> talvez eu queira?

Foi como se, de repente, uma luzinha se acendesse em minha cabeça.

Meu acordo com meus avós tinha sido ficar com Roberto até o fim do ensino médio. Depois, eu poderia escolher se voltava ou ficava. Mas, fosse na Inglaterra ou no Brasil, a verdade é que eu não tinha mais um lar. Ainda estava muito magoada com meus avós por nem terem lutado por mim, e a culpa me impedia de voltar. E meu pai... Bom, meu pai tinha me abandonado e não parecia fazer questão de reconciliação.

O que eu faria depois que a escola acabasse? Essa era a pergunta que eu mais tinha feito a mim mesma desde a decisão da mudança.

E de repente... foi como se eu visse uma luz no fim do túnel. Se eu começasse a trabalhar e juntar dinheiro, poderia me tornar independente mais rápido e viver sem a interferência de ninguém.

Era perfeito.
Como se fosse um sinal da minha mãe.
Meu celular notificou uma nova mensagem.

Feliz em ser útil :)

Quer ajuda? Posso te explicar como funcionam as coisas aqui

E talvez eu saiba de uma vaga...

Preciso confirmar

jura??? meu deus, você é um anjo que caiu do céu?

ou melhor, da grade do palácio?

Anjo caído combina comigo

Tá livre hoje, aliás?

É meu dia de folga

Posso te levar a um lugar mais legal que esses palácios mixurucas

Minha boca se abriu numa gargalhada, porque ela tinha escrito "mixurucas" em português. Era uma das minhas palavras preferidas. Nenhuma expressão inglesa seria capaz de traduzir o significado.

Mordi o lábio, tentando não ficar tão empolgada, mas era difícil. Meu coração estava acelerado, como se eu tivesse me transportado para o dia anterior — de mãos dadas com ela, correndo pelas ruas de Londres, fugindo de um perigo oculto.

Eu não sabia nada sobre Diana e era apenas a segunda vez que nos falávamos, mas conversar com ela me fazia sentir viva. E eu não me sentia viva desde que minha mãe tinha morrido.

Talvez fosse por isso — e porque estava curiosa sobre aquela garota — que, depois de perguntar *que horas?*, entrei num perfil de fofocas da realeza pela primeira vez em muito tempo e comecei a me atualizar das novidades.

Se Diana realmente tivesse alguma coisa a ver com aquela família, aí, sim, as coisas iam ficar ainda mais interessantes.

Problemas no paraíso?
Outra fonte confirma traição do príncipe Arthur
por Chloe Ward

As coisas não andam muito boas para os dois pombinhos reais. Depois de boatos sobre traição (leia aqui), outra fonte confirmou a infidelidade do sucessor do trono. "No sábado, Arthur e Tanya se reuniram no palácio da rainha para discutir uma possível separação", contou a fonte.

Outra testemunha informou que, no domingo, a mesma mulher flagrada com o príncipe na corrida de Ascot foi vista sendo conduzida ao escritório da rainha.

Fora dos muros do palácio, a população está doida para saber: será que Arthur vai seguir os passos da mãe e se separar da duquesa?

6

And I'm joining up the dots
With the freckles on your cheeks
And it all makes sense to me
"Little things"

Encontrei Diana na estação de Camden Town.

O metrô de Londres não era dos mais simples. Para uma carioquíssima como eu, acostumada única e exclusivamente com as duas linhas que não cruzavam nem um terço da cidade e eram paralelas durante várias estações, me entender com os diversos sobe e desce e troca-troca do *underground* era quase questão de Enem. Para chegar ao palácio de Buckingham no dia anterior, eu levara o dobro do tempo que o GPS tinha me informado.

Ainda bem que existia GPS.

Foi grudada nele com ainda mais atenção que fui ao encontro de Diana.

Eu a avistei perto das roletas, com uma calça de moletom preta e um cropped combinando. Parecia bem mais à vontade do que no dia anterior, quando fugira do palácio. Ao me ver, abriu um sorriso que fez meu estômago se revirar.

Devia ser proibido alguém ser tão bonita assim.

— A gente não teve muita oportunidade de conversar ontem — falou enquanto começávamos a andar. Ela não mencionou que a falta de oportunidade era porque estávamos fugindo de guardas do palácio.

— Você está em Londres há muito tempo?

Ela dizia as frases com a lentidão de quem estava aprendendo uma nova língua, mas de um jeito muito fofo.

— Três dias.

Diana arregalou os olhos, e eu mesma me surpreendi que ainda fizesse tão pouco tempo. Parecia que tantas coisas tinham acontecido.

— Veio passear?

— Morar. Vim morar com meu... *pai*. — Hesitei, mas ainda não estava pronta para tocar no assunto, então emendei: — Quer dizer que esse é o *point* dos jovens britânicos? — A frase soou como algo que minha mãe teria dito, bancando a jovem, e dei uma risadinha.

Diana franziu a testa, provavelmente não entendendo o que eu quis dizer.

— Aqui é o ponto de encontro dos jovens? — reformulei a frase quando paramos à entrada do Camden Market.

Mais cedo, eu tinha pesquisado sobre o lugar e descoberto que era tipo a Saara britânica, o famoso lugar do centro do Rio onde se reuniam centenas de camelôs vendendo produtos de qualidade duvidosa e muito abaixo do preço normal.

Camden Market era, ao contrário da Saara, cercado por muros. Lá dentro, havia uma infinidade de lojinhas de todos os tipos, como uma grande feira: de barracas de roupas a lembrancinhas de Londres, de quadros e espelhos a placas de decoração, dava para encontrar *tudo*. Minha mãe teria amado. Toda vez que viajávamos, ela fazia questão de comprar lembrancinhas do lugar, mesmo que estivéssemos a uma hora de casa. Eu tinha trazido toda a coleção dela para Londres, um de seus muitos pertences dos quais não conseguira me desfazer. Admirando Camden, eu tive certeza de que precisava levar algo dali. Ela podia não estar presente fisicamente, mas sempre estaria comigo, em todos os lugares a que eu fosse.

Antes que eu enlouquecesse com as lojinhas, Diana me levou para um corredor, onde comecei a sentir uma mistura de aromas maravilhosos. Cheiro de comida.

Meu estômago roncou, quase um rugido de felicidade, e Diana abriu um sorrisinho. Ela tinha os dentes da arcada superior ligeiramente projetados para a frente e os dois do meio eram maiores que os demais, e só naquele momento reparei isso. Seus lábios finos se abriram tanto que a covinha apareceu na bochecha direita. Sardas minúsculas salpicavam o rosto inteiro e algumas maiores se concentravam na região que ia desde o topo das bochechas até os olhos. No vinco do lábio superior, quatro delas se destacavam, solitárias, e curiosamente me lembravam da constelação Cruzeiro do Sul.

Assim que percebi que a estava encarando, desviei o olhar para o chão, envergonhada. Ai, meu cu! Ela devia achar que eu estava encarando sua *boca*.

Bem, eu estava.

Mas ela não precisava saber disso.

Quando achei que havia se passado tempo suficiente para o momento constrangedor ter se dissipado, voltei a levantar o rosto. Em vez de fingir que nada tinha acontecido, Diana continuava a me observar, a sobrancelha arqueada, o sorriso ainda mais largo. Era quase como se estivesse *debochando* de mim.

Merda.

O que aquilo queria dizer? Será que ela *gostava* de mim? Ou só estava achando graça eu não conseguir disfarçar nem um pouco que estava a fim dela?

Olhei para a frente.

— *Let's go?* — perguntei, exibindo meu sotaque ruim e fugindo do seu olhar.

Diana assentiu, com uma expressão quase convencida. Tive vontade de socar aquela carinha bonita e depois sair correndo, mas fiz a egípcia e ignorei.

Diana logo me alcançou e começou a apontar para as barracas, dizendo o lugar de origem das comidas.

— *India. Japan. China. Taiwan...*

Parei em cada uma delas para admirar. Não sabia nem por onde começar a escolher. Se havia uma coisa que eu gostava mais que comer comida boa era provar novas comidas. Claro que podia acabar sendo terrível, mas eu não era muito seletiva. Em geral, gostava de quase tudo que provava.

Por fim, acabei escolhendo uma barraca de comida tailandesa e pedi um pad thai delicioso, que era basicamente macarrão com camarão e vegetais — e muita pimenta! —, além de um espetinho de porco com molho de amendoim, que eu amei na primeira mordida. Diana comprou um yakisoba de legumes na barraca chinesa ao lado. Ela me contou que Camden era um de seus lugares favoritos e que já tinha provado quase todas as comidas dali.

Senti uma vontade louca de torná-lo meu lugar favorito também. Com ela.

Sentamos em uma área aberta com mesinhas de concreto e conversamos sobre tudo e nada, enquanto apreciávamos a comida. Falamos sobre música — ela gostava de indie, grunge e folk — e sobre nossas coisas favoritas no Brasil e na Inglaterra, sem nunca chegar a pontos importantes, como sua fuga do palácio ou minha mudança para Londres. Eu não sei se ela sentia que aquele era um assunto delicado, tanto quanto eu supunha que seu segredo fosse, mas era óbvio que entendíamos uma à outra como ninguém.

Meu olhar passeava pelas pessoas, pelas barracas, então pelas lojinhas que havia em todo canto, e voltava para as pessoas, de diversas nacionalidades, passeando pelo mercado a céu aberto. De vez em quando, eu percebia Diana me observando, como se quisesse saber minhas reações.

Será que ela estava tão curiosa sobre mim quanto eu sobre ela? Queria saber mais sobre a garota sem noção do perigo que havia ajudado uma fugitiva do palácio da rainha?

Quando terminamos, Diana me levou pelos corredores quase labirínticos, e nos embrenhamos no mercado, olhando todas as barracas possíveis. Encontrei uma lojinha de acessórios meio hippie e perdi um bom tempo admirando colares e experimentando anéis. Saí de lá sem comprar nada — infelizmente, não porque sou controlada; eu só ainda não tinha ideia de como lidaria com a questão financeira. Roberto e

Lauren tinham decidido me dar uma mesada de cinquenta libras, para que eu pudesse sair e ser *um pouco* independente. Também me informaram sobre um cartão de crédito de emergência que ficava guardado na primeira gaveta do rack da sala. Era tentador ver o cartão com a senha dançando à minha frente, e a vontade que eu tinha era de extorquir de Roberto tudo o que ele não pagara à minha mãe nos últimos dez anos. Mas eu precisava ser estratégica. E se eu fizesse uma besteira e Roberto decidisse esconder o cartão e suspender a mesada? Antes de cometer imprudências, eu precisava testar o terreno.

Foi só quando parei na barraca seguinte que decidi fazer minha primeira compra. A barraca de lembrancinhas era a mais barata de todas que eu tinha visto até ali e, de cara, meu olhar bateu num globo de neve de Londres, um dos tipos de enfeite preferidos da minha mãe. A base era preta e, dentro, havia o nosso palácio de Buckingham.

Era engraçado que eu tivesse conhecido Diana justo lá, da maneira mais inusitada possível.

Espiei-a pelo canto do olho, enquanto ela olhava uma prateleira de chaveiros. Os cabelos ruivos brilhavam sob o reflexo dos espelhos pendurados no teto. Quando saímos da loja, ela segurou minha mão, decidida, para me guiar a algum lugar. Passamos por artistas de rua, alguns tocando instrumentos que me fizeram acompanhar o ritmo com a cabeça, até que, por fim, paramos em um espaço mais amplo, cheio de barracas de doces e mais mesinhas de concreto.

— Senta aqui — ela disse, apontando para uma mesa vazia. — Já volto.

E foi andando meio apressada, enquanto eu observava suas costas magras até perdê-la de vista.

O lugar não estava muito cheio, mas tinha bastante movimento para uma segunda-feira. Pessoas não paravam de entrar pelo corredor de onde viéramos. Algumas procuravam bancos livres, outras iam direto para as barracas de lanche, comiam em pé e voltavam a seus passeios. Um homem de pele escura e tatuagens no braço tocava um violão preto e estiloso, cheio de adesivos de bandas, e entoava as notas finais de uma música do Ed Sheeran com sua voz rouca. Depois emendou em "Hero", do Family of the Year. Transeuntes jogaram moedas e seguiram seus caminhos quando a música acabou, e ele agradeceu ao pequeno público que se mantinha fiel ao redor dele antes de começar os acordes de uma música que eu conhecia muito bem. "Canyon Moon", do Harry Styles. Sorri, fechando os olhos para aproveitar o momento, movimentando a perna direita no ritmo e cantando junto.

Só voltei a abrir os olhos quando a música estava quase no fim. Meu olhar se fixou no artista talentoso, que cantava com um sorriso lindo, e só depois reparei em Diana, parada a alguns metros de mim, segurando dois potinhos. Ela devia estar ali havia pouco tempo, mas eu morri de vergonha mesmo assim. Sorriu para mim, toda fofa, e ergueu as mãos para mostrar o que tinha comprado: um copinho com churros e outro com calda de chocolate. Meus olhos brilharam de empolgação quando ela se sentou ao meu lado e estendeu o copo para mim. Peguei um dos churros, mergulhei no chocolate e comecei a comer.

— Isso é comum no Brasil, né?

Ela disse "né?" de um jeito tão fofo que eu quis apertar suas bochechas.

— É, mas o nosso costuma vir com recheio por dentro. Normalmente de doce de leite.

— *Dulce de leche* — repetiu em voz alta. Eu gargalhei com o sotaque, e Diana sorriu. — Então... Gostou do passeio?

— Pra caralho! Muito, muito obrigada por me trazer aqui, de verdade. — Mordi um pedaço do churro e decidi fazer uma confissão. — Meus primeiros dias em Londres não andam sendo dos melhores.

— Por que não? — perguntou, e vi seu olhar se encher de interesse. Talvez finalmente fôssemos falar das coisas importantes.

— Eu fui obrigada a vir porque... — desviei o olhar, hesitante. Por que era tão difícil dizer em voz alta? — ... minha mãe morreu. E eu não tinha com quem ficar.

Era parcialmente verdade.

— Sinto muito.

O rosto dela se encheu de pesar.

Eu respirei fundo.

— Não me dou muito bem com meu pai, então não tem sido, assim, um passeio no paraíso.

— É por isso que você quer trabalhar?

— É. Acho que pode ser bom ter uma reserva. Nunca se sabe.

Ela franziu a testa para a expressão. Eu busquei a tradução na cabeça.

— *You never know.*

— Pode parecer estranho, mas eu entendo perfeitamente. Tenho tido alguns problemas familiares também, minha mãe e eu andamos brigando demais. Trabalhar me ajuda a relaxar. — Ela mordeu o churro, e o canto da boca ficou sujo de chocolate. — Mas, bem, se você veio morar com seu pai, ele deve ter pedido seu *resident permit*. Se você tiver o BRP, o *National Insurance number* vai estar atrás.

Fiquei confusa com tantos nomes e siglas. Diana riu.

— É um pouco confuso no começo, mas você vai aprender tudo.

— Você disse que talvez saiba de uma vaga?

— Sim... — Ela contraiu os lábios e percebi que havia algum problema. — Mas pra isso preciso te apresentar a minha mãe.

— Ah!

Ela deu um sorriso sem graça.

— E vocês ainda não estão bem o suficiente pra isso — deduzi.

Diana assentiu. Senti um impulso de limpar o chocolate no canto da sua boca, mas me contive e levei os dedos ao meu próprio lábio.

— Tem alguma coisa a ver com o que te encontrei fazendo ontem?

Ela deu um sorrisinho torto, fazendo a covinha aparecer.

— Talvez.

Dei risada de sua resposta evasiva.

Não tinha descoberto nada durante minha pesquisa nos sites da realeza, exceto um boato de traição do príncipe Arthur (chocante, eu sei!). Considerando que ele tinha idade para ser pai de Diana, *acho* que eu podia descartar a participação dela naquela história. Até porque eu me recusava a acreditar que fosse verdade. Arthur e Tanya sempre foram meu casal-modelo. Era impressionante como os dois haviam lutado para trazer pautas relevantes para dentro da realeza, muitas vezes indo contra o avô, que era o típico velho rico conservador. E sabemos como é difícil romper com anos de ideias retrógradas — ainda mais considerando que em pleno século XXI o Reino Unido ainda vive uma monarquia.

Mas, além daquele rumor ultrajante, não havia nenhuma novidade. O que significava que provavelmente era uma história bem menos importante do que eu esperava — Diana devia ser amiga do cocheiro do primo de quinto grau do príncipe Arthur e entrara escondida no palácio, ou algo assim.

Ela comeu o último pedaço do churro e limpou a boca com um guardanapo antes de se levantar.

— Vamos? — chamou, como se tentasse fugir do assunto.

Fiquei observando o sorriso esperto que ainda brincava em seus lábios, como se pudesse encontrar a resposta para minha curiosidade em seu rosto.

Por fim, me levantei, resignada.

Eu aceitaria alguns segredos, contanto que pudesse continuar a receber todos aqueles sorrisos que ela me dava.

— Emi — chamei de repente, quando o filme começou a passar uma sequência de cenas românticas do casal com música ao fundo —, como você descobriu que era lésbica?

Da ponta do sofá em L, Emi olhou para mim. Lara, entre nós duas, continuava com o olhar fixo na TV. Estávamos na casa de Lara, fazendo nossa tradicional sessão pipoca dos fins de semana. O filme da vez era Todo dia.

— Sei lá, amiga. Eu acho que sempre soube? Eu vivia querendo brincar de dar selinho na Lara quando a gente era mais nova. Uma pena que ela nunca me deu bola.

Sem nem se virar para a gente, Lara mostrou a língua para Emi.

— Eu toda ingênua querendo brincar de casinha e a Emi querendo me dar beijo na boca.

Emi empurrou Lara, revirando os olhos.

— Mas você acha que dá pra se descobrir mais velha? Que nem a Rhiannon. — Apontei o dedo para a tela, indicando a protagonista do filme, que se apaixona por A, uma pessoa que acorda cada dia em um corpo diferente e, consequentemente, cada dia com um gênero diferente.

— Claro. A gente vive numa sociedade heteronormativa. Acho que é comum que algumas pessoas não consigam se identificar antes, ou fiquem se enganando, ou não saibam reconhecer os sentimentos. Ainda mais se for uma sexualidade monodissidente. Deve ser bem mais fácil acreditar que está confundindo as coisas.

— Hmmm...

Os personagens engataram numa conversa na televisão, e ficamos em silêncio para continuar a assistir. Mas minha mente logo se dispersou do filme, refletindo sobre as palavras de Emi.

7

Words will be just words
Til you bring them to life
"Another world"

Eu encarava o celular enquanto o toque da chamada de vídeo continuava a preencher o ambiente. A foto da minha vó estampava a tela havia alguns segundos, mas eu ainda não tinha decidido se atenderia. Uma pontada de culpa surgia em meio à mágoa que eu sentia dos dois e era o que me tentava a atender. Racionalmente, sabia que meus avós não tinham me despachado para Londres por mal. A morte da minha mãe fora difícil para todos nós — minha vó passara semanas deprimida, sem conseguir levantar da cama nem mesmo para comer, e eu e meu vô tivemos que ser fortes para cuidar dela, ainda que também estivéssemos sofrendo.

Na semana da missa de um mês, os dois receberam uma ligação da escola para uma reunião extraordinária — queriam falar sobre minha perda e o quanto isso tinha afetado meu rendimento. Foi naquele dia, na volta para casa, que eu tinha percebido o quanto meus avós pareciam cansados. Não apenas por causa da morte da filha, mas por serem obrigados a se tornar pais de uma adolescente de novo.

Então eu acabei dizendo:

— E se eu fosse morar com meu pai e terminasse a escola em Londres?

Os dois olharam para mim, abismados, e dava para ver que a ideia nunca lhes tinha ocorrido.

— Quer dizer, eu sei que deve ser difícil pra vocês, e deveria ser obrigação dele cuidar de mim... — A minha voz foi morrendo quando vi os dois se entreolharem.

Tinha sido uma ideia impulsiva, e eu me arrependi assim que percebi que eles estavam cogitando de verdade. Não disseram nem um *deixe de bobeira, Dayana, nós somos perfeitamente capazes de cuidar de você* antes da decisão final. Os dois simplesmente ficaram em silêncio, analisando a proposta, até que, naquela mesma noite, eu os ouvi ligar para o meu pai.

Era difícil aceitar que meus avós nem se esforçaram para ficar comigo. Eu tinha acabado de perder minha mãe, tudo o que mais queria era estar com minha família de verdade, com as pessoas que eu amava. Em vez disso, tinha sido abandonada por eles e obrigada a viver com um homem que nunca quisera saber de mim.

Talvez fosse meu castigo. Talvez meus avós também me culpassem pela morte dela.

Ainda assim...

— Oi, meu anjinho! — minha vó exclamou assim que aceitei a chamada.

Arrisquei um sorriso. Bater de frente com Roberto era uma coisa, mas com meus avós eu não tinha coragem.

— Oi, vó. Tudo bem por aí?

Pela tela do celular, via metade do rosto dela, do nariz para cima. Eu tivera que ensiná-la a fazer ligação de vídeo umas cinco vezes quando ainda estava no Brasil, porque ela vivia esquecendo. Mandar mensagens pelo WhatsApp já era um sacrifício. Além disso, eu andava sem ânimo nenhum para mostrar minha cara, então só tínhamos nos falado por chamada de voz até então.

— Ah, Dayana! Tirando a saudade, está tudo bem, sim! — Ela sempre dava a mesma resposta. Será que, no fundo, se sentia um pouquinho arrependida? Eu torcia para que sim. — Fiquei com saudade de ver seu rostinho e pedi pra filha da Neide me ajudar a ligar.

A filha de uns vinte e poucos anos da Neide, nossa vizinha, apareceu atrás da minha vó, por cima de sua cabeça.

— Oi, Day! Como estão as coisas aí? Muito frio?

— Tá tudo ótimo, Cris — menti. — Senti muito frio nos primeiros dias, mas acho que tô começando a me acostumar. O verão tá chegando aqui.

— Ah, é verdade! Aí é tudo trocado, né? — Ela vestia um cardigã azul-marinho. — Aqui o inverno resolveu chegar mais cedo. Acredita que o tempo virou totalmente depois que você foi embora?

— É o Rio chorando por mim — brinquei, meio falando sério.

Ela deu uma risadinha, e minha vó sorriu.

— Com certeza o Rio não é mais o mesmo sem você — concordou minha vó, com uma expressão triste. — Mas essa cidade cinza aí deve estar iluminada pela sua presença.

— E como você tá, vó? Tá se cuidando?

— Estou, sim, minha filha. Não precisa se preocupar. — Ela abanou a mão num gesto de desdém, e o celular balançou junto.

— Pode deixar que eu tô cuidando da dona Sônia, Day — garantiu Cris.

— Eu só quero que você se preocupe consigo mesma aí — continuou minha vó —, em aprender muito e viver feliz com seu pai.

Eu quase gargalhei com o pedido. É, aí a coisa ficava um pouco mais difícil.

— Claro, vó — concordei vagamente, fugindo do assunto. — E o vô? Tá tudo bem com ele?

— Está, sim! — Ela virou o rosto, a câmera quase grudando em sua bochecha, e berrou: — Ô Tião! Vem cá, Tião! — Minha vó abriu um sorriso antes de virar a câmera para meu vô. — Aqui, diz oi para sua neta.

— Oi, minha borboletinha — ele cumprimentou ao aparecer na tela, muito mais calmo e sereno do que ela.

Com seu jeitão calado, trocou meia dúzia de palavras comigo antes de se afastar lentamente. Minha vó disse mais algumas frases de encorajamento antes de desligar.

Quando a tela se apagou, eu caí na cama, frustrada.

Era o fim da minha primeira semana em Londres e, sinceramente, a única coisa boa que acontecera até então tinha sido conhecer Diana.

Depois do encontro na segunda, vínhamos nos falando por mensagem direto. Eu continuava acompanhando as notícias dos jornais, por curiosidade, mas ninguém havia comentado sobre uma certa garota ruiva pulando as grades do palácio. No momento, os holofotes ainda estavam voltados principalmente para o novo reinado e os primeiros decretos de Diana como rainha. Os tabloides não paravam de falar sobre a recente ordem de revisão da política de diversidade racial, étnica e de orientação sexual da Casa Real Britânica. Apesar de toda a confusão com a saída do armário do príncipe Andrew, o rei Oliver tinha seguido ignorando todas aquelas pautas. Mas a rainha Diana, não; ela chegara escancarando a porta. A realeza britânica não podia continuar fechando os olhos para aqueles debates, ela tinha declarado. Já havia passado — e muito — da hora.

O clima em casa continuava esquisito, apesar de Roberto estar tentando ao máximo amenizar as coisas com seu jeitão despreocupado. Lauren e Georgia tinham entrado numa espécie de guerra fria — sempre se alfinetando e trocando hostilidades —, mas pelo menos assim minha madrasta havia parado um pouco de pegar no meu pé.

O que significava que eu tinha passado os últimos quatro dias trancada no quarto, sozinha. Ainda tinha três meses até o início das aulas, mas aproveitei a calmaria para começar a treinar meu inglês. Além de assistir séries e filmes com legenda em inglês, eu treinava com Diana.

Deveria estar feliz por ser deixada em paz, mas a verdade é que a cada dia que passava eu me sentia mais solitária.

Olhei ao redor do quarto, observando as paredes ainda nuas e os móveis velhos. Nada naquela casa parecia um lar. Eu sabia que, sem a minha mãe, qualquer lugar seria frio e sem cor, mas ali em Londres tudo ficava mil vezes pior.

Depois do que pareceram horas, alguém bateu à porta. Bloqueei o celular, fazendo pausar o vídeo que estava vendo no TikTok, e me endireitei, sem querer dar a ninguém o gostinho de me ver triste.

Por uma fresta, Georgia espiou o quarto.

— Que é? — perguntei, ríspida.

— Ih, grossa. — Ela entrou e fechou a porta, então suspirou e relaxou a postura defensiva. — Vim te pedir desculpas — disse, sem rodeios. — Eu me exaltei um pouquinho naquele dia, mas não deveria ter descontado em você.

— Foi a Lauria... — Eu me segurei. Quase tinha deixado escapar o apelido de Lauren na frente da filha dela! Não achava que Georgia ficaria muito feliz, mesmo com a briga recente. — ... *Lauren* que mandou você vir falar comigo?

Georgia arqueou a sobrancelha. Será que tinha percebido?

— Não. — O tom foi taxativo.

Tudo indicava que ela e a mãe ainda não estavam se falando direito.

— O Roberto então, né? Realmente, eu deveria ter imaginado.

Peguei o celular, ignorando a presença dela. Não me importava com desculpas falsas. Ela tinha deixado bem claro o que achava de mim naquela manhã.

— Ele até veio conversar comigo, mas eu já pretendia falar com você de qualquer forma.

— Sei.

Mantive a expressão descrente, mas algo em meu peito pesou ao ouvir que Roberto havia tentado resolver as coisas com Georgia.

— Olha, eu não sou assim — ela continuou, aumentando o volume da voz enquanto vinha até mim e pegava o celular da minha mão. Cruzei os braços, pronta para protestar, mas ela não me deixou falar. — Não sou estourada, nem grito com as pessoas, muito menos falo qualquer coisa que possa magoar os meus pais. E não é porque eu quero ser a filhinha perfeita. Eu respeito meus pais. A gente tem um bom relacionamento. Às vezes eles me deixam frustrada? Sim. Às vezes a gente briga? Sim. Como toda família, nenhum de nós é perfeito. — Ela suspirou, chateada. De testa franzida, ela não me encarava mais. Estava com o olhar perdido no chão. — E essas dores que eu ando sentindo têm me deixado irritada, especialmente quando ninguém acredita em mim. Mas passei de todos os limites, eu sei. Claro que eu tô, sim, chateada por eles não levarem minha reclamação a sério, mas vamos ser sinceras, né? Boa parte desse estresse todo tem a ver com você.

— Comigo? — indaguei, cínica, com a mão no coração.

Tudo bem, eu sabia que estava sendo insuportável, mas não conseguia resistir.

Ela revirou os olhos, mas preferiu me ignorar.

— As coisas têm sido um pouco diferentes desde que soubemos que você vinha, ok? E não tá sendo fácil pra mim dividir a atenção dos meus pais com você ou te ver maltratando as pessoas que eu mais amo. — Também não parecia estar sendo fácil admitir aquilo, mas Georgia continuou: — Enfim, nada disso é justificativa pra eu ter te tratado mal. Entendo que você não tem a mesma relação que eu tenho com eles e que passou por muita coisa lá no Brasil, então não é justo que eu te trate assim. Eu tô realmente arrependida e prometo que vou tentar não deixar isso se repetir.

Pestanejei, sem saber o que dizer, enquanto Georgia me encarava.

Parecia estar sendo realmente sincera. Aquilo me desconcertou. Eu não esperava que ela fosse pedir uma trégua. Com brigas e implicâncias eu sabia lidar, mas com aquilo?

Olhei para os meus pés, quentinhos dentro de um par de meias de *A bela e a fera*.

— Tá bem... — eu disse, cautelosa. Um silêncio constrangedor se estendeu pelo quarto. — Hmmm... E você tá melhor?

— Tô, sim.

O rosto dela realmente parecia cheio de vida, diferente dos dias anteriores. Georgia era um palmo mais alta do que eu, mas tinha também um porte largo e grande, com bem mais curvas. Havia feito um rabo de cavalo no topo da cabeça com uma trança, e eu podia nitidamente imaginá-la como a filha perfeita: estudiosa, popular, amiga de todo mundo. A aluna de ouro.

— Mas manda a real aí, tem certeza que você não tava só de ressaca? — Abri um sorrisinho, e ela revirou os olhos. Mas era a minha forma de estender a bandeira da paz, e Georgia pelo visto sabia disso. — Quer dizer, eu vi você chegando tarde no sábado, não precisa mentir.

— Eu não tô mentindo, eu saí mesmo. Mas nem bebi naquele dia, só fui encontrar uns amigos e descontar um pouquinho da minha frustração com a chegada da minha irmãzinha estourada. — Ela desabou ao meu lado na cama, confortável demais, e deu um sorrisinho debochado. Revirei os olhos, mas não estava exatamente irritada com o comentário. Ela não estava falando nenhuma mentira, afinal. — Não foi a primeira vez que fiquei daquele jeito, mas tem piorado com o tempo.

— E você não faz nem ideia do que seja?

— A única coisa que sei é que teve um dia que acordei com uma dor absurda no corpo e não conseguia nem levantar. Falaram que devia ser por causa de alguma atividade que fiz sem me alongar antes e que ia passar logo. Mas aí não passou. — Ela deu de ombros. — Diminuiu, mas não passou. Tem dias que sinto vontade de vomitar de tanta dor. Já fui em três médicos diferentes, mas, como os exames não apontaram nada, todos disseram que devia ser só exagero meu. Dois disseram que tô querendo chamar atenção. Minha mãe acredita em mim, eu sei, mas acho que às vezes ela fica um pouco frustrada. Como na segunda-feira.

Assenti, sem saber o que dizer.

— Fora que você anda sendo um pé no saco, né, a coitada deve estar por aqui de estresse — ela falou, levando a mão ao topo da testa.

Revirei os olhos e lhe dei um chutinho.

— Sai pra lá, a gente não pode dar um pouquinho de confiança que a pessoa já fica abusada.

Ela gargalhou, levantando da cama.

— É que a conversa tava ficando esquisita sem sua rabugice. — Ela foi em direção à porta, mas se virou com a mão na maçaneta. — Prefiro assim.

Ela deu uma piscadela, e eu não consegui conter um sorrisinho.

— *Minha filha, você não acha que já passou da hora de conhecer alguém novo, não?* — *minha vó perguntou à mesa do almoço de domingo, depois de ouvir a filha dizer que não queria mais saber de namorar.* — *Não faz bem para uma mulher ficar sozinha.*

Minha mãe me encarou e revirou os olhos discretamente. Eu abafei uma risadinha.

— *É, mãe, você tá certa. Meu coração chega a doer todos os dias quando lembro que tô sozinha.*

As primas da minha mãe gargalharam e minha vó estreitou os olhos.

— *Deixa de ser debochada, Patrícia. Desde que o Roberto foi embora nunca mais te vi com ninguém.*

— *Só porque você não me viu com ninguém não quer dizer que não estive com ninguém.* — *Minha mãe arqueou as sobrancelhas sugestivamente e as primas abafaram uma nova onda de risadas.*

— *Eu não estou falando dessas safadezas que vocês fazem hoje em dia. Tô falando de um companheiro pra ficar com você, te ajudar a criar a Dayana, dar um irmãozinho a ela.*

Minha mãe quase cuspiu a cerveja.

— *Mãe! Deus me livre ter outro filho nessa idade.*

Minha vó a ignorou.

— *Eu aposto que a Day adoraria ter um irmão ou uma irmãzinha, não é, Day?*

Todos os olhares se voltaram para mim. Encolhi os ombros, me sentindo pressionada.

— *Ah. Uma irmã seria legal, eu acho. Mas só se ela fosse da minha idade. Eu não aguentaria um bebê chorão no meu ouvido, não.*

Foi a vez da minha vó revirar os olhos, traída.

— *Talvez a gente possa arranjar uma máquina do tempo pra eu te dar uma irmã, Day.*

— *Mãe, pelo amor de Deus, se a gente tivesse uma máquina do tempo teríamos muitas coisas melhores pra fazer do que te arranjar mais dor de cabeça. Já basta eu.*

A casa explodiu em risos, e nem minha vó se segurou, resignada. Minha mãe piscou para mim, cheia de cumplicidade.

8

Maybe it's the way she walked
Straight into my heart and stole it
Through the doors and past the guards
Just like she already owned it
"Best song ever"

Grocery store.
Segundo o Google, significava mercearia, mercadinho.
Adicionei o termo novo ao meu vocabulário enquanto encarava a loja à minha frente. A arquitetura era simples, o primeiro andar tinha uma vitrine toda de vidro, que me permitia ver a loja pequena e com detalhes em azul. Parecia ter saído diretamente de um dos filmes ambientados no interior da Inglaterra que eu adorava ver. O segundo andar era de tijolinhos brancos, com janelas altas entrecortando a fronte, persianas escondendo o que tinha lá dentro.

Mais cedo, eu havia recebido uma mensagem de Diana com a localização da mercearia me pedindo para encontrá-la ali. Era o endereço de uma ruazinha residencial ao sul de Londres, abaixo do Tâmisa, pelo que vira no GPS depois de sair do metrô.

Diana dissera que finalmente ia me apresentar à mãe — imaginei que significasse que elas haviam feito as pazes, ou pelo menos dado uma trégua. Então escolhi a roupa mais formal que trouxera na mala, mas não tinha certeza de que era o suficiente: apenas um mom jeans, uma blusa preta de meia manga e um coturno também preto. Ao arrumar a mala, nem havia passado pela minha cabeça ir a uma entrevista de emprego. Mas, quanto mais eu pensava na ideia, mais me parecia certa. Trabalhar me ajudaria a depender menos de Roberto e me daria liberdade, uma chance de sair daquela casa o quanto antes e ainda um tempo longe de Lauren. Era perfeito.

Pigarreei, alisando a roupa e mudando para o modo profissional. Desliguei a playlist da One Direction que viera ouvindo o caminho inteiro para me acalmar, guardei os fones na bolsa e entrei. Assim que cruzei a porta, hesitei, olhando ao redor à procura de Diana. À esquerda, havia três caixas administrados por mulheres, à espera de clientes. À direita, caixas de autoatendimento ocupavam o restante da extensão.

— Posso ajudá-la? — uma das caixas mais próximas perguntou em inglês, com uma voz bondosa apesar da expressão cansada ao me ver com o olhar perdido.

— Oi — cumprimentei também em inglês, tímida. — Estou procurando a Diana.

O sotaque da mulher era tão forte que não entendi um "a" da resposta. Mas ela apontou para um corredor mais à direita, que dava para o que parecia uma área administrativa, então só agradeci e fui para lá.

Eu estava nervosa; nunca tinha trabalhado antes — a não ser que ajudar minha mãe a preparar as marmitas contasse como trabalho — e, apesar de Rose ser brasileira, o que me tranquilizava um pouco, não fazia ideia do tipo de perguntas que ela poderia fazer. E se eu fosse um fiasco, e ela preferisse alguém mais experiente? Além disso, por mais que meu inglês fosse razoável, não estava sendo fácil decifrar o sotaque britânico. E trabalhar numa mercearia implicaria lidar diretamente com o público, certo?

Quando virei à direita, me embrenhando ainda mais na área administrativa, cheia de salas separadas por paredes divisórias com janelas de acrílico, trombei com alguém e, na pressa de me afastar, tropecei no meu próprio pé e comecei a cair. A mão da pessoa me segurou pelo braço, me impedindo de me estabacar, e quando virei o rosto dei de cara com Diana e *aquele* sorriso maravilhoso.

Por um segundo meu olhar parou nas sardas em formato de constelação acima do seu lábio. Meu Deus, como ela era linda...

E que mico eu tinha acabado de pagar!

Com o rosto queimando, eu me empertiguei.

— Oi. *Hi* — cumprimentei, desconcertada.

Me virei completamente para ela, cruzando as mãos às costas para tentar parecer confiante. Sua presença me deixava ainda mais nervosa. Talvez fosse porque ela tinha uma beleza magnética, que não me permitia desviar o olhar.

— Oi — Diana repetiu, em português, de um jeito que me fez querer abraçá-la. — Tá pronta pra conhecer minha mãe?

— Tô achando tudo um pouco rápido demais. A gente só saiu uma vez, sabe...

Ela deu uma gargalhada.

— Com isso não precisa se preocupar, já tenho planos para o nosso próximo *date* — completou com uma piscadela.

Por um segundo, meu coração acelerou demais. Com *date* ela quis mesmo dizer *encontro*, do jeito que a gente falava lá no Brasil, ou eu tinha entendido errado? Por que ela foi falar logo aquela parte em inglês?

Eu ainda não tinha pensado de verdade para onde nossa relação estava indo. Não tinha experiência em flertar com garotas, não sabia em que momento deveríamos perguntar: então você gosta de meninas ou só estamos saindo como amigas? Eu tinha me entendido como bissexual fazia pouco tempo, e quase todos os meus interesses amorosos até então foram platônicos. Quando Emi me contava suas histórias com garotas, tudo sempre parecia tão fácil. Eu achava que a gente simplesmente *soubesse*.

Mas não era bem assim que funcionava.

— Vamos? — perguntou Diana, me tirando do devaneio, e percebi que eu tinha ficado para trás.

Deixei as dúvidas de lado e corri para alcançá-la.

— Você e sua mãe fizeram as pazes? — perguntei, tentando quebrar o silêncio constrangedor.

Ela deu um sorriso resignado.

— Não exatamente, mas... estamos evitando falar do assunto proibido por enquanto.

A curiosidade provocou uma coceirinha em meu peito. Será que o assunto proibido tinha a ver com a fuga dela do palácio de Buckingham? Será que a mãe havia descoberto que ela tinha aprontado e a briga tinha sido por isso?

Mas parte de mim também ficou feliz em ouvir aquilo: ela tinha enfrentado o desentendimento com a mãe para me ajudar. Meu peito inflou de uma alegria desmedida. Tive que morder o lábio para conter o sorriso.

— Mas o que importa hoje é você — ela disse, parando em frente a uma porta bege, como as outras, mas com uma placa que dizia *Manager*. Gerente. — *Good luck* — desejou, baixinho, antes de bater.

A mãe de Diana pediu que entrássemos, a voz calma, mas forte e confiante. A porta se abriu, revelando uma escrivaninha cheia de papelada, atrás da qual uma mulher estava sentada, com cabelos pretos amarrados num coquinho baixo. Ao nos ver, ela tirou os óculos de aro redondo, levantou e contornou a mesa. Era alta e esbelta, tinha quadril largo e vestia um daqueles looks formais despojados, que só ficavam bem em algumas pessoas.

— Mãe, essa é a Dayana — Diana me apresentou em inglês, a mão aberta com a palma para cima apontada para mim. Ela foi cordial, mas dava para ver que havia certo distanciamento no tom. — Dayana, essa é a minha mãe, Rosane, gerente da Grocery Sugary.

Rose esticou a mão fina de dedos longos para me cumprimentar. Eu me aprumei ainda mais e a apertei.

— *Nice to meet you* — falei, odiando o sotaque que saiu.

Ela abriu um sorriso simpático, e os olhos se contraíram numa linha fina, quase como se estivessem fechados, enrugando nas pontas.

Rose não parecia muito com a filha. Diana tinha a pele bem mais clara, era um pouco mais alta e seu porte era menos esguio, mais sólido. Enquanto a filha tinha olhos verdes, a mãe me observava com íris castanho-escuras. A primeira tinha um nariz mais arrebitado, a ponta sobressalente; a segunda, um nariz mais reto e alongado.

Mas os olhos de ambas tinham o mesmo desenho, erguidos na ponta, como um delineado natural. Também tinham ombros largos e retos, que deixavam a postura naturalmente elegante. E o sorriso. Rose tinha a mesma arcada superior elevada, com os dentes frontais grandes, e o formato dos lábios era praticamente idêntico. O sorriso dela transmitia a mesma bondade e sinceridade que eu via no de Diana.

— Pode me chamar de Rose — respondeu em português, soltando minha mão e me conduzindo até a cadeira à frente da mesa. — A Diana disse que você é brasileira.

— Espero você ali fora — sussurrou Diana atrás de mim, antes de sair da sala.

Olhei por cima do ombro, vendo-a sair pela sala, antes de me sentar.

— Que legal encontrar uma conterrânea aqui — continuou Rose, se acomodando de frente para mim. — Eu nasci no Brasil, mas vim pra Inglaterra um pouco mais nova que você, então não conheço muitos brasileiros. Mesmo assim é tão bom encontrar gente da nossa terra, né? Dá uma sensação de conforto.

— Foi exatamente o que senti quando soube que a Diana falava português — comentei com um sorriso, lembrando da alegria que me inundara ao ouvir minha língua materna naquela cidade nova. — Cheguei a Londres tem uma semana, então ainda tô tentando me adaptar a tudo.

— A Diana disse que você veio morar com seu pai?

Eu me remexi, desconfortável, e assenti.

— E ele mora aqui há muito tempo?

— Dez anos.

— Entendi. — Ela acenou com a cabeça e cruzou as pernas, sem se estender no assunto. Percebi que tinha deixado as amenidades de lado e entrado no modo entrevista de emprego. — E você tem quantos anos?

— Dezessete.

— E por que está procurando trabalho, Dayana?

Desviei o olhar daquele rosto carismático dela e encarei o chão enquanto respirava fundo. Falar da minha vida pessoal era sempre muito difícil, mas, se eu quisesse aquele emprego, precisava demonstrar a Rose o quão disposta estava a conquistá-lo.

— Tive que vir morar com o meu pai depois que minha mãe morreu — um bolo subiu pela minha garganta, mas me forcei a engolir em seco e continuar —, e só posso entrar na escola em setembro, no começo do ano letivo. Então, achei que seria bom arrumar um trabalho que me ajudasse a praticar inglês e, ao mesmo tempo, me permitisse juntar um dinheiro para não sobrecarregar meu pai.

Não pegaria bem dizer que queria juntar uma grana para fugir da minha madrasta o mais rápido possível, então tentei seguir com uma parte da verdade.

— Entendo bem como é. Depender dos pais quando a gente convive é uma coisa, né? Mas quando a pessoa é mais distante causa mesmo um estranhamento. Eu passei a sentir isso depois que fui morar sozinha. Evitava sempre pedir dinheiro pros meus pais. Não parecia certo...

Ela deu uma risadinha, e eu a acompanhei. Rose tinha um sotaque fofo, em muito impregnado com o britânico, mas eu suspeitava que fosse do Nordeste pelo jeito cantado de emendar as frases. Ela falava devagar, como se não usasse o português havia muito tempo e estivesse tentando se acostumar novamente. Ainda assim, era uma mulher com muita desenvoltura. Tinha presença, sem precisar se exaltar. Demonstrava força, sem precisar ser rígida. Sabia como prender minha atenção com o jeito de falar, com aquele sorriso fácil e um tom bondoso, como uma mãe falaria com um filho obediente. Talvez Lauren devesse aprender um pouco com ela.

Seus olhos grandes pareciam enxergar no fundo da alma. A tez bronzeada, um pouco mais clara que a minha, parecia brilhar. Seu rosto era bem delineado, elegante.

Por fim, depois do que pareceu uma eternidade, Rose entrelaçou os dedos e pousou as mãos no colo.

— Não sei se a Diana te explicou alguma coisa, mas a nossa estoquista vai começar um curso de verão agora e, até setembro, não poderá vir no turno da tarde. É um pouco complicado para a gente contratar outra pessoa para poucas horas de trabalho, por isso a Diana achou que seria legal te colocar no lugar de Lily até ela voltar. É um trabalho bem manual, de ficar tabelando os produtos e contabilizando o estoque, e vamos te ensinar a usar todos os equipamentos, mas é preciso ter bastante concentração e agilidade ao mesmo tempo. Pagamos por hora aqui. São quatro libras e vinte centavos por hora para menores de dezoito. O que você acha? Te interessa?

Eu pisquei, atordoada com o tanto de informação e mais ainda porque... ela já estava me contratando? Era isso mesmo?

— Claro, parece ótimo! — Minha voz atingiu um tom mais agudo do que o normal, tamanha minha empolgação, mas Rose não pareceu se importar. Pelo contrário.

— Ficou surpresa? — perguntou, divertida.

— Um pouquinho — admiti, encolhendo os ombros.

Rose deu uma risadinha.

— Eu sei bem as dificuldades que a gente enfrenta morando num país estrangeiro. Mesmo vivendo aqui desde o fundamental e tendo passaporte europeu, não foi fácil encontrar quem me desse oportunidade. E tudo porque eu era brasileira. Fico feliz em poder oferecer isso para outros imigrantes hoje em dia.

Ela abriu um sorriso cheio de empatia, e me vi totalmente apaixonada pela mulher incrível que Rose era. Tal mãe, tal filha, afinal.

Ela deu um tapinha na própria coxa, meio que encerrando o assunto, e começou a levantar.

— O que você acha de vir aqui na segunda de manhã para conhecer a Lily, então? Semana que vem ela ainda vai estar *full-time*, mas você já traz seus documentos pra gente acertar tudo, e ela vai começando o treinamento e a te passar as coisas aos poucos.

— Seria perfeito! — respondi, animada, levantando também.

Rose riu.

— Se você trabalhar com essa empolgação, tenho certeza de que logo vai ser uma ótima estoquista. Lily que fique de olho aberto — disse com uma piscadela.

Quando saímos, Diana estava sentada no banco bem em frente à porta, mexendo no celular. Abriu um sorrisinho só para mim, sem jamais encarar a mãe, e veio para o meu lado enquanto Rose me levava para a frente da loja.

— Tentei convencer Diana a trabalhar aqui, mas ela disse que seria nepotismo — Rose comentou, rindo ao olhar para a filha.

Não parecia haver mágoa ou raiva em seu tom; pelo contrário. Ela soava maternal, daquele jeito que mães fazem quando estão tentando se reconciliar com os filhos.

Diana permaneceu calada.

Quando chegamos à loja, Rose me apresentou a alguns funcionários enquanto me contava sua história: era gerente fazia dois anos. Tinha começado como faxineira e foi subindo na empresa conforme mostrava seu potencial para ser uma boa líder, apesar de todas as dificuldades que enfrentara como estrangeira. A história inspiradora me animou. Eu ainda não sabia exatamente o que queria fazer quando saísse da escola, mas precisaria pensar no assunto em breve. E ver que Rose também viveu suas incertezas me fazia acreditar que eu poderia encontrar algo de que gostasse também, ainda que demorasse.

Quem sabe a Grocery Sugary não fosse minha luz no fim do túnel?

Meus olhos brilhavam de alegria quando saí da mercearia, meia hora depois, ao lado de Diana. Fui atingida por uma onda de calor, e o sol, que ainda não tinha aparecido antes de eu entrar na loja, brilhava forte no céu. Arregacei a manga o máximo que consegui, o corpo esquentando sob a blusa preta.

Mas nem o calor estragaria minha empolgação. Meu Deus, eu nem podia acreditar que tinha conseguido um trabalho de verdade! Eu poderia sair dançando a noite inteira, ouvindo a melhor música do mundo.

Oh, oh, oh-oh. Dava até para ouvir os acordes de "Best song ever" na minha cabeça e meu corpo implorava para seguir o ritmo.

— Você parece feliz — Diana comentou, me espiando com um sorriso.

Sob a claridade vespertina, sua pele parecia ainda mais branca, os cabelos ruivos reluzindo e esvoaçando com a brisa quente.

Um cheiro suave de erva-doce me invadia.

Caminhávamos lado a lado pela calçada, e talvez eu estivesse saltitando um pouco. Aquela felicidade me deu um novo propósito de vida. Eu estava determinada a ser uma pessoa diferente. Determinada a dominar o inglês, mostrar meu potencial, juntar dinheiro e...

Bom, eu não sabia o que faria depois. Mas, por enquanto, bastava.

— Estou. Muito. — Retribuí o sorriso. — Só tem uma coisa que me faria mais feliz nesse momento: a One Direction anunciar um *comeback*.

— Ahh, temos uma directioner iludida aqui.

Mostrei a língua para ela.

— Iludida é meu cu. Guarde minhas palavras: a One Direction *vai* voltar.

Diana soltou uma gargalhada. Eu sentia que ela não entendia metade dos meus xingamentos, e parte da graça era essa. Até porque palavrão é mais uma coisa de *feeling*: dependendo da entonação, a gente nem precisa traduzir para entender.

— Acho que eu andava me sentindo um pouco sem rumo desde que cheguei, sabe? — retomei o assunto, enfiando as mãos no bolso. — Com toda essa coisa de mudança, vir morar com meu pai depois de dez anos e o caralho a quatro. Tudo isso tava mexendo muito comigo.

Me calei de repente, sentindo que tinha falado demais. Olhei para o lado e a expressão de Diana era confusa, mas também encantada. Mordi o lábio e coloquei uma mecha de cabelo atrás da orelha. Era estranho como eu me sentia à vontade com Diana, como se derrubasse completamente minhas barreiras quando estava com ela. Às vezes precisava me refrear para não contar tudo.

— Falando em rumo, aonde estamos indo?

Ela apontou uma cafeteria meio rústica logo na esquina.

— Eu falei que já tinha planos.

Com uma risadinha, Diana segurou minha mão e me puxou para o estabelecimento até uma mesa próxima ao janelão de vidro.

— Eu queria te apresentar um café bem londrino, nada dessas coisas de turista que nem Starbucks. — Ela pegou o cardápio e olhou a lista. — Esse lugar é um dos meus achados preferidos. Venho tanto aqui que acabei descobrindo que posso fazer umas combinações bacanas, tipo...

Dessa vez foi ela que começou a tagarelar na língua nativa, e acabei me perdendo com as opções de bebida da cafeteria. Em vez de interrompê-la, porém, me recostei na cadeira e fiquei observando. Ela estava concentrada no cardápio e os dedos longos e brancos passeavam pelas páginas com rapidez. Uma tatuagem cobria seu punho direito, como uma munhequeira estampada com flores. Meu olhar subiu para o rosto dela. Diana não fazia exatamente meu tipo. Ela era magra e branca demais para o meu gosto. Mas havia alguma coisa nela... Alguma coisa a fazia se destacar. Um charme inegável.

Diana olhou para mim subitamente e arqueou a sobrancelha enquanto me entregava o cardápio. Senti minhas bochechas queimarem por ter sido pega no flagra de novo, como tinha acontecido em Camden Town.

— O que acha? — perguntou, e fiquei constrangida por não fazer ideia do que responder.

— Escolhe o que você acha que eu vou gostar mais — sugeri, me safando do problema.

Ela riu, e eu não sabia se foi porque tinha percebido que não prestei atenção em nada do que ela disse, ou se só estava mesmo entretida.

Diana chamou o garçom, um jovem um pouco mais velho do que a gente, todo tatuado, e fez o nosso pedido enquanto eu encarava os dois como se fosse uma ignorante. Quando dois ingleses conversavam, tudo ficava ainda mais difícil de entender.

Depois que o cara saiu, ela cruzou as mãos na mesa e se inclinou na minha direção.

— Por que você estava me olhando daquele jeito?

Se nossas bebidas já tivessem chegado, eu teria me engasgado com a pergunta direta.

— De que jeito? — tentei disfarçar.

— Como se você quisesse desvendar meus segredos mais sombrios?

Arregalei os olhos, boquiaberta.

— Eita, eu não estava te olhando assim!

Diana começou a rir da minha reação, se recostando na cadeira, e eu tentei me recompor.

Bem, pode ser que estivesse, sim. Um pouco.

— Eu só tava curiosa. — Escolhi ser sincera. — A gente não se conheceu de um jeito muito normal, né? Tem uma porrada de coisa que eu não sei sobre você.

Ela me encarou, pensativa.

—Talvez um dia eu te conte. *Who knows?* Seria um grande voto de confiança. Como vocês dizem? Você vai ter que fazer por merecer.

Mordi o lábio, tentando conter o sorriso, e desviei o olhar para a rua tranquila.

— Muito obrigada por ter me ajudado hoje. De verdade. — Voltei a olhar para ela, notando que sua expressão tinha se suavizado. Ela me analisava com afabilidade. — E agradeça à sua mãe também. Quando vocês estiverem bem — acrescentei, erguendo a sobrancelha.

Ela deixou escapar uma espécie de bufada pelo nariz.

— É, deu para notar, né? — Diana ficou me olhando. Senti que estava avaliando se eu era digna de confiança. Pareceu ter decidido que sim, pois emendou: — A gente está tendo certo... *disagreement*. Descobri que ela mentiu sobre uma coisa importante e acho que ainda não estou pronta para perdoá-la.

Foi sua vez de olhar pela janela. Dava para ver em cada traço do seu rosto o quanto o assunto era doloroso para ela. Uma onda de gratidão me inundou por vê-la confiando em mim. Decidi retribuir a sinceridade.

— Eu entendo *totalmente* — falei, tentando confortá-la. — Meu pai é uma decepção para mim: me abandonou há dez anos. É por isso que a mudança tem sido tão ruim. Fui obrigada a vir morar com um homem que é praticamente um estranho pra mim depois da... — respirei fundo; até quando falar daquilo me traria tanta dor? — ... morte da minha mãe. Ele é um estrume que nunca fez nada pela gente, e todo mundo fica agindo como se eu fosse a pior pessoa do mundo por não estar feliz pela oportunidade de vir para Londres e de ter um pai. Mas eu vivi muito bem sem ele até agora.

Senti que minha voz foi ficando exaltada à medida que eu falava e parei para respirar. Aquele assunto ainda me deixava puta da vida.

— Família... — foi tudo o que Diana disse.

Ela tinha consciência de que nenhuma palavra no mundo amenizaria a dor que sentíamos.

Nos encaramos com um sorriso de cumplicidade no rosto. Era como se tivéssemos acabado de compartilhar um segredo que apenas nós duas sabíamos. Como se estivéssemos criando mais um laço.

Naquele momento, o garçom chegou carregando uma bandeja com uma fatia de torta e nossas bebidas. As taças eram de vidro duplo, com um fundo mais arredondado que ia se afunilando no topo. Uma delas tinha uma bebida rosa e aguada, cheia de gelo, que o garçom colocou à frente de Diana. A minha era uma espécie de frappuccino verde com bastante chantilly em cima.

Diana agradeceu ao garçom, sem tirar os olhos de mim.

— *Cheers* — ela disse, erguendo a taça, como se quisesse brindar.

Eu bati a minha na dela.

— *Cheers* — repeti, estudando a palavra na boca, e Diana assentiu em aprovação.

A bebida tinha sabor de matchá e me deu uma sensação gostosa.

Ou talvez fosse o sorriso de Diana, que parecia ter a capacidade de mexer com todas as minhas terminações nervosas.

O aroma cítrico me atingiu antes de ela entrar no meu campo de visão. Ergui a cabeça, ansiosa, bem a tempo de ver Angélica passar pela minha carteira em direção ao fundão.

Meu coração acelerou. Tive que me conter para não virar a cabeça para acompanhar.

Era quase fim do primeiro semestre do nono ano, e, apesar de a maioria dos meus colegas continuar a mesma, ela era um rosto novo. No primeiro dia de aula, Angélica chegara com a blusa do uniforme e uma calça jeans simples, em vez da calça de malha que todos usávamos. Entrou na sala tão cheia de confiança — como se fosse dona da escola, e não uma aluna nova que não conhecia ninguém — que eu não tive opção senão ficar encantada.

No começo, me convenci de que eu apenas a achava bonita. Normal. Ela era mesmo bonita. Estilosa também, e tinha um charme natural, imponente. Eu só estava admirada. Talvez com um pouco de inveja?

Mas ela dominou meus pensamentos todos os dias desde então.

Comecei a ficar obcecada, nunca a perdia de vista. Eu pensava nela ao acordar e antes de dormir. Rabiscava seu nome escondido no meu caderno. Suspirava quando a via no pátio da escola. Reconhecia seu cheiro antes mesmo de vê-la.

Quando percebi, já não era mais uma simples admiração.

9

There's something happening here
I hope you feel what I'm feeling too
"Girl almighty"

Eu não sabia exatamente como Lauren e Roberto iam reagir à ideia de eu trabalhar, então no sábado, quando cheguei em casa, decidi não contar a eles. É claro que eu teria que contar em algum momento, mas ainda não estava pronta para arriscar a alegria que sentia.

Lauren e Georgia estavam na cozinha, preparando alguma coisa juntas, inclinadas sobre um copo medidor, uma segurando a base e observando as marcações, a outra despejando farinha de trigo. Ruffles estava enroscado ao pé delas, suspirando, em um sono restaurador. Quando terminaram de encher o copo, a farinha foi colocada em uma cumbuca, e então foi a vez do açúcar. Elas trocaram um sorrisinho empolgado, como mãe e filha de comercial de margarina. Um nojo. Pareciam ter feito as pazes.

Uma ponta de inveja provocou uma comichão em meu peito. Eu e minha mãe éramos exatamente assim: cozinhávamos juntas, nos divertíamos experimentando receitas e curtíamos as noites de domingo preparando as entregas de marmitas da semana. Eu admitia que, incontáveis vezes, me irritara em ter que gastar parte do fim de semana trabalhando com ela. Às vezes brigávamos, e ela dizia que eu não precisava ajudá-la, que ela daria conta de tudo. Então eu marchava para o meu quarto, gritando um "ótimo!" grosseiro e ia assistir alguma coisa para abafar a raiva. Quando ia dormir e percebia que ela ainda estava lá, se matando de trabalhar, a fúria amansava, e eu saía do quarto furtivamente para ajudá-la a terminar.

Eu achava que ainda teríamos tantos anos pela frente, brigando e fazendo as pazes. Agora me arrependia de não ter sido uma filha melhor.

Tentei seguir para o quarto silenciosamente, mas Lauren me flagrou.

— *Hey, sweetie!* — chamou, toda sorrisos.

Apesar de sempre ter achado Lauren falsa, estava começando a acreditar que aquele era mesmo seu jeito meio doido e de bem com a vida. Ainda que trocássemos hostilidades a cada vírgula, ela continuava lá com um sorriso alegre para mim no dia seguinte, como se já tivesse esquecido nossas desavenças.

— Georgia e eu estávamos agorinha mesmo comentando sobre a *summer sale*, que vai começar semana que vem. Você deve estar precisando comprar umas roupas, né? Fazer uma mudança dessas nunca é bom pro guarda-roupa.

Enquanto Lauren tagarelava, Georgia e eu nos entreolhamos, segurando o riso. Ela tinha plena consciência de que a mãe às vezes extrapolava no falatório. Deu de ombros, como se dissesse "mas o que posso fazer?".

Eu me aproximei do batente da cozinha, tentando espiar o que faziam.

— Depois vamos sentar e ver direitinho do que você está precisando, para a gente planejar quais as melhores lojas pra te levar. *But, of course, Primark first!* Você vai amar a loja, é simplesmente *huge*. Mas... hm... — Ela me analisou, como se medisse meu corpo, e eu me retesei, me sentindo exposta. — Não tenho certeza se tem roupa pro seu tamanho. Talvez...

A diversão acabou de repente, como uma bolha sendo estourada. Meu sangue ferveu, e eu nem a deixei terminar. Respirei fundo, tentando não criar mais uma confusão, e apenas virei as costas para ela e fui para o quarto.

Eu era feliz com meu corpo. Quer dizer, não vou dizer que nunca me sentia insegura e indesejada por não ter o corpo padrão; seria mentira. Já tinha tentado fazer dieta, correr pelas ruas do bairro todos os dias e ficar sem comer — até perceber que eu estava lutando contra quem eu era e tentando mudar por imposição dos outros. Era gorda desde criança e não me incomodava. Contudo, de tanto ouvir as pessoas dizerem que eu precisava emagrecer, de as outras crianças me chamarem de baleia, de adultos dizerem que minha mãe tinha que parar de me dar besteira para comer, de chorar no provador de lojas de departamento porque as roupas de que eu gostava não cabiam em mim — depois de tudo isso, comecei a acreditar que havia algo de errado comigo.

Mas minha alimentação em casa sempre tinha sido muito saudável. Minha mãe era quase uma chef de comida natureba, por isso começara a fazer marmita congelada. Eu também era uma das melhores alunas em educação física e sempre ia bem nos esportes. Nem mesmo a clássica justificativa de "só estou falando isso pro seu bem, você precisa pensar na sua saúde" valeria para a minha situação — se bem que não valeria para *nenhuma* situação, na real.

Eu era gorda porque sim. E não tinha nada errado nisso.

Quando minha mãe começara a perceber o quanto a pressão dos outros estava me afetando, me fez enxergar que as taxas dos meus exames de sangue significavam mais que o número da balança e do meu manequim. Que o meu corpo era o *meu* corpo: mais do que um simples padrão de beleza, era meu lar, e eu precisava sempre lembrar o quanto ele era importante simplesmente por existir e guardar minhas vivências e memórias.

Desde então, eu tive lá meus altos e baixos, mas, toda vez que a insegurança batia à porta, eu fazia questão de mandar à merda.

Por isso, não admitia que olhassem para mim como Lauren havia olhado.

— Dayana? *Sweetie*, você tá me escutando? — ela ainda chamou, mas fechei a porta para abafar sua voz.

Antes que eu sequer chegasse à cama, a porta se abriu novamente.

— Dayana, que falta de educação é essa, me dar as costas enquanto estou falando?

Lauriane parecia prestes a soltar fogo pela boca. Ela podia esquecer rápido nossas desavenças, mas também não levava desaforo para casa. Eu sentia um calafrio só de pensar no quanto éramos parecidas.

— Era melhor sair calada do que dizer o que eu estava pensando — retruquei, petulante, mas a porteira tinha sido aberta. — Estou muito bem com meu corpo, não vou ficar ouvindo crítica dos outros.

Lauren pareceu exasperada.

— Dayana, eu não estava criticando seu corpo! — Ela suspirou. — Me desculpa, não acho que tenha nada de errado com seu peso. Você é *beautiful* do seu jeitinho. Eu só não queria te levar a uma loja onde você se sentisse desconfortável por não ter roupa do seu tamanho. Sinto muito mesmo.

Ops.

Corei, percebendo que tinha acabado de cometer um pequeno equívoco.

— *Look, sweetie.* — A voz dela estava mais calma, até gentil. — A gente entende que você está passando por *some hard times*. Minha mãe, que Deus a tenha, também já se foi e não foi fácil passar pelo luto. *But this attitude* não vai ajudar. Não adianta nada sair dando coice no mundo, estamos todos fazendo nosso melhor pra que você se sinta bem e em casa. Mas você precisa parar de ficar tanto na defensiva. *Help me help you.*

Ela estendeu a mão, como se me oferecesse uma chance.

Eu sabia que a única pessoa a quem devia direcionar minha raiva era meu pai. Tinha sido ele quem nos abandonou. Ele que foi embora prometendo nos buscar quando estivesse com tudo acertado, para vivermos uma "vida melhor" na Europa, e acabou conhecendo Lauren, pedindo o divórcio e, no fim das contas, vivendo sua "vida melhor" com outra família. Mas já era difícil *controlar* a raiva que eu sentia a todo momento, quanto mais controlar para *quem* eu iria direcioná-la.

Mesmo assim, eu sabia que tinha errado. E feio.

Lauren realmente vinha sendo muito paciente comigo, tentando fazer com que eu me sentisse em casa. Claro, ela era uma pessoa difícil de lidar, e às vezes eu só queria dar um murro na cara dela e fazê-la calar a boca, mas pelo menos ela *olhava* para mim. Ela enxergava minhas dores.

Era muito mais do que eu poderia falar sobre meu pai.

Olhei para a mesa de cabeceira, decorada com uma parte da coleção de lembrancinhas da minha mãe, o globo de neve do palácio de Buckingham se destacando entre um mini-Cristo Redentor e um trenzinho de Tiradentes. Eu sabia exatamente o que ela me diria naquela situação.

Engole esse orgulho, Dayana. Não tem nada de errado em admitir que errou.

Quantas vezes ela já não tinha dito aquilo para mim?

Então larguei a bolsa no chão e, envergonhada, fui até Lauren. Ignorei sua mão estendida, porque... Bom, não dava para engolir o orgulho *todo*. Mas Lauren sorriu mesmo assim, satisfeita, e eu a acompanhei de volta à cozinha. Enquanto ela voltava à confecção do que eu imaginava ser um bolo, parei no batente, como costumava fazer com minha mãe. Observei mãe e filha se ajudarem. Parecia não haver espaço para mim ali.

Georgia, porém, percebendo minha presença, se virou para mim.

— Será que você pode pegar mais um ovo ali na geladeira, Day? — pediu, como se eu não tivesse acabado de fazer a maior grosseria com a mãe dela.

Corri até a geladeira, prestativa.

— Vocês, hm... — comecei, sem graça, depois que entreguei o ovo na mão dela — ... conhecem alguma loja *plus size* boa? Sem ser aquelas só com roupa brega?

— Então — Lauren estalou os dedos, como se estivesse recuperando o fio da meada —, eu ia dizer que tem a Asos Curve, já ouvi falar muito bem dela.

— Na Monki tem umas roupas ótimas também — comentou Georgia, roubando um pedaço do chocolate que ela picotava para derreter. — Dependendo da roupa, eu visto L, que é o G daqui, e adoro a qualidade deles.

Elas ficaram debatendo a melhor estratégia — dar um pulo na Primark antes para descobrir se tinha tamanhos *plus size*? Arriscar e qualquer coisa ir direto para a Monki depois? —, e eu fiquei ouvindo, assentindo, dando pitaco de vez em quando e sendo prestativa sempre que Lauren ou Georgia me pediam alguma coisa.

O ovo que Georgia me pedira ficou esquecido num canto.

Mais tarde, quando meu pai desceu do quarto e se sentou conosco no sofá para assistir a um filme bobo na Netflix comendo o bolo de cenoura com chocolate que fizemos, tivemos uma noite gostosa e tranquila pela primeira vez desde que eu havia chegado a Londres.

E, mesmo que somente por alguns instantes, fui capaz de deixar a raiva de lado.

Por alguns instantes, foi como se eu fizesse parte daquela família.

Ok, então. Eu estava interessada numa garota.
Fisicamente interessada.
Romanticamente interessada.
Isso significava que eu era lésbica?
Mas e os garotos de quem eu já tinha gostado? Tinha sido fogo de palha? Tinha sido um interesse baseado no que eu achava que a sociedade heteronormativa esperava de mim?
Não, eu não sentia que era isso. Eu tinha mesmo me interessado por eles.
Respirando fundo, peguei o celular na mesinha de cabeceira. Abri o navegador e, por via das dúvidas, entrei no modo privado.
Gosto de meninos e meninas, digitei na busca do Google.
Eu me senti meio idiota fazendo isso. Mas entrei em vários links, um atrás do outro, até me deparar com um termo que me fez hesitar.
Bissexual.
A porta do meu quarto foi aberta na mesma hora.
— Day, vou começar as marmitas — falou minha mãe, toda empolgada, esfregando as mãos uma na outra.
— Mãe! — gritei, deixando o celular cair de susto. — Bate na porta antes de entrar!
— Ihh, já vi que tá estressada. — Ela ergueu as mãos em rendição. — Pode deixar que eu me viro hoje.
Ela fechou a porta do quarto, me deixando sozinha e frustrada. Peguei o celular do chão e joguei a coberta por cima da cabeça.
Mas é claro que a culpa não me deixou ler mais nada direito, e acabei levantando da cama, bufando irritada, e marchando em direção à cozinha.
De qualquer forma, se tinha alguma coisa capaz de me distrair naquele momento, com certeza era cozinhar com minha mãe. Não tinha nada melhor no mundo.

10

> *We made a start*
> *Be it a false one, I know*
> *Baby, I don't want to feel alone*
> "18"

O trabalho de estoquista era menos complicado do que eu havia esperado. Na segunda-feira, quando fui à mercearia para o treinamento, Lily me mostrou tudo o que utilizava no trabalho, uma máquina que contabilizava o estoque pelo código de barras, onde ficavam as etiquetas dos produtos e — uma das coisas mais legais — uma espécie de escada elétrica que me levava às prateleiras mais altas com um simples botão. Também me explicou como fazer pedidos caso os números em estoque estivessem no vermelho, armazenar determinados produtos especiais e usar o sistema para verificar o que precisava ser reposto nas prateleiras da loja. Não era um trabalho difícil e Lily foi superatenciosa, fazendo tudo muito mais lentamente do que deveria. Mas era bastante informação, e acabei decidindo voltar mais algumas vezes na semana para continuar treinando.

Daquela vez, Diana não apareceu — ela estava trabalhando no turno da tarde algumas vezes por semana —, mas me mandou mensagem desejando boa sorte, e, quando cheguei em casa, mandou outra, perguntando como tinha sido.

> estou levemente desesperada pelo tanto de coisa que preciso gravar, mas tudo bem

> vai dar certo hahaha

Tenho certeza de que você vai se sair bem!

Te indiquei pra vaga porque você me pareceu sagaz ☺

> te salvando dos seus perseguidores, você quer dizer?

Exatamente, haha

Não consegui evitar a alfinetada, mas ela nem deu bola. Será que um dia eu seria digna de saber seu segredo? Aquilo quase me corroía de curiosidade. Então evitava pensar.

Depois do café no sábado, não tínhamos falado mais em sair. Talvez fosse minha vez de tomar uma atitude? Nossos dois primeiros encontros tinham sido sugestão dela.

Mordi o lábio, me recostando na cama, ainda com a roupa da rua.

> quando é sua próxima folga?

No fim de semana

Tem algo em mente?

Abri um sorriso involuntário, me sentindo boba com a mensagem. Era aquele sentimento gostoso de conhecer alguém, de ser correspondida. Fiz uma dancinha na cama e comecei a digitar a resposta.

> pior que não hahaha
>
> mas vou pensar em alguma coisa

Mas, antes que eu pudesse enviar, Georgia entrou no quarto. Escondi o celular embaixo de mim, sobressaltada.

— Caralho, Georgia! — reclamei, levando a mão ao peito. — E a minha privacidade?

— Privacidade? Não existe nesta casa.

Ela bufou e se jogou na cama aos meus pés. Nossa relação andava funcionando à base de implicâncias e alfinetadas, mas de um jeito bom. Ela então arqueou a sobrancelha.

— Por que você escondeu o celular? — perguntou.

Sem sentir, o escondi ainda mais. Óbvio que Georgia percebeu.

Ela abriu um sorrisinho malicioso.

— Hmmm, eu ia bem te perguntar que sumiços misteriosos eram esses, mas acho que agora temos uma resposta: tem crush na jogada.

Senti meu rosto esquentar.

— Não tem crush nenhum. Só tava conversando com uma col… — Eu me interrompi. Quase dissera "colega de trabalho", mas ainda não tinha contado para ninguém sobre o emprego. — … garota… que eu conheci — concluí, por fim.

Falar de garotas costumava calar a boca da maioria das pessoas. Era um jogo baixo, eu sabia, mas não era culpa minha se a maioria das pessoas ainda tinha ideias heteronormativas tão enraizadas.

— Uma garota que você conheceu, hmmm… — Ela subiu e desceu a sobrancelha, cheia de intenções, e quase senti meu ombro afundar em frustração por não tê-la enganado.

Por outro lado, era bom saber que Georgia encarava aquilo com tanta naturalidade. Eu não tinha parado muito para pensar sobre a questão da minha sexualidade no novo ambiente, até porque havia questões mais urgentes, como um pai que me abandonou e uma madrasta falsiane — que, ok, não parecia mais tão falsiane assim.

Mas, de alguma forma, ter a aceitação de Georgia me fez sorrir.

— Ela é britânica?

Assenti, relaxando a postura defensiva. Tirei o celular de debaixo do corpo.

— E como tá seu inglês? Vocês conseguem se comunicar bem?

Fiz uma careta.

— É, meu vocabulário é bom, até. Sou formada em inglês, tive que fazer o IELTS pro ensino médio. Meu sotaque é que é um cu. Fora que eu aprendi o inglês americano, então ainda tem a dificuldade de entender o sotaque daqui. — Soltei um muxoxo. — Minha sorte é que a mãe dela é brasileira também, então ela fala português. Tenho um pouco de inveja. Mesmo não sendo fluente, ela não tem vergonha de falar, de misturar o inglês e o português.

— Não que você saiba, né? Ninguém sai por aí anunciando suas inseguranças.

Ergui as sobrancelhas, surpresa. Não tinha pensado por aquele lado.

— É verdade...

— Mas pode deixar que vou fazer você perder essa insegurança rapidinho. *In a flash.* — Ela estalou os dedos. — *Only English from now on.*

— Para com isso — reclamei, rindo.

— *English, please!*

— Chata! — Mostrei a língua para ela.

— Bom, vamos começar treinando este fim de semana. — Georgia bateu palmas. — Vocês duas estão intimadas a comparecer ao Tabernacle, no sábado, às seis.

— O que é isso?

— O santuário dos jogos.

Franzi a testa. Ela suspirou, como se não tivesse paciência nenhuma com quem está começando, mas dava para ver o ar divertido em sua expressão.

— Uma lanchonete bem legal com jogos de tabuleiro e fliperama. Eu costumo ir lá com meus amigos e vim aqui te convidar. — Ela apontou o dedo para mim.

— E quem disse que eu quero ir? — perguntei, só para não perder o hábito.

Georgia revirou os olhos.

— Você sabe o significado de *intimar*?

Dei um empurrão em seu braço, implicante, mas, mesmo rindo, ela fez cara de sofrimento.

— Ai... — Massageou o braço.

Meus olhos se arregalaram.

— Meu Deus, desculpa! — pedi, desesperada. — Não sabia que você ainda tava sentindo dor.

Ela fez uma careta.

— Ela meio que não vai embora, mas tem vezes que fica pior. Mas relaxa, não tem problema — acrescentou, vendo minha expressão de pânico, e levantou, já rindo. — Não esquece de convidar sua *amiga* pra sábado. *Your girl friend* — emendou, rindo, porque "amiga" em inglês soava muito como "namorada".

Jogando um beijinho, Georgia virou e foi embora.

Mordendo o lábio, olhei para a mensagem não enviada no meu celular.

Apaguei.

> conhece o Tabernacle?

Meu crush em Angélica acabou quando entramos no ensino médio. Vieram as férias, trocamos de turma, ela começou a namorar um garoto do segundo ano, e aí tudo desapareceu como num passe de mágica.

E então veio o Heitor.

Foi um certo alívio até, não ter mais que esconder meu interesse amoroso. Eu não era de mentir para minhas amigas, e sabia que não tinha motivos para isso. Elas jamais me julgariam.

Mas, ainda assim, parte de mim sentia medo. E se Emi achasse que eu só queria entrar no vale por modinha? E se Lara achasse que era uma fase? E se elas me apoiassem e me motivassem a me assumir, e eu tivesse que contar para minha mãe?

Eram dúvidas infundadas, eu sabia. Mas não estava pronta para ter que brigar por algo que ainda nem entendia muito bem.

Então fiquei calada.

11

So I built you a house from a broken home
"Where do broken hearts go"

Quando voltei da mercearia pela segunda vez na semana, decidi que tinha chegado a hora de contar a Lauren sobre o emprego. Eu tinha dito que ia passear por Londres todas as vezes, então minha madrasta não fez muitas perguntas, apenas exigências: não demore, avise se houver imprevistos, atenda o telefone. Mas não daria para esconder quando tivesse que ir todos os dias à mercearia.

Além disso, eu não *queria* esconder.

Então, enquanto eu, ela e Georgia colocávamos a mesa do almoço, acabei contando a verdade.

As reações não foram nada do que eu esperava.

Georgia arqueou a sobrancelha e disse:

— Olha, taí uma coisa que eu não esperava: que você fosse do tipo trabalhadora.

Lauren ignorou a filha e, virando com uma panela na mão para colocar na mesa, falou:

— Eu acho ótimo! Trabalhar ensina a ter *responsibility* e ajuda a treinar seu *English*.

Era impressão minha ou ela tinha acabado de me dar uma indireta bem passivo-agressiva sobre responsabilidade?

— Era isso que eu tava pensando. Sobre *treinar o inglês* — acrescentei. Porque eu já era responsável, e muito. — Andei pensando em aproveitar o salário pra procurar também um professor para me ajudar na conversação. Não queria chegar na escola sem entender direito o que os professores falam.

— *Nonsense* — cortou Lauren na mesma hora, e eu estava pronta para contra-argumentar quando ela continuou: — Deixe que seu pai e eu resolvemos a questão do *English tutor*. É mesmo uma boa ideia, mas guarde o dinheiro *to yourself*. Tem muitas coisas legais aqui, você vai amar fazer compras em Londres! Inclusive agora temos mais uma desculpa pras nossas comprinhas! — Ela bateu palmas, empolgada.

Mais tarde, durante o jantar, ela contou ao Roberto sobre o emprego e a ideia de estudar inglês. Notei que a mão dele segurando o garfo parou a meio caminho da boca, enquanto assimilava a esposa dizer que eles deveriam arcar com esse custo. Realmente, certas coisas nunca mudavam. Roberto continuava muito mão de vaca, mesmo que eu agora morasse debaixo do seu teto.

— Sim, sim — concordou ele, depois de uma discreta cotovelada de Lauren. — Deixa com a gente, não precisa se preocupar.

— Obrigada — murmurei, ocupando a boca com uma garfada do bolo de carne delicioso de Lauren.

Ela deu uma piscadela para mim, e senti uma onda de gratidão.

Alguns minutos depois, enquanto meu pai e eu lavávamos e guardávamos a louça, ele enfim me parabenizou.

— Você vai se dar bem, Londres tem muitas oportunidades boas, se você souber aproveitar — comentou, esfregando um prato com a luva de borracha antes de colocar no escorredor. — Eu não soube muito bem.

Ele não emendou, mas eu conhecia mais ou menos sua situação no país: não falava quase nada de inglês, não tinha certificação superior. Tinha conseguido a cidadania graças ao casamento com Lauren, mas não se integrara ao país.

Era muito estranho estar ali, conversando com ele como se não fôssemos dois desconhecidos que moravam juntos. Olhei para nossas mãos, a dele coberta pela luva de borracha, a minha segurando o pano de prato, ambas apoiadas na bancada da pia. A pele dos nossos braços tinha quase o mesmo tom marrom-claro. Lá no Brasil, eu vivia ouvindo dos meus avós o quanto era parecida com Roberto. Fisicamente, nos trejeitos, até no jeito de dormir, com uma das pernas dobrada. E, apesar de ser obrigada a concordar quando olhava para ele, nada daquilo importava. Qualquer sentimento de proximidade era embaçado pela mágoa por nunca ter tido aquela oportunidade enquanto crescia.

Talvez eu devesse encarar como um intercâmbio em Londres, em que ele fosse o pai da família que me acolhera, e estava tentando fazer eu me sentir em casa, mas sem a responsabilidade emocional que um pai de verdade deveria ter. Acreditar *nessa* versão seria muito menos doloroso.

Enquanto o observava lavar a louça, com seus olhos castanhos grandes e alegres iguais aos meus, me perguntei se um dia eu conseguiria fazer as perguntas que realmente desejava.

Eu podia não conseguir fazer as perguntas importantes, mas estava finalmente preparada para extorquir de Roberto todo o dinheiro que ele devia da minha criação. Por isso, no sábado seguinte, quando entramos na seção *plus size* que acabamos encontrando na Primark, com um sorriso perverso, eu me livrei de qualquer resquício de culpa e de todos os ensinamentos da minha mãe sobre escolher roupas com o melhor custo-benefício.

Eu estava pronta para fazer a festa!

Claro que Lauren também estava pronta para me impedir.

— *Ok, then,* nosso ponto de encontro é no caixa. — Lauriane assumiu o controle da situação. Eu quase tinha esquecido que era ela quem administrava o dinheiro da família. Não era ela afinal que ficava cochichando no telefone, sempre que eu tentava pedir ajuda financeira ao meu pai? — Vocês podem pegar o quiserem, mas tenham juízo, não queremos levar seu pai à falência, *right, girls?*

Talvez eu quisesse...

— E por motivos óbvios, a Day tem um limite maior — continuou, e Georgia torceu o nariz —, mas vamos com calma. A Primark não vai a lugar nenhum. Prioridades, *ok, sweetie?*

Assenti, feito um cachorrinho. Eu acabava de ser comprada, subornada e manipulada. E não estava nem aí.

Olhei para meu pai, notando o quanto parecia igualmente empolgado. Ele tinha passado a viagem inteira até a loja falando maravilhas de Londres, como se estivesse ansioso para me fazer gostar da cidade, o que seria até bonitinho, não fosse aquela história toda de ter me abandonado quando eu tinha apenas seis anos.

Depois que nos liberaram, comecei do começo. Olhei todas as araras rapidamente, fazendo uma análise geral, então peguei algumas calças e blusas e fui para o provador descobrir qual era meu tamanho na loja. A numeração de lá era completamente diferente da que eu estava acostumada.

Quando vesti a primeira calça, meu celular começou a tocar. Era uma chamada de vídeo da minha vó. Ela estava ficando boa nisso.

Ou não.

Quando atendi, a câmera estava voltada para sua orelha, emoldurada pelos fios grisalhos.

— Vó? Cadê você? — perguntei, divertida.

— Day? — chamou, meio gritando. — Estou aqui, está ouvindo?

— Vó, você fez uma ligação de vídeo. Só tô vendo a sua orelha!

Ela afastou o telefone do ouvido e encarou a tela. Ao me ver, seu rosto se iluminou num sorriso.

— Oi, meu amor! — cumprimentou, com os olhos brilhando. Parecia que não me via fazia uma vida, mas a última ligação tinha sido só umas doze horas antes. Ela aproximou o celular dos olhos e o sorriso sumiu da tela. — Como vai minha netinha?

— Sua netinha está muito feliz nesse momento, provando roupas. — Apontei a câmera para as peças amontoadas no banco. — Sua netinha *is very happy*.

— Ai, que maravilha, minha filha! — Os olhos dela brilhavam de empolgação. — Estou tão feliz por te ver assim! Isso significa que as coisas por aí andam boas, *certo?*

— Ah, vó. Ainda é meio estranho, mas... até que tá tudo bem.

— Mas faz pouco tempo que você chegou. Eu não tenho dúvida de que as coisas vão melhorar cada vez mais. Vocês só precisam se acostumar um com o outro, como família. — Ela parecia estar dizendo aquilo para se convencer. — Estou muito orgulhosa de você, Day. Me dá uma paz saber que minha neta está bem. Eu sei que, no fundo, você não ficou feliz com a decisão que seu vô e eu tomamos, mas espero que saiba que a gente fez isso para o seu bem.

Eu hesitei, um pouco chocada, porque era a primeira vez que minha vó admitia saber como eu me sentia.

Senti um sabor amargo na boca.

— Sei... — foi tudo o que falei, a animação sumindo completamente. — Vó, a ligação aqui dentro tá meio ruim, vou ter que desligar, tá? Beijo.

Antes que ela pudesse responder, toquei o ícone vermelho.

Fiquei encarando o espelho à minha frente por alguns segundos, até que a cortina do provador foi parcialmente aberta.

Dei um pulo, virando para o rosto sorridente de Georgia e espalmando as mãos na frente do corpo, apesar de estar completamente vestida. Ela estava escondida pela cortina do provador.

— Garota! Você gosta de me assustar, hein? — reclamei, mas relaxei ao perceber que não era ninguém estranho.

Ela me ignorou.

— E aí, achou seu tamanho? O modelo ficou bom?

Olhei para minhas pernas e dei uma dançadinha no lugar.

— Até que não ficou ruim.

Georgia revirou os olhos.

— Você não dá o braço a torcer, né? — Ela abriu o restante da cortina, me mostrando um vestido xadrez amarelo bem justo às suas muitas curvas. — O que acha? — perguntou, dando uma voltinha.

— Lindo! — falei, sincera. — Onde achou esse? Será que tem pro meu tamanho?

— Ah, não. Agora vai querer comprar roupa igual? Daqui a pouco a gente tá saindo por aí que nem gêmeas.

— Enfia no cu essa merda, então — reclamei, mas não estava irritada de verdade. — Só achei que poderia ficar bonito em mim...

Ela bufou.

— Você quer é ficar bonita pra sua garota, né?

Quando comecei a protestar, ela me interrompeu:

— Tá bom, vai, eu deixo você ficar mais bonita que eu pra conquistar a crush hoje. Depois vou lá pegar pra você.

E foi saindo sem nem me deixar responder.

Aquele com certeza era o dia mais feliz da minha vida.

Emi, Lara e eu nos imprensávamos contra a janela enquanto o carro entrava num lindo hotel-fazenda — cheio de verde, animais e barulho de natureza, mas também com uma piscina enorme que já dava para ver da estradinha do estacionamento.

Minha mãe não tinha muita grana para fazer aniversários grandiosos como às vezes eu queria. No ano anterior, eu tinha ficado obcecada pela Hilary Duff depois de ver um de seus filmes na sessão da tarde e quis uma festa de quinze anos à fantasia, no estilo de A nova Cinderela, com direito a vestido de princesa e tudo. O máximo que ganhei foi um bolinho azul e máscaras para distribuir aos meus humildes dez convidados.

Então é claro que, quando fiz dezesseis anos, não esperava nada de especial. Já havia aprendido com as decepções. Eu era uma garota mais forte por causa delas.

Por isso, quando acordei naquele 29 de maio com minhas melhores amigas pulando na cama e mandando eu arrumar a mala porque íamos botar o pé na estrada, achei que elas estavam zoando com a minha cara.

Jamais imaginaria que minha mãe tivesse reservado um fim de semana todo para mim!

Olhei para ela com o sorriso de orelha a orelha, e minha mãe deu uma piscadela.

— Gostou da surpresa, Lady Day?

Se ela não estivesse dirigindo, eu teria pulado para abraçá-la. Mas tudo bem, eu tinha todo o tempo do mundo.

— Eu amei! Você é a melhor, mãe!

12

Baby, let me be your last
Your last first kiss
"Last first kiss"

Eu apertava os botões do fliperama com ferocidade, como se pudesse descontar toda a minha frustração naquele personagem musculoso com quem lutava. O barulho de outras máquinas ao redor se misturava ao burburinho dos jovens da minha idade que comiam, conversavam e riam alto.

O Tabernacle era mesmo bem legal. Uma mistura de lanchonete com *game experience*, que, como Georgia me explicara, consistia em várias máquinas de fliperama e um armário cheio de jogos de tabuleiro. Os amigos de Georgia já estavam lá quando chegamos — uma garota de cabelos pretos bem grossos chamada Kate Ward, cujo sotaque era tão forte que em determinado momento eu tinha desistido de entender; e Carter e Duncan, um casal de garotos tão parecidos (cabelos curtos, barba rala e a pele branca de um tom bem próximo) que eu achara que eram irmãos até se beijarem.

Depois de conversarmos por um tempo, eu tinha pedido um milk-shake delicioso enquanto jogávamos Azul, um jogo de tabuleiro com peças parecidas com azulejos. Mas, quando o lanche e a partida tinham acabado, eu senti o peso inevitável da decepção.

Diana não ia aparecer.

Já estávamos na lanchonete fazia mais de uma hora, e ela nem dera um sinal de vida, nem sequer uma mensagem. Georgia e os amigos dela ainda tentaram me animar, mas eu estava devastada.

Tinha me arrumado toda para ela, com meu novo vestido xadrez amarelo!

Sentia como se tivesse acabado de levar o maior fora da minha vida.

Não querendo chorar na frente dos amigos de Georgia, acabei me escondendo no fliperama.

O barulho dos tapas nos botões fazia com que minha mente se desanuviasse e meus pensamentos dispersassem. Eu nem sabia por que estava tão chateada. Nem conhecia a garota direito. Tudo o que sabia dela era que tinha mãe brasileira e que havia fugido do palácio de Buckingham.

E essa história do palácio, hein? Muito esquisita... Eu podia até imaginar meus avós se entreolhando e dizendo: *essa garota deve estar metida com drogas*.

Estava tão concentrada no jogo que mal percebi quando alguém chegou do meu lado, trombando no meu quadril tão de repente que soltei a alavanca e me virei gritando:

— Que é?!

E dei de cara com Diana.

— *You lose* — anunciou a máquina.

Meus braços desabaram.

Diana recuou um passo, os cabelos alaranjados balançando.

Assim que me encarou, ela abriu um sorriso, exibindo a arcada projetada e a covinha. As sardas em formato de constelação acima do lábio sobressaíram, e eu perdi a compostura por um segundo.

— Desculpa — pediu, encolhendo os ombros.

Eu não sabia se ela estava pedindo desculpas por ter me feito perder o jogo ou pelo atraso. Pigarreei, tentando me recompor, e ajeitei meu vestido.

— Tudo bem, eu já ia perder mesmo — foi tudo o que falei, e um silêncio desconfortável recaiu entre nós.

Reparando melhor, ela parecia meio afobada. Gotas de suor escorriam pela testa, a respiração estava acelerada, cabelos e roupas desalinhados.

Percebendo meu olhar, ela ajeitou a saia amassada.

— Desculpa — repetiu, e dava para ver que era pelo atraso. — Tive um problema, acabei me atrasando e não consegui te mandar mensagem. Vim correndo. — Saiu tudo num inglês tão rápido e num sotaque tão carregado que demorei para assimilar. Ela estalava os dedos, nervosa.

— Tá tudo bem? — perguntei, percebendo sua inquietude.

Diana assentiu.

— Só preciso de um segundo para me recompor.

Franzindo a testa, peguei a mão dela e comecei a arrastá-la para fora da lanchonete. Quando passamos pela mesa de Georgia, articulei um "já volto" sem som.

Georgia fez um joinha, e Carter e Duncan assobiaram para nós, muito empolgados, quando me viram de mãos dadas com Diana. Eu a empurrei para fora ainda mais rápido, morrendo de vergonha.

O vento açoitou meu rosto assim que saímos. Ainda estava claro — o solstício de verão estava cada vez mais próximo —, mas nuvens carregadas começavam a esconder o céu azul.

Exceto pela entrada do Tabernacle, a rua estava deserta. Fui caminhando com Diana a esmo pela calçada.

Nossas mãos ainda estavam unidas.

Ela olhou para mim.

— Você está linda.

Olhei para o meu vestido, sentindo o rosto esquentar.

— Sabe onde estamos? — questionou enquanto andávamos pelas ruazinhas de um bairro tranquilo, cheio de casinhas geminadas. O lugar era estranhamente familiar para mim. Franzi a testa. — Notting Hill. Você não disse que era *your mom's favorite film?*

Arregalei os olhos e assenti, observando os arredores com um novo olhar.

Fechei os olhos, sentindo o vento balançar meus cabelos. Quase pude ouvir a risada que minha mãe dava quando assistíamos o filme juntas. *Não esqueça que eu sou apenas uma garota, parada na frente de um rapaz, pedindo a ele que a ame.* Ela repetia a frase junto com a Julia Roberts todas as vezes, e soltava gritinhos empolgados, feito adolescente, quando o Hugh Grant aparecia na coletiva de imprensa no fim do filme.

O luto me atingiu como um soco.

Queria tanto que minha mãe estivesse ali.

Percebendo meu silêncio, Diana disse:

— Em que você tá pensando?

Dei um sorriso triste para ela.

— Na minha mãe, claro.

Eu não tinha certeza se saberia explicar tudo o que se passava na minha cabeça. A mágoa por ter sido obrigada a me afastar do lugar onde construímos nossas memórias. A culpa pelo que eu tinha feito.

A saudade que eu sentia dela.

Olhei para a frente, para as casinhas coloridas, tão charmosas.

— Nós sonhávamos em vir aqui juntas. Ela amava Londres. Vivíamos vendo filmes ingleses juntas, e ela sempre foi viciada em bandas daqui, ia a todos os shows no Rio. Falávamos o tempo todo de vir para cá. — Eu mal percebi que divagava, deixando os pensamentos transbordarem em palavras. Quando virei para Diana, encontrei seu olhar atento. — E, no fim das contas, eu vim mesmo. Só que sozinha. — *Por minha culpa*, ecoou como um grito na minha cabeça.

Será que existe um limite para a memória, como um baú de lembranças que escondemos no armário? Quantos pensamentos conseguimos guardar para esquecer, ocultar para não sentir, antes que tudo transborde?

Eu começava a sentir que estava no meu limite.

Percebendo as mudanças em minha expressão, Diana levou a mão ao meu queixo e me fez olhar para ela.

— Eu sei que é difícil, mas você *precisa* seguir em frente. Tenho certeza de que ela não gostaria de te ver assim.

Dei uma risadinha e fechei a tampa do baú.

— Ah, não mesmo. Ela ia me dar a maior bronca. Eu consigo até ouvir ela falando: *Ah, Dayana, desfaz essa cara de cu. Vai passear, visitar os cafés aonde você sempre quis ir, stalkear os meninos da One Direction.*

Diana riu.

— É verdade, né? Esqueci que você é directioner. Pena que você só veio depois que eles acabaram.

Eu a fuzilei com o olhar.

— Essa piada tá ficando ruim já. Quantas vezes vou ter que repetir? Eles estão em um *hiato*.

Diana pressionou os lábios para segurar o sorriso.

— De mais de cinco anos?

— Só tá demorando um pouco mais do que eles previram por conta dos projetos pessoais.

— Você não tem cara de ingênua, Day. Quanto antes aceitar, melhor.

— Shiu — ordenei, fazendo-a rir alto.

O som da gargalhada me fez amolecer.

Eu duvidava muito que a One Direction fosse voltar, é claro. Os meninos estavam todos muito bem em suas carreiras solos. Mas havia sempre aquele fio de esperança guardado no fundo do peito, um desejo de vê-los juntos de novo nem que fosse para uma reunião temporária.

Voltei a observar os detalhes da ruazinha. A arquitetura das casas. As portas coloridas. O brilho que vinha das janelas. O barulho de talheres nas salas, enquanto famílias se reuniam para jantar. Era o bairro dos meus sonhos. Sempre que me imaginava morando na Inglaterra, era num bairro assim, numa casinha daquelas. Tão curioso pensar que, havia pouco tempo, eu sonhava em morar no Reino Unido e, desde que chegara, tudo o que mais queria era fugir dali.

Bem... Talvez não mais.

Mas eu ainda não tinha certeza de que pertencia àquele lugar.

— *Ain't no sunshine when she's gone* — comecei a cantar de repente, movendo a mão no ritmo da música-tema de *Um lugar chamado Notting Hill*. — *Na na na when she's away...*

Diana riu do meu embromation e se juntou a mim, me ajudando nos trechos que eu não sabia. Senti uma alegria boba por vê-la rir tanto comigo. Havia alguma coisa acontecendo na vida dela também, isso eu sabia; o quê ainda era um mistério. Eu queria perguntar, queria confortá-la da mesma forma que ela fazia comigo, mas não tinha coragem de me intrometer. Quando ela quisesse, eu tinha certeza que compartilharia comigo. Era bom sentir que eu a estava ajudando de alguma forma, nem que fosse a distraindo.

Fomos cantando de braços dados, quase berrando pela rua ao chegarmos ao refrão. Um morador apareceu na janela para mandar que calássemos a boca. Nós o ignoramos. Uma gota de chuva caiu bem no meu nariz. Olhei para Diana e acho que ela reparou a mesma coisa, pois me puxou pela mão no momento em que mais gotas nos molharam.

Saímos correndo até encontrarmos uma marquise, enquanto a chuva apertava. Quando enfim paramos, me curvei, tentando recuperar o fôlego e rindo ao mesmo tempo. A risada dela me acompanhou, e olhei para seu rosto abaixado, sentindo meu coração bater descompassado com a corrida.

À medida que a risada morria, eu fui endireitando a coluna, e ela fez o mesmo.

Mas não soltou minha mão.

Fiquei olhando para ela, o cabelo pingando, e tentei decifrar seus pensamentos. Talvez porque tivesse sido tomada pelo momento mágico, pelo sorriso doce de Diana… Aproximei o rosto e a beijei.

A princípio foi só um selinho. Um leve resvalar de lábios. Eu não tinha a intenção de *beijá-la* de verdade. Só precisava extravasar a felicidade de alguma forma.

Mas, então, ela retribuiu. Não ficou lá, congelada, esperando que tudo acabasse para que eu percebesse a besteira que tinha feito — como parte de mim imaginava que aconteceria. E sim levou as mãos à minha cintura e apertou os lábios contra os meus. Quando me afastei um pouco, somente o suficiente para conseguir enxergar todas as sardas em seu rosto e ver o brilho na íris verde, me sentindo levemente chocada, ela abriu um sorriso lateral que me fez perder tudo.

E aí eu voltei a beijá-la. Daquela vez para valer.

Segurei seu pescoço, os dedos roçando nos fios de cabelo mais curtos em sua nuca. Os lábios dela estavam gelados e tinham gosto salgado de chuva. Suguei o inferior, o sabor se misturando na minha boca, e ela levou a mão ao meu rosto, deslizando pela minha bochecha até chegar aos meus cabelos. Enfiou os dedos entre os fios e puxou de leve, me causando arrepios. Estremeci quando sua língua tocou a minha e a imprensei na parede, completamente perdida no momento e nas sensações que ela provocava em mim.

O beijo de Diana era tudo que eu tinha imaginado. E, ao mesmo tempo, também era novo, fantástico, inexplicável. Um beijo que eu nunca na vida supus que pudesse existir.

Era surpreendente, como ela.

Eu poderia até não ter certeza alguma sobre querer continuar morando em Londres. Mas tinha certeza absoluta de que queria viver naquele beijo para sempre.

Garota misteriosa é vista rondando a família real

por Chloe Ward

Parece que junho está sendo um mês agitado para os nossos queridinhos reais. Uma funcionária de uma loja de conveniência próxima ao palácio de Buckingham afirmou ter visto uma jovem estranha rondando o palácio nos últimos dias.

"No domingo, quando estava saindo do meu turno, ouvi uma gritaria e vi duas garotas correndo enquanto seguranças de terno corriam atrás", informou a funcionária. "Mas foi tudo muito rápido, só pude notar que uma delas era ruiva." A vaga descrição se assemelha à de uma jovem que, segundo novas testemunhas, compareceu ao palácio no último sábado.

O desenrolar dessa novela real está ficando cada vez mais interessante. Quem será a mulher misteriosa que encantou nosso príncipe? E qual a sua relação com a jovem delinquente que foi perseguida pelos seguranças do palácio?

13

If we could only have this life
For one more day
If we could only turn back time
"Moments"

Eu estava nas nuvens.

Toda vez que fechava os olhos, lembrava do nosso beijo. Toda vez que respirava, lembrava de Diana. Da voz. Dos olhos verdes. Da constelação de sardas acima de sua boca.

Era domingo, então estava liberada para dormir até mais tarde. Mesmo assim, tinha acordado cedo e ficara me revirando na cama, repassando a noite anterior mais vezes do que era saudável.

Quando comecei a ouvir barulho na cozinha, levantei, saltitante, e fui ajudar Lauren a preparar o café da manhã. Eu devia estar com um sorriso bobo no rosto, porque ela logo comentou:

— Alguém acordou de bom humor.

Sorri, incapaz de me conter.

— Hmmm... isso tá uma delícia — cheguei a falar quando dei uma mordida na panqueca que ela fizera.

Lauren ergueu a sobrancelha, surpresa com o elogio. O que, é claro, foi a deixa perfeita para dar início a seu falatório habitual. Eu já estava até me acostumando.

— Você acompanha as histórias da família real, *sweetie*? — perguntou de repente. — Georgia e eu somos obcecadas por eles. *It's all so fasci-*

nating! — Ela pegou mais uma panqueca. — A gente foi ver o *royal wedding* do príncipe Arthur com Tanya Parekh e foi simplesmente sensacional. *Amazing!* Nós *temos* que te levar no próximo evento real, você vai amar!

Lauren desembestou a contar as histórias da família real, enquanto eu adoçava o café e continuava a me deliciar com a panqueca.

— E quando a rainha Di foi coroada também fomos lá ver! Fomos até na procissão do velório do rei Oliver. Que ele descanse em paz — prosseguiu. Era engraçado como Lauren não precisava de nenhum incentivo para continuar falando. — *Of course*, não conseguimos ver nada muito de perto, mas ainda é *very exciting*. Aquela família é uma graça, e eu amo como a Diana e os filhos deram uma sacudida nas estruturas da monarquia. Uma rainha divorciada! Um príncipe herdeiro gay! O segundo filho casado com uma indiana! Mas agora com esses boatos sobre a separação do Arthur e da Tanya... Ficamos arrasadas.

Parei com o garfo no ar.

— Mas é verdade mesmo? — Não resisti em perguntar. — Achei que fosse só fofoca maldosa.

— No começo, também achei. Mas a Chloe Ward, que é meio *stalker* da família real, é sempre a primeira a dar os furos. Ela tem cantado essa pedra há um tempo já. *Maybe it's nothing*. Me dói acreditar. — Ela balançou a cabeça, como se a separação fosse de alguém da própria família. — Mas outros tabloides têm começado a prestar atenção também. Não duvido que em breve essa bomba estoure.

Meu queixo caiu.

— *Caralho de asa.*

Lauren franziu a testa para o palavrão, mas fui salva de uma bronca com a chegada do meu pai à cozinha.

— Bom dia — cumprimentou, todo sorridente, puxando a cadeira para sentar. — Animadas com o nosso passeio?

Olhei para ele, confusa.

— *Oh, darling* — Lauren disse, pousando a mão no ombro de Roberto. — Eu nem falei nada com a Dayana, porque a Georgia não amanheceu muito bem. — Ela se virou para mim. — Seu pai e eu pensamos em levar vocês para um passeio pela cidade hoje, mas a Georgia nem está conseguindo levantar da cama.

Uma ruga de preocupação se formou na minha testa. Georgia parecera tão bem na noite anterior... Ela não largara do meu pé na volta do Tabernacle, me enchendo o saco até eu contar o que acontecera com Diana. Quase não tinha me deixado dormir de tantas perguntas.

— O que ela tem? — perguntei, esquecendo o beijo, a separação do meu casal favorito e todo o resto.

Lauren se apressou em balançar as mãos, minimizando o problema.

— Nada de mais, não como naquele dia, mas achamos melhor ela ficar em casa repousando. — Então sua expressão se iluminou, como se acabasse de ter uma ideia. Bateu com força no ombro de Roberto, que fez uma careta. — Já sei, *darling*, por que você e Dayana não vão sozinhos? Eu posso ficar aqui com a Georgia. — Ela pode ter ficado empolgada, mas senti meu humor azedar. — É bom que vocês podem ter um momento de *father and daughter*. Vocês quase não tiveram oportunidade de conversar desde que a Day chegou.

Minha simpatia com Lauren foi para o ralo no mesmo instante e senti vontade de esganá-la. Mas Roberto pareceu achar a ideia genial.

— Claro! Vai ser ótimo. O que acha, Dayana?

Olhei para ele, com um sorriso amarelo.

E eu lá tinha escolha?

Uma hora depois, estávamos sentados no tradicional ônibus vermelho de dois andares. Roberto preferira ir de transporte público, não apenas para evitar os gastos de gasolina e estacionamento, mas também para deixar o carro com Lauren, caso precisassem ir ao hospital. Ele contou que, apesar de a esposa não gostar muito de dirigir, ela tinha habilitação e poderia pegar o carro em alguma emergência.

Também contou que tinham comprado aquele carro recentemente, depois de muito tempo andando numa lata-velha. Contou que tinha sido difícil ganhar dinheiro no começo, ainda mais com os reflexos da crise de 2009, mas que de pouquinho em pouquinho eles foram juntando para pagar o financiamento da casa onde moravam e comprar o carro.

Ele contou muitas coisas que eu não estava a fim de ouvir. Parecia estar se justificando pelo fato de nunca ter dado nenhum apoio a mim e à minha mãe. O que ele não entendia de verdade é que nunca tinha sido só questão de dinheiro.

Enquanto ele continuava a verborragia despreocupada, eu saquei o celular.

> SOS
>
> me salva

Diana não demorou nem cinco minutos para responder.

> É tão ruim assim ficar sozinha com seu pai?

> não é ruim
>
> é péssimo

Apesar da resposta, espiei Roberto pelo canto do olho, temendo que ele acabasse lendo minhas mensagens. Mas ele ainda estava contando sobre a vez que o carro velho o deixara na mão e ele não tinha nem dinheiro nem o passe para pegar um ônibus e tivera que andar duas horas até em casa.

Escondi um pouco mais o celular quando vi Diana digitando.

Hahaha!

Por mais que eu entenda muito bem sua resistência

Também acho que não adianta muito

Você pode só ignorar e viver com essa raiva que não vai fazer bem pra nenhum dos dois

Ou pode dar uma chance pra ele

hmmm

vamo voltar praquela parte em que a gente se beija e não fala sobre coisas que eu não quero ouvir?

Você é muito cabeça-dura!!!

Eu posso concordar com a parte do beijo

Mas mesmo assim vou dizer coisas que você não quer ouvir

Apertei os lábios para evitar um sorriso. Tive que respirar fundo, a vontade de sair correndo dali e ir encontrar Diana e beijá-la de novo travando uma batalha feroz dentro de mim.

Antes que eu respondesse a ela, notei que meu pai havia se calado. Ergui o rosto, com medo de que ele tivesse visto alguma coisa, mas Roberto observava a rua. Será que tinha terminado o que dizia?

Percebendo que eu o observava, ele se virou com um sorriso sem graça.

— Desculpa o falatório sem fim, às vezes eu acabo falando demais. A Georgia sempre briga comigo.

Claro que briga. Ela tem intimidade de filha para fazer isso.

Eu me surpreendi com minha amargura. Não tinha mais raiva de Georgia, mas ainda invejava que ela tivesse tido oportunidade de ser uma filha para o meu pai. E, à medida que nossa relação se fortalecia, eu ficava ainda mais furiosa com meu pai por ter me privado de tanta coisa.

Não se tratava apenas de ele ter ido embora e arranjado outra vida. Ele tinha *sumido*, não tinha sido o pai de que eu precisava, não tinha me dado nem a oportunidade de fazer parte da nova família.

Encolhi os ombros, sem saber o que responder.

Diferente de Lauren, que não tinha muita noção, Roberto se calou, respeitando meu desejo de ficar em silêncio. Mas olhou para a rua com uma expressão tão desolada que acabei ficando com pena.

Argh, que saco.

Guardei o celular no bolso, a empolgação de conversar com Diana já perdida, e afundei no banco. Enquanto observava a paisagem, porém, comecei a relaxar. Andar de metrô era certamente muito mais rápido e prático, mas havia algo de mágico no passeio de ônibus, mesmo que o aquecedor ligado no máximo deixasse o ar tão abafado que o cheiro de suor empesteasse o ambiente. Meu peito formigava com uma leve felicidade de estar ali, no segundo andar, como sempre me imaginara, vendo a arquitetura antiga de Londres passar pelos meus olhos — casas, lojas, empresas, todas abrigadas naquele estilo clássico e imponente típico da cidade. Eu me sentia como no videoclipe de "LDN", da Lily Allen, vendo uma Londres cor-de-rosa.

Quando saltamos, reconheci de cara onde estávamos.

Atrás de mim, o Big Ben se estendia para o céu, o clássico relógio indicando três da tarde. À frente, a ponte de Westminster cortava o Tâmisa em direção à London Eye.

Roberto me guiou para aquela direção.

— Aonde estamos indo? — perguntei, enfim quebrando o silêncio.

— Tá vendo aquela mureta ali, antes da roda-gigante? — Ele apontou. — Tem umas lanchonetes e as pessoas vêm aqui para caminhar, dar uma volta, relaxar vendo a paisagem. Pensei que você poderia gostar.

Eu me senti estranhamente comovida pela consideração.

Quando chegamos ao outro lado da ponte, acabamos decidindo por um lanche no McDonald's. Roberto e eu escolhemos a mesma coisa: um McChicken, com suco de uva e batata frita. Fazia séculos que eu não comia no McDonald's, mas não dava para resistir. Levamos as sacolas de papel para o lado de fora. A mureta que dava para o rio estava praticamente toda ocupada por grupos de amigos apoiados com copinhos de cerveja, conversando distraídos. Procuramos um espaço onde nos recostar, esperando vagar algum lugar nos bancos de madeira.

Dali, dava para ver o Parlamento e o Big Ben, com toda a sua pomposidade. À minha direita, uma fila enorme se formava na frente da London Eye. Já era alta temporada, então a região fervia de turistas e locais. A roda-gigante era tão alta que eu tinha que inclinar o pescoço para trás para conseguir ver o topo. As cabines de vidro estavam todas cheias. Roberto me explicou que tentou comprar ingressos na internet para aquele domingo, mas já estavam esgotados.

— Eu mesmo nunca fui, mas tenho muita vontade — contou, dando uma mordida no sanduíche. — Dizem que o melhor horário é no pôr do sol. Talvez quando o verão acabar fique mais fácil de vir. — Ele tomou um gole do suco. — Mas você vai ver que a vista daqui não deixa a desejar.

Ele estava certo.

Era um domingo ensolarado — fazia mais sol em Londres do que eu imaginara, apesar do vento constante — e os raios refletiam nas águas escuras do Tâmisa emitindo um brilho estonteante. As construções à beira-rio eram todas baixas, quase da mesma altura, permitindo que o céu azul sem nuvens nos envolvesse como uma abóbada gigante. Roberto se ofereceu para tirar fotos minhas e eu posei, sem graça, em meio à incrível paisagem londrina.

Em seguida, mandei as fotos para Diana. Ela respondeu pouco tempo depois.

> Londres nunca foi tão bonita

Voltei a me sentir nas nuvens.

Quando o sol começou a baixar, se escondendo por entre as construções, me apoiei na mureta para admirar a cidade, embasbacada com toda a beleza.

Um sentimento aterrorizante tomou conta dos meus pensamentos por um milésimo de segundo.

Eu me senti em casa.

14

Just one touch and I was a believer
Every kiss, it gets a little sweeter
It's getting better, keeps getting better all the time, girl
"They don't know about us"

Depois do passeio de domingo, dei uma trégua para o meu pai. A raiva que parecia viver constantemente dentro de mim já não dava mais as caras com tanta frequência, e eu achei que poderia me permitir pelo menos uma semana de paz.

Além disso, minha primeira semana oficial na mercearia foi suficientemente exaustiva. O trabalho em si era bem automático, mas isso não tornava as coisas mais fáceis. Tive que fazer todas as tarefas com a atenção redobrada, tentando não cometer nenhum erro, e provavelmente levava muito mais tempo do que Lily.

Sabia que era normal para quem estava começando, e a própria Lily me dissera para não ficar nervosa e respeitar meu tempo de aprendizado. Também tinha deixado seu telefone, caso eu precisasse tirar alguma dúvida. Ainda assim, eu estava nervosa. Queria conseguir. Queria mostrar que era capaz.

Por isso, quando a semana terminou, meu corpo estava moído. Minha intenção era dormir o sábado inteiro (e talvez o domingo também), mas na sexta à noite Diana me mandou uma mensagem.

> Como está minha pequena trabalhadora?

Meu corpo todo formigou só por ela ter dito *minha*. Eu era uma trouxa emocionada.

> exausta
>
> moída
>
> destruída

> Isso significa que você não está disposta a um passeio amanhã?

Meu corpo inteiro dizia: *isso mesmo, vou passar o fim de semana inteiro largada na cama.* Mas meus dedos responderam:

> pra você eu tô sempre disposta

No dia seguinte, de manhã cedo, lá estava eu, indo encontrar Diana. Ela me esperava nas catracas da estação perto da casa de Roberto, e abriu um de seus sorrisos maravilhosos assim que me viu. Eu me derreti todinha quando nossas mãos se entrelaçaram.
— *Morning* — ela desejou, já me guiando em direção ao subsolo. — Você está com cara de quem não queria ter levantado da cama.
— Dá pra perceber? — Apoiei a cabeça no seu ombro enquanto descíamos as escadas rolantes, fechando os olhos por um segundo. — Eu tô acabada. Me acorda quando a gente chegar.

— Ei! — Ela deu tapinhas gentis no meu rosto, fingindo me acordar. — Você disse que estava sempre disposta pra mim!

Eu me endireitei, abrindo o maior sorriso que consegui.

— Eu tô ótima. Sem sono nenhum.

Dava para sentir a cara amassada e os olhos inchados me desmentindo.

— Se você quiser, a gente pode voltar, não tem problema — ela disse, solidária. Mas havia algo em seu tom que me deixou alerta. — A nossa ida ao Princess Park Manor fica pra outro dia.

Arregalei os olhos.

— Quê? Princess Park?

Diana conteve um sorriso, mordendo o lábio inferior.

Princess Park foi onde os integrantes da One Direction moraram no começo da banda.

— É... Pensei que fosse gostar de ver o lugar onde seus queridinhos moraram. Depois, ia te levar numa sorveteria chamada Milkshake City.

Puta merda!

A sorveteria que a 1D frequentava! Tinha até um milk-shake em homenagem a eles!

Diana finalmente tinha toda a minha atenção. Virei completamente para ela e pulei empolgada quando chegamos ao fim da escada.

— Ai, meu Deus, ai, meu Deus! Eu não acredito! — exclamei, animada, e Diana gargalhou da minha reação. Segurei o rosto dela e a beijei ali mesmo, no meio do corredor do metrô. Ela deu um tapinha na minha mão, mas não parecia irritada. — Meu Deus, você é perfeita!

— É o que dizem — comentou, convencida, mas eu nem caí na pilha.

Estava surtando demais com a perspectiva de ir ao lugar mais icônico da história da One Direction.

Passei o trajeto inteiro contando para Diana minhas histórias com a banda. Fomos compartilhando o fone de ouvido, escutando minha playlist, enquanto eu falava sobre como tinha conhecido o grupo, o show que eles fizeram no Brasil e a emoção que sentira ao vê-los ao vivo. Eu ainda era criança na época, mas tinha sorte de ter uma mãe rendida por grupos britânicos que entendia exatamente meu surto para ver meus artistas favoritos. Eu, Emilly e Lara tínhamos ido ao show no Parque dos Atletas com a minha mãe, e definitivamente tinha sido um dos melhores dias da minha vida.

Meu peito se apertou ao pensar nas minhas melhores amigas. Enquanto caminhava com Diana pelas ruas de Coppetts, admirando as casas pelo trajeto, me permiti pensar nelas pela primeira vez em muito tempo. Como será que estavam? As duas surtariam se soubessem onde eu estava.

— Por que você ficou com essa cara de repente? — Diana inclinou a cabeça, analisando meu rosto.

Impressionante como ela já conseguia decifrar minhas mudanças de humor.

Afastei os pensamentos e abri um sorriso para ela, recuperando a compostura.

— Estava me perguntando se ia demorar muito para acabar esse hiato.

Diana me empurrou, me fazendo cambalear para o lado. Nós duas rimos.

— Para de se iludir, Dayana!

— Você não deveria me apoiar e me dizer para acreditar nos meus sonhos? — perguntei, com uma falsa indignação.

— Eu sou mais do tipo realista.

Revirei os olhos.

— Você ainda vai pagar essa língua.

Ela franziu a testa.

— Isso é uma expressão brasileira? — perguntou, confusa.

Ela ficava tão fofa quando tentava entender meu português. Uma ruga se formava na testa, e ela fazia um bico, destacando a constelação de sardinhas. As bochechas coradas pelo sol e pela caminhada pareciam me convidar a deslizar a mão pela pele branca e salpicada, traçar os pontos como se fossem um mapa a ser desvendado e...

... Merda, eu estava rendida por aquela garota.

Por todos os seus pequenos detalhes.

Sem nem responder, segurei seu rosto novamente, como tinha feito no metrô. Quando nossas bocas se tocaram, ela entreabriu os lábios. Me segurou pela cintura e me puxou, e escorreguei os dedos pela pele suada até emaranhá-los nos fios ruivos, com tamanha avidez que Diana riu contra minha boca.

Era mais forte do que eu. Eu sentia que aquela garota era meu bote salva-vidas em meio à tempestade dentro de mim. E eu me agarraria a ela como se minha vida dependesse disso.

15

> *We built it up so high and now I'm falling*
> *It's a long way down*
> "Long way down"

O problema de confiar em alguém para ser seu bote salva-vidas é que pessoas são inconstantes. Num minuto elas estão te levando à sorveteria com um milk-shake em homenagem ao seu grupo favorito, e no outro estão te dando um bolo.

Eu me recostei na cama, observando minha troca de mensagens com Diana, alguns dias depois do encontro em Princess Park.

> acabei de sair do trabalho

> tudo bem por aí?

Eu tinha enviado a mensagem assim que saíra da mercearia, mas ela só foi responder muitas horas depois, quando eu já tinha terminado de jantar.

> Exausta e doida por uma folga

Ela devia estar trabalhando, claro. Diana tinha me dito que a semana seria pesada. Era por isso que andava me respondendo cada vez menos e dando respostas cada vez mais curtas, certo?

> falando em folga, amanhã você tem uma, né? vai fazer alguma coisa?

> tava querendo te recompensar pelo tanto de passeio incrível que você me levou pra fazer

Diana voltou a ficar on-line, mas demorou a começar a digitar. Uma imagem dela encarando o celular, tentando encontrar uma desculpa, me veio à mente.
Por fim, ela enviou:

Bummer

Não vai dar

Tenho um compromisso amanhã

> ah, não precisa ser amanhã

> pode ser no fim de semana, se for mais tranquilo pra você

Na verdade, eu estou meio enrolada esses dias

A gente vai se falando, tá?

Encarei a mensagem, magoada, e desliguei o celular sem responder. Eu estava levando um fora? Era isso mesmo? Depois de tantos *dates* incríveis? Depois daquele sábado maravilhoso?

Será que ela tinha conhecido outra pessoa? Será que tinha perdido o interesse?

Arrasada, desabei na cama. Pensei em colocar minha playlist favorita, mas percebi, para o meu horror, que eu não queria nem ouvir One Direction, porque ia me lembrar de Diana.

Quando cheguei à mercearia na tarde seguinte, eu estava ainda mais desnorteada. Diana não mandara mais nenhuma mensagem, e eu mal tinha pregado o olho, me perguntando o que poderia ter dado errado. Um pensamento horrível tinha me ocorrido em determinado momento da noite — *Será que ela está com vergonha de mim?* —, e aí que não consegui dormir mesmo. Eu não queria acreditar que Diana seria aquele tipo de pessoa, mas não seria a primeira vez que eu julgava mal o caráter de alguém.

Tentei me recompor ao entrar na mercearia e cumprimentei meus colegas de trabalho a caminho da sala de Rose. Enquanto estivesse em período de aprendizado, toda quarta-feira eu deveria fazer um breve relatório para ela.

Quando cheguei à porta, no entanto, eu a ouvi conversando com alguém. Parei com a mão na maçaneta. Não querendo interromper, dei dois passos para trás e me sentei no banco de frente para a sala. Balancei as pernas, esperando.

A princípio, não dava para ouvir muito do que Rose dizia e achei que estivesse ao telefone. Então sua voz começou a ficar mais alta. Ela exclamou alguma coisa, frustrada, e reconheci o nome de Diana.

Então ouvi a voz de Diana em alto e bom som, e percebi que Rose não estava ao telefone, mas discutindo ao vivo e em cores com a filha, na sala à minha frente.

As palavras vinham entrecortadas, e eu não conseguia entender frases completas.

Não que estivesse tentando ouvir a conversa.

Nem um pouco.

As vozes foram ficando cada vez mais exaltadas, e fui me encolhendo no banco, com medo de parecer que estava espiando quando elas saíssem do escritório. Ainda mais depois da noite anterior. Eu nem queria ver Diana, mas também não consegui levantar.

De repente, com a voz subitamente mais calma, porém ainda alta e imponente, Rose disse algo que colocou um ponto-final na conversa. Era aquele tom de mãe, que faz você perceber que não há mais espaço para argumentação.

— *Esteja no palácio amanhã, às sete. Estou falando sério, Diana.*

Palácio?!

Meu coração acelerou quando ouvi os passos se aproximando e, no desespero, saí correndo para a entrada da mercearia. No entanto, assim que dobrei o corredor, parei. Então respirei fundo, dei meia-volta e segui novamente para a sala de Rose, fingindo que tinha acabado de chegar.

Quando virei à direita, dei de cara com Diana. Ela estava com a cara fechada. Mas hesitou à minha frente, e seu rosto pareceu relaxar.

— *Hey* — disse, feliz em me ver.

Fiquei confusa com a reação. No dia anterior mesmo ela não estava me dando bolo? E de repente sorria para mim daquele jeito? Eu não sabia o que pensar... Será que o problema não tinha a ver comigo, afinal? Será que tinha a ver com sua mãe, a fuga do palácio e todas aquelas incógnitas?

Eu só sabia que, depois da discussão que acabara de ouvir, havia um grande ponto de interrogação sobre sua cabeça.

E brilhava como um letreiro em neon.

Que segredo é esse que Diana está escondendo?

— *Tia, você sabia que a Dayana está apaixonada? Doidinha de...*

Agarrei Emi por trás, tapando sua boca com a mão. Ela gargalhou, pegando a almofada caída no chão enquanto tentava recuperar o fôlego.

Estávamos na minha casa, e eu tinha acabado de ameaçar contar à mãe de Emilly que minha amiga pegara escondido o conjunto de joias de diamantes verdadeiros *dela para ir num encontro com uma garota da escola mais rica da cidade. Emi devolveu a ameaça, dizendo que contaria à minha mãe que eu estava apaixonada por Heitor.*

O que era mentira. Eu só tinha uma quedinha por ele. Bem pequena. Tipo um abismo.

Quando falei "você não seria nem louca", ela saiu correndo para a sala.

— *É mentira, mãe* — *retruquei, rindo, e puxando Emilly de volta para o quarto.* — *Ela tá me sacaneando. Sua louca!* — *sussurrei em seu ouvido, quando viramos no corredor.*

Mais tarde, minha mãe veio até meu quarto e se sentou na ponta da minha cama.

— *Você sabe que pode me contar, né? Se tiver gostando de alguém. Quem quer que seja.*

— *Mãe, eu sei* — *resmunguei, envergonhada.* — *É só um garoto da escola que eu acho bonito, não é nada de mais.*

— *Tem certeza?* — *pressionou, séria.*

Meu coração acelerou. O que ela queria dizer com aquilo?

— *Claro, mãe. O nome dele é Heitor.*

Ela hesitou.

— *Muito bem. Então agora já temos um nome pro seu aniversário.*

— *Como assim?*

Ela levantou da cama e começou a bater palma.

— *Com quem será... Com quem será... Com quem será que a Dayana vai casar?*

— *Mãe!*

16

Spaces between us
Keep getting deeper
It's harder to reach her
"Spaces"

Quando saí do trabalho, minha mente estava um turbilhão. Eu não parava de pensar em Diana e na conversa da mercearia. Cada peça nova que eu achava sobre ela fazia menos sentido naquele quebra-cabeça.

O que, de fato, sabia sobre Diana?

Que era linda.

Que beijava bem.

Que tinha dezesseis anos, trabalhava numa cafeteria nos turnos da tarde e era viciada em ver filmes de qualidade duvidosa. Que amava bandas das quais eu nunca ouvira falar. Que a mãe era brasileira e gerente da mercearia onde eu trabalhava. Sabia que ela e a mãe andavam brigando e que, por algum motivo misterioso, ela havia pulado a grade do palácio de Buckingham num domingo à tarde.

E se... o segredo de Diana tivesse a ver com os boatos de traição do príncipe Arthur?!

Arregalei os olhos.

Afinal, por que elas teriam que ir ao palácio no dia seguinte?

Por que Rose seria tão taxativa quanto à presença de Diana?

Será que... *Rose* era a tal amante secreta do príncipe?

A cada nova suposição eu ficava mais atordoada.

Seria possível? Ela me parecia uma pessoa tão correta e centrada, era difícil acreditar que se envolveria com um homem casado de maneira tão pública! E Arthur! Eu sempre tinha achado o casal real tão lindo — Tanya e Arthur me fizeram acreditar em contos de fadas por muito tempo.

Mas eu já sabia que não podia confiar em homens.

Meu pai era a prova disso.

Aparentemente, Diana não concordava muito com a situação. E era por isso que as duas andavam brigando, certo? E a conversa de hoje... dava a entender que ela estava sendo forçada a fazer algo.

Será que Rose não era a mãezona que eu imaginava?

Será que era, na verdade, uma *vigarista*?

Será que estava tentando se infiltrar no palácio e tirar dinheiro da família real através de Arthur para melhorar de vida, mas Diana não queria fazer parte disso?

Eu balancei a cabeça, tentando me recompor. Londres tinha finalmente me deixado bem doida das ideias. É claro que Rose não era amante do príncipe da Inglaterra, nem uma vigarista. Com certeza havia alguma explicação lógica em que eu não pensara ainda.

Mesmo assim, todas aquelas questões fervilhavam na minha cabeça enquanto eu seguia para o metrô. Num ímpeto, saquei o celular e digitei uma mensagem para Diana.

> ei, tá tudo bem?

> você não tava com uma cara muito boa mais cedo

Será que ela ia perceber que eu tinha ouvido a conversa? Comecei a roer distraidamente a unha enquanto aguardava sua resposta. Diana começou a digitar, mas a mensagem demorou a sair. Fiquei observando o "digitando..." sumir e reaparecer várias vezes até que o aparelho vibrou.

> Ah, coisa da minha mãe

> Ainda não estamos nos melhores termos

> achei que vocês tinham feito as pazes

> A gente tinha, mas hoje brigamos de novo

Fiquei encarando o celular, pensando em como responder.

> que droga!

> bom, se precisar conversar

> saiba que estou aqui

> Obrigada ☺

O status de on-line abaixo de seu nome sumiu. Balancei a perna, nervosa.

Não podia negar que estava curiosa, mas não tinha como forçá-la a contar, né? O que eu poderia fazer? Perguntar e revelar que entreouvira a conversa?

Estava tão cansada e de cabeça tão cheia que, quando cheguei em casa, só queria cair na cama e apagar. Mas, quando abri a porta do quarto, dei de cara com Georgia deitada lá, folheando meu livro de cabeceira, *Everything Leads To You*, que eu trouxera do Brasil para enfim desencalhar da estante e treinar meu *reading*.

— Que saco, tô começando a repensar esse negócio de me dar bem com você — falei, largando a bolsa no chão e, em seguida, meu próprio corpo.

— Ihh, tá de ovo virado? — ela perguntou, se inclinando sobre a beirada da cama para me olhar no chão.

— Não, tá tudo ótimo — respondi, irritada.

— É a Diana?

Hesitei.

Não tinha intenção de contar nada à Georgia, mas... talvez ela pudesse me ajudar a descobrir o que fazer. Ou, pelo menos, a parar de viajar na maionese.

Então contei tudo.

Quando falei sobre o que Rose dissera a Diana mais cedo, Georgia deu um pulo na cama, ficando de quatro, boquiaberta.

— Puta que pariu, Dayana!

— Shhh — pedi, gesticulando para que ela falasse mais baixo. Contar para Georgia era uma coisa, mas eu não queria Lauren no meu pé. Ela tinha cara de ser *a* vizinha fofoqueira do bairro. — Fala baixo!

— Puta que pariu! — exclamou de novo, baixando o tom de voz. — Dayana, você tá saindo com a filha da suposta amante do príncipe Arthur! Que babado!

Revirei os olhos, mas acabei rindo. Com a Georgia falando assim, em voz alta, a possibilidade parecia mesmo absurda.

— Eu nem sei se é isso. E será que dá pra confiar nesses sites de fofoca? Essa história toda tá muito mal contada. Por que o Arthur levaria a amante dele pra dentro do palácio da mãe? Talvez Rose só esteja fazendo algum trabalho pra família real. Algo relacionado ao bufê de um evento? E a Diana não quer trabalhar nisso, por isso está relutando.

Conforme fui falando, a justificativa foi parecendo mais e mais plausível. É. É verdade. Podia não ser nada do que eu estava pensando.

— E por que ela não te contaria sobre isso?

Refleti um pouco.

— Contrato de confidencialidade?

Georgia torceu a boca.

— Sei não, muito esquisito.

Ela voltou a deitar, e nós duas ficamos em silêncio, pensando nas possibilidades.

Por fim, meu estômago roncou e eu me levantei, dando de ombros para encerrar a conversa e sairmos do quarto para jantar.

— Bom, não tem nada que eu possa fazer, exceto esperar. E comer, porque tô morrendo de fome.

Partimos para a cozinha, de onde vinha um cheiro maravilhoso. Espiei as panelas, esperando encontrar a janta de sempre: arroz, feijão enlatado, legumes e carne. Em vez disso, me surpreendi com uma panela de pressão elétrica em cima da pia, de onde vinha o inconfundível aroma de milho, e um prato de vidro coberto por um pano de prato em cima de uma panela no fogão.

— Isso é cuscuz? — perguntei, chocada, e tentei olhar o que havia debaixo do pano, mas Lauren deu um tapinha na minha mão.

— Sai daí, vai atrapalhar o cozimento — ela ralhou, mas estava rindo, então nem levei a sério. Já estava espiando uma terceira panela, cheia de bananas cozidas. Meus pratos preferidos para um cafezinho da tarde. — Deixa de ser curiosa, *sweetie*, e vai sentar.

— O que é isso tudo?

— Fui ao mercado brasileiro hoje e achei que podíamos fazer um lanchinho tradicional, com as coisas de que você gosta, pra matar a saudade do Brasil.

Fiquei emocionada.

— Como você sabia que eu gostava dessas coisas?

— Falei com seus avós. — Lauren deu de ombros, como se não fosse nada de mais.

Mas era gigante.

Antes que desse por mim, já estava abraçando minha madrasta.

— Você é a melhor, Lauren.

Ela me deu tapinhas no braço, desconcertada.

— Não foi nada, *sweetie*. Agora vá lavar as mãos e sentar.

Quando me virei, Georgia nos observava com um olhar curioso. Eu sabia que a cena tinha sido atípica, mas o que podia fazer? Lauren estava me conquistando com comida. Ela era boa.

Encolhi os ombros, envergonhada, e sentei ao lado de Georgia.

Ficamos em silêncio por um tempo — bom, Georgia e eu ficamos, enquanto Lauren tagarelava sobre tudo que havia comprado no mercado. Até que Georgia se inclinou na minha direção.

Eu me sobressaltei, estranhando o movimento súbito.

— Acho que tive uma ideia pra gente descobrir o que tá rolando com a sua garota.

A julgar pelo sorriso esperto que se abria em seu rosto, eu não tinha certeza de que ia gostar da ideia.

— Você não acha meio esquisito que ele queira esconder que vocês tão ficando? — perguntou Emi, num canto do colégio, durante o intervalo.

No último fim de semana, eu, Emi e Lara tínhamos ido a uma reuniãozinha na casa de um colega de turma. E lá, durante uma brincadeira de verdade ou consequência, eu tinha ficado pela primeira vez com Heitor, o garoto de quem eu gostava desde o início do ano. Era horrível que tivéssemos ficado por causa de uma brincadeira, eu sabia. Mas foi assim que consegui que ele olhasse para mim.

No dia seguinte, na escola, ele me puxou para um canto e me beijou de novo.

Fui ao céu e voltei. Só Emi e Lara sabiam, mas tinha sido a primeira vez que eu fiquei com alguém. Era tão bom saber que o beijo não só tinha sido incrível para mim, como ele também tinha gostado e quis mais.

Na terça, porém, quando fui falar com ele na sala, Heitor me deu um passa-fora. Mais tarde, no intervalo, ele me levou para um corredor deserto de novo e voltou a me beijar.

Eu não estava entendendo nada.

"É que os caras vão ficar falando, acho que vai estragar essa coisa legal que a gente tem", se justificou ele, quando perguntei sobre a grosseria.

Quando contei para Emi e Lara, elas não viram com bons olhos.

— Sei não, Day, isso tá muito esquisito — Lara falou, pensativa. — Só guarda segredo assim quem tem algo do que se envergonhar. E ai dele se tiver vergonha de você, vai levar um murro entre as pernas.

— O que tem a ver o cu com as calças, Lara? — Dei uma risada, menosprezando a ideia, ainda que já tivesse pensado a mesma coisa. — Para de falar bobagem.

Por que ele ficaria comigo se tinha vergonha, afinal? E que mal tinha guardar segredo? Todo mundo tinha segredos. Isso não significava nada.

17

Now I'm climbing the walls
But you don't notice at all
That I'm going out of my mind
All day and all night
"One thing"

No dia seguinte, Rose nem apareceu na loja.

Minha mente não parava de divagar durante o trabalho, olhando as horas no relógio de pulso, no computador do estoque, no relógio de parede. Quando me sentava, as pernas balançavam involuntariamente, e meu estômago parecia o triângulo das Bermudas: tudo que eu comia sumia misteriosamente.

Assim que deu seis horas, fui desesperada trocar de roupa e nem me despedi direito dos outros funcionários antes de sair correndo para o metrô. Peguei a linha que levava à estação Green Park, onde ficava o palácio, e entrei no trem.

Meu celular apitou com uma mensagem de Georgia.

> Já tá indo?

> s

> dou notícias

Ela tinha sugerido ir comigo, claro. Também estava morta de curiosidade. Mas, no fim, tinha achado que, por conta das dores, só iria atrapalhar, e acabou ficando em casa para me dar cobertura. Eu disse para Lauren e Roberto que tinha aceitado cobrir o turno da noite de uma colega, mas meu pai se oferecera para me buscar. Tanta hora para agir como pai, e ele tinha que escolher *justo aquela*?

Portanto, o plano era:

Sondar o palácio e ver se eu encontraria Rose ou Diana chegando. Enrolar por lá até o suposto horário do fim do expediente. Voltar à mercearia para pegar a carona do meu pai.

Quando anunciaram a estação Green Park, levantei e segui para a porta do vagão lotado. Era hora do rush. Subi com o fluxo, ainda um pouco perdida com a quantidade de escadas que ziguezagueavam pelo subterrâneo, tendo que olhar as placas para me localizar.

Assim que me vi longe daquelas paredes claustrofóbicas, o vento típico de Londres me acertou em cheio.

Fui até a frente do palácio para espiar a entrada. Olhei o relógio. Eram quase sete. O estandarte da rainha estava erguido, indicando que ela estava em casa. Talvez Rose já tivesse chegado? Os britânicos eram conhecidos pela pontualidade. Será que ela chegaria de carro? Ou entraria a pé? Por uma porta dos fundos?

Saquei o celular do bolso e mandei uma mensagem para Georgia.

> tô aqui esperando

> tudo bem por aí?

Georgia tinha ficado encarregada de me dar notícias de casa, caso meu pai resolvesse sair mais cedo.

Me recostei aos pés do monumento da rainha Victoria e esperei.

Mesmo depois das sete, ninguém apareceu.

Uma sensação esquisita começou a tomar conta de mim.

O que eu esperava conseguir ali?

E se eu descobrisse que Rose era mesmo a amante secreta do príncipe, o que aquilo mudaria? O que eu faria com a informação?

De repente, me senti ridícula.

Será que era minha necessidade de respostas que me levara até ali? Ou talvez...

Não.

Eu merecia saber.

Diana não podia ficar brincando comigo daquele jeito e me deixar no escuro. Se ela não queria me contar, eu ia descobrir sozinha.

Querendo fugir das perguntas que rondavam minha cabeça, resolvi contornar o palácio, procurando brechas nos muros. Não que eu fosse *invadir*. Queria apenas observar, tentar descobrir alguma coisa. Algum vislumbre de uma janela? Uma conversa entre funcionários reais?

Fui seguindo a grade, observando as paredes antigas de Buckingham. Quantos anos devia ter o lugar? Séculos, provavelmente. Mesmo assim, as paredes eram sólidas e a pintura, impecável. Muitos lugares de Londres eram assim. Eu me surpreendia com o estado da cidade. Todas as ruas eram muito limpas e os prédios antigos, bem conservados. Gostaria que o centro histórico do Rio fosse igual.

Pensar no Rio me fez sentir saudade. Das praias, da vista do Cristo sempre que eu cruzava o túnel Rebouças no sentido Zona Sul, de reclamar do calor, até da geosmina na água. O sabor da água de Londres também não era lá essas maravilhas, apesar da qualidade supostamente alta do tratamento. Lembrei do meu quarto, tão meu, tão aconchegante, e do cheirinho dos meus avós quando os abraçava de manhã.

A caminhada me levou a um trecho mal iluminado, onde a grade terminava e dava lugar a muros fortificados. O exato local onde eu tinha encontrado Diana pela primeira vez. Parei e olhei para trás, percebendo que, de tão absorta em pensamentos, não tinha feito a busca pelos terrenos.

Antes que eu pudesse recomeçar a andar, porém, um barulho de passos correndo chamou minha atenção. Olhei para a grade, a faixa do museu tapando minha visão do interior, e vi os pés de alguém um segundo antes de a pessoa subir pela grade.

Ah, não, de novo, não.

Tudo aconteceu rápido demais.

Tentei me afastar em tempo, mas, pela segunda vez, caíram bem em cima de mim, e rolei no chão, numa confusão de pés e mãos. Quando abri os olhos, o coração batendo desesperadamente, dei de cara com um cabelo ruivo e sedoso fazendo cócegas em meu nariz e um rosto branco e cheio de sardas — logo acima da boca, a constelação Cruzeiro do Sul.

Diana me encarou, embasbacada.

— Dayana?!

Eita, porra... Que déjà-vu!

Abri a boca, sem emitir som algum, e fechei de novo quando percebi que não ia sair nada. Porque como diabos eu ia explicar o que estava fazendo ali? A ficha do que eu havia feito caiu com tudo. Caramba, eu tinha entreouvido a conversa dela com a mãe e decidido bisbilhotar. *Que coisa feia, Dayana.*

Antes que ela pudesse me perguntar que merda eu estava fazendo ali, ouvimos passos apressados ao longe. Assustada, Diana ergueu a cabeça e olhou para dentro do palácio. Levantou rápido, e eu pensei que ia sair correndo e me deixar ali, estatelada — eu bem que merecia.

Em vez disso, estendeu a mão e me ajudou a levantar.

— Vamos. Temos que ir — foi tudo o que disse, e começou a correr.

Sua mão não soltou a minha. Fomos correndo, o mais silenciosamente possível, beirando o muro do palácio. Quando nos aproximamos do sinal, ela me puxou para a outra calçada e seguimos pela rua transversal do mesmo jeito que tínhamos feito da primeira vez.

Eu a observei de esguelha. Ela usava um traje social despojado, nada a ver com seu estilo. Calça preta de brim. Uma blusa de botão branca, que estava suja em vários pontos, para dentro da calça. O cabelo num coque.

A única coisa que combinava com ela era o coturno preto, quebrando o visual formal.

Quando ergueu novamente o olhar para mim, nos entreolhamos em silêncio. Ela devia estar confusa com minha presença ali, talvez irritada com a intromissão. Mas nada na expressão denunciava o que se passava em sua cabeça.

Antes que eu pudesse dizer qualquer coisa, trombei com alguém e quase tropecei. Diana desacelerou para que eu pudesse voltar a me equilibrar e continuar a fuga. Ao passar, olhei para o homem alto que ficara para trás, tão branco que tinha as bochechas rosadas.

— *Sorry!* — pedi, sem parar de correr, com uma expressão arrependida enquanto ele me encarava com irritação.

Voltei a olhar para a frente, e Diana acelerou o passo.

À medida que nos embrenhávamos pelo labirinto de ruelas, nos afastando do palácio, a cidade começou a ganhar vida. Executivos com terninhos engomados conversavam aliviados enquanto saíam das empresas — talvez indo para um pub para relaxar. Garotas um pouco mais velhas que Diana e eu caminhavam juntas, todas arrumadas e rindo alto; uma delas tinha a pele laranja de bronzeamento artificial, e outra usava um salto impossivelmente alto. Tivemos que desacelerar para desviar dos grupos e continuar a fuga, às vezes pulando do meio-fio para a beira da rua.

Eu estava quase sem fôlego quando avistei a torre do Big Ben e, pouco tempo depois, o rio Tâmisa, largo e reluzente, como naquele domingo em que vim com meu pai. Respirava com dificuldade e sentia as pernas doloridas; não praticava atividade física desde o começo do ano. Tinha perdido todo o meu condicionamento.

Quando chegamos à Westminster Bridge, Diana desacelerou até que voltássemos a um passo calmo e ritmado. Estávamos longe o suficiente. Ela soltou minha mão, e meu coração se comprimiu em uma bolinha minúscula. Mas ainda não tínhamos parado de andar, então fiquei calada.

Olhei para Diana de esguelha e percebi que ela me observava com a testa franzida, os olhos semicerrados. Gotas de suor escorriam por suas têmporas, molhando os fios que tinham se desprendido do coque perfeito e emolduravam seu rosto.

O peito dela subia e descia rápido, com esforço.

Eu me senti acuada sob seu olhar e desviei o rosto. Será que ela estava com raiva de mim?

Passamos pela London Eye lotada, a fila se estendendo tanto que eu perdia o final de vista. Seguimos na direção de uma ponte ladeada por estruturas brancas em formato de pirâmide. O trem passou por cima da nossa cabeça quando cruzamos a Hungerford Bridge.

O céu já adquirira um tom mais pálido quando paramos. Diana se recostou à margem do Tâmisa, apoiando o cotovelo na grade que dividia a calçada da água turva lá embaixo. Ao nosso redor, algumas pessoas caminhavam, passeando ou se exercitando sob a brisa que vinha do rio, e outras aproveitavam os últimos resquícios de sol, deitadas em bancos de cimento. A movimentação maior ficara para trás, junto com os pontos turísticos mais famosos da cidade.

Ninguém prestava atenção em nós.

Eu olhei para ela.

— Desculpa — pedi, antes que ela pudesse dizer alguma coisa.

Diana me encarou, intrigada.

— Que diabos você tá fazendo aqui?

Me encolhi com seu tom irritado.

— Não pode ter sido só uma coincidência. *De novo*.

— Eu ouvi você conversando com sua mãe — confessei, também em inglês, em respeito. Ou talvez porque fosse mais fácil dizer a verdade em outra língua. — Sobre vir ao... — olhei ao redor e baixei a voz — ... palácio. — Pigarreei, me empertigando. — Eu não deveria ter vindo, eu sei. Foi totalmente invasivo da minha parte. Mas... você não pode me culpar por estar curiosa depois daquela conversa. Lembra como a gente se conheceu? O que você queria que eu fizesse?

— Eu queria que você confiasse em mim! Você podia ter *conversado* comigo, me dito que estava preocupada que eu fosse uma criminosa ou sei lá o quê.

— E você iria me contar?

— Talvez não. Provavelmente não. — Ela assentiu, muito certa do que dizia. — Mas é isso, então? Já que eu não ia contar, você resolveu bisbilhotar? Você está sempre falando sobre como é difícil viver com a família do seu pai, que ninguém respeita sua privacidade. Mas, uau, olha aqui você fazendo o mesmo! — Ela riu sem achar graça, o deboche escorrendo por suas palavras.

Quando virou as costas, eu entrei em pânico.

Diana estava certa. Claro que estava. No momento em que ela olhara para mim com aqueles olhos verdes assustados, depois de fugir do palácio, eu soube exatamente quão errada estava. E tinha plena consciência do que estava fazendo: eu estava me sabotando. Tudo ia tão bem que eu comecei a meter os pés pelas mãos.

Desesperada, segurei o braço dela, impedindo-a de ir embora.

— Desculpa. — Eu a soltei e uni as mãos em súplica, sem nunca desviar o olhar. — Desculpa, desculpa, desculpa. Eu fiz besteira, sei que fiz. Fiquei com medo, porque você começou a se afastar e eu sabia que tinha alguma coisa acontecendo na sua vida e, sei lá... Eu só surtei.

Meus olhos se encheram de lágrimas.

Diana deslizou os dedos pelos fios ruivos, refletindo sobre o que fazer, antes de vir até mim, segurar minha mão e me puxar até um banco vazio à margem do rio. Mas ela não sentou. Ficou andando de um lado para o outro, penteando os cabelos com a mão, a expressão conturbada. Meu coração apertou. Quando passou na minha frente de novo, segurei sua mão.

— Desculpa — insisti. — Desculpa mesmo. Eu não preciso saber. Eu confio em você. — Estava sendo sincera. — Só quero que você confie em mim também. Não precisa me contar seu segredo. Só não some se as coisas ficarem ruins. Vai ser muito difícil eu não pensar merda se você se afastar toda vez.

Diana ficou me encarando com os olhos marejados, refletindo sobre minhas palavras. Então suspirou e sentou ao meu lado, sem soltar minha mão. Abriu um sorriso triste e observou nossos dedos entrelaçados. Ficou em silêncio por tanto tempo que achei que não fosse dizer nada.

Até que ela começou, em inglês:

— Você me disse que seu pai te abandonou quando você tinha seis anos. Eu me identifiquei um pouco com a sua história, porque nunca nem conheci o meu. — Ela apertou nossas mãos, como se estivesse tomando coragem para falar. — Minha mãe contava que ele tinha morrido num acidente de carro, mas à medida que fui crescendo a história começou a me parecer muito estranha, sabe? Ela não tinha nenhuma foto com ele, nada para me mostrar. — Sua voz adquiriu um leve tom de frustração. — Tentei procurar por ele algumas vezes, notícias, nota de óbito, qualquer coisa assim, mas nunca encontrei nada.

Uma brisa mais forte soprou do rio, jogando os cabelos no meu rosto, e tive que soltar nossas mãos para puxar um elástico do pulso e fazer um rabo de cavalo. Os fios ao redor do rosto de Diana ainda estavam úmidos de suor, por causa da corrida. Ela ajeitou uma das mechas que tinha voado para os olhos, e eu voltei a segurar sua mão. Se pudesse, não soltaria nunca mais.

Ela não recuou.

— A gente morava em Brighton e minha mãe raramente me trazia a Londres. Às vezes eu sentia que estávamos fugindo... — Ela hesitou, a voz embargada ao lembrar de alguma coisa.

— Mas vocês vieram pra cá, afinal — falei, incentivando-a a continuar.

Diana assentiu.

— Sim, mudamos tem dois anos. Minha mãe trabalhava na Grocery Sugary de lá. Na época ela já era subgerente e rolou um processo seletivo interno pra vaga de Londres. Não sei por que decidiu vir de repente, depois de tanto tempo longe, mas ela conseguiu a vaga e nos mudamos. Talvez fosse justamente porque havia se passado tempo o suficiente...

— Pra quê? — perguntei, curiosa.

E o que a família real tem a ver com tudo isso? Não fiz a pergunta em voz alta. Eu ia respeitar quanto Diana quisesse me contar. Minha moral não estava lá essas coisas.

Diana olhou para mim.

— Para tudo ser esquecido. — Ela hesitou por um tempo, como se analisando se deveria continuar, então disse: — No dia que a gente se conheceu, eu estava fugindo porque tinha acabado de descobrir não só que meu pai está vivo...

Eu prendi a respiração.

— ... mas que ele é o príncipe da Inglaterra.

18

When I close my eyes
All the stars align
And you are by my side
"Once in a lifetime"

— Ah, para. Tá me tirando, né? — perguntei.

Sorri, hesitante, inclinando a cabeça. Só podia ser uma pegadinha. Não é possível que minhas teorias malucas e desesperadas tivessem algum sentido. Mas Diana apertou os lábios em um meio-sorriso, compreensiva ao meu choque. Não sei se ela tinha entendido o que eu havia falado, mas minha descrença era óbvia no tom de voz.

Diana só ficou olhando para mim, até eu perceber que estava falando seríssimo.

— Mas... Mas... Como?!

Ela ergueu as mãos, as palmas viradas para cima.

— Eu ainda estou tentando entender. — Ela mexeu nos cabelos, soltando ainda mais mechas do coque. — Só sei que minha mãe conheceu o príncipe na faculdade e... bom, eu nasci. Não entendi muito bem o que rolou depois disso. Ela diz que não queria se meter na confusão da família real, mas acho que está escondendo mais alguma coisa. Por que ela largou a faculdade e fugiu sem contar a ele que estava grávida? Se não queria ter *nada* a ver com eles, por que mudou de ideia logo agora? Por que revelar tudo, pedir teste de DNA? A minha cabeça tá uma confusão só, mas confesso que ainda estou tentando, principalmente, assimilar o fato de que meu pai está vivo e minha mãe mentiu pra mim a vida toda. — A voz adquiriu certa histeria, e eu apertei ainda mais sua mão num gesto quase involuntário. — Ela não tinha o direito de esconder isso de mim!

Dava para ver a desolação em seus olhos. As lágrimas se acumularam até transbordarem, e Diana baixou a cabeça para esconder o choro. Tentou secar o rosto com ferocidade, mas as lágrimas continuavam caindo.

Senti uma ligação intensa entre nós, como se compartilhássemos a mesma dor. Ambas tínhamos perdido o pai e precisávamos lidar com sua volta repentina. Eu estava tendo que viver com o luto da morte da minha mãe; ela, da imagem que tinha do pai até pouco tempo atrás. Não era a mesma coisa, claro, mas havia algo quebrado dentro de nós duas. Quando eu estava com Diana, não era exatamente como se me sentisse inteira; eu não seria tão clichê. Mas a gente se ajudava a juntar os caquinhos e se sentir normal, apesar dos remendos.

Percebi que havíamos nos encontrado no momento em que uma mais precisava da outra.

Apertei a mão dela, chamando sua atenção, e nossos olhares se cruzaram por um breve momento.

Fica tranquila, tá tudo bem. Eu tô aqui.

Eu a senti relaxar, e ela voltou a olhar para o Tâmisa.

— E hoje? O que aconteceu? — ousei perguntar. Não queria parecer interessada demais, mas, depois de ouvir uma história dessa, era impossível.

— Hoje era a confirmação de tudo. O resultado do teste de paternidade.

— E deu... — hesitei — ... positivo?

Ela pressionou os lábios num sorriso curto de novo.

— Claro.

— *Caralho*. E agora? — perguntei, baixinho.

Ela deu de ombros.

— Não sei, não fiquei pra saber os detalhes. Mas eu não quero nada disso, sabe? Essa vida não é para mim. Eu não quero que ninguém descubra. Nem preciso do dinheiro dele, apesar de entender que ele tem essa obrigação por lei e que minha mãe merece a contribuição depois de ter me sustentado a vida inteira. Ela não fez a filha sozinha, afinal, apesar de ser culpa dela que ele não tenha sido participativo. Mas... Sei lá. — Diana suspirou. — Eu só queria um pai, sabe? Eu só queria não ter passado minha vida acreditando que meu pai estava morto, pra dezesseis anos depois descobrir que ele estava bem vivo, morando num palácio. Eu não sei lidar com isso.

— Eu entendo melhor do que gostaria — digo, para tentar confortá-la. — Quero dizer, a parte de, de repente, ter um pai de novo. Não de ser filha do... príncipe da Inglaterra. — Dei um sorrisinho, e ela acabou rindo um pouquinho também. — Não vou te dizer que vai ser fácil, mas pelo menos ele está sendo receptivo... Isso talvez signifique que ele *queira* assumir a responsabilidade de pai. Não dá pra recuperar o tempo perdido, mas vocês podem ter um futuro. No meu caso, já é um pouco mais complicado...

Diana arqueou a sobrancelha. Ela sempre dizia que eu estava sendo cabeça-dura em relação ao meu pai. Mas, bom, o assunto no momento não era eu, então ignorei a insinuação.

— E eu entendo a mágoa que você deve estar da sua mãe, mas a gente sabe como são essas coisas da realeza. O rei Oliver sempre foi supertradicional e conservador. Talvez ela estivesse com medo de acontecer algo? — acrescentei, baixando o tom.

Diana assentiu.

— É, pode ser. — Ela hesitou e olhou para mim. — Acho que nem preciso dizer, mas, pelo amor de Deus, Day, isso não *pode* sair daqui. Você precisa *prometer* que não vai contar a ninguém. Isso é segredo de Estado! *Literalmente*. — A brincadeirinha fez eu me encantar ainda mais por ela. Como se já não estivesse completamente rendida. — Eu nem deveria ter te contado.

— Fica tranquila, minha boca é um túmulo. — Simulei passar um zíper nos lábios. — Mas por que você me contou? Acho que é um consenso que eu não merecia.

— O que você disse antes, sobre confiar em você também... Você estava certa. E eu confio. Mesmo depois da loucura de hoje, tem alguma coisa em você que me faz confiar. Sei que isso soa um pouco bobo, mas sabe quando você se dá tão bem com alguém que parece que vocês sempre se conheceram?

Eu sabia, porque era exatamente o mesmo que eu sentia.

— A gente tem uma expressão pra isso em português, mas não sei se a tradução faria jus.

Diana inclinou a cabeça.

— Qual?

— Nosso santo bateu. É tipo... *our saints match*. — O riso brincou em meus lábios. — Eu sinto o mesmo com você. Cheguei em Londres sem esperança em nada... Foi legal encontrar alguém com quem eu pudesse conversar e rir e ser eu mesma, sabe? Não sabia que poderia me sentir bem assim de novo depois da morte da minha mãe.

— Entendo perfeitamente. Eu estava me sentindo tão... perdida naquele dia. Quando descobri a verdade. Senti que minha vida era uma mentira, que eu não sabia mais quem eu era. E aí você apareceu.

Meu coração acelerou. A solidão dos últimos meses era como uma lembrança antiga. Talvez Diana fosse um anjo que minha mãe enviara para minha vida.

Ela tocou uma mecha do meu cabelo que escorregara do rabo de cavalo e a colocou atrás da orelha, os olhos verdes me encarando com intensidade. Assim, tão de perto, pude notar que a borda de sua íris era um tom mais escuro do que a cor que a preenchia. O coque se desprendera do topo da cabeça, os cabelos alaranjados desgrenhados com o vento, e eu também senti um impulso de deslizar a mão por entre seus fios para colocá-los no lugar.

O olhar de Diana percorreu meu rosto, como se estudando minha pele marrom, minhas bochechas cheias, meus olhos escuros, e eu mordi o lábio de nervosismo. Com o gesto, o olhar dela se voltou para minha boca, e foi como se de repente todo o sangue do meu corpo evaporasse.

Diana abriu um sorriso e me beijou.

Foi então que eu me dei conta.

Eu estava apaixonada pela filha perdida do príncipe da Inglaterra.

Mais uma reunião a portas fechadas no palácio de Buckingham!

por Chloe Ward

A família real não é lá muito discreta quando se trata de reuniões familiares e encontros políticos. Pelo contrário: a ordem da casa é que todos os eventos reais sejam um grande espetáculo. Mas o palácio anda bem movimentado ultimamente — e ninguém sabe exatamente o motivo.

Os boatos dizem que a situação entre Tanya Parekh e o príncipe Arthur está cada vez mais tensa, e que a mulher misteriosa com quem o duque de York vem se encontrando compareceu novamente ao palácio na última quinta.

Enquanto a assessoria real não faz um pronunciamento, só nos cabe especular: será que em breve veremos mais um divórcio real?

19

> *So many words we're not saying*
> *Don't wanna wait til it's gone.*
> "Strong"

— Você tem ideia de quão irresponsável sua atitude foi, Dayana? — A voz grossa do meu pai ecoou pela casa. Seu rosto estava vermelho, as veias pulsando no pescoço. Ele andava de um lado para o outro na sala, parecendo bravo de verdade pela primeira vez desde que eu chegara.

Eu estava sentada no sofá, ouvindo o sermão de cabeça erguida. Tinha errado, sim. Não tinha percebido o tempo passar até acenderem as luzes da London Eye e dos edifícios que ladeavam o Tâmisa. O efeito era lindíssimo — o reflexo dos edifícios acesos à margem do rio, brilhando em tons de amarelo, laranja, azul e vermelho na água escura, sob o céu violeta, era como uma pintura em aquarela. Lembrava a vista noturna da lagoa Rodrigo de Freitas na época do Natal, a árvore montada no meio da água trazendo uma alegria multicolorida. Mas o susto que eu tinha levado me impediu de aproveitar a paisagem.

Na hora que me tocara, saquei o celular da bolsa, assustada, e encontrei um monte de ligações perdidas e mensagens não lidas. Já passava das nove, o horário que eu havia combinado de encontrar meu pai na mercearia.

Enquanto Diana e eu corríamos para o metrô, eu ia olhando as mensagens de Georgia.

Tudo bem por aí?

Alô?

Garota, nosso pai tá se arrumando

Cadê você??????

Dayana ELE TÁ INDO

EU ESPERO QUE VOCÊ ESTEJA A CAMINHO

Fodeu, Dayana

Seus colegas de trabalho te deduraram

Ele tá desesperado atrás de você

Minha mãe ficou me enchendo o saco, acabei falando que você tá com um garoto

DESCULPA

Pelo amor de Deus, espero que você esteja bem

> Espero que você não tenha feito nada perigoso

> Caramba, manda um sinal pelo menos, tô preocupada

Quando eu finalmente cheguei em casa, Lauren e Roberto andavam de um lado para o outro na frente de Georgia, sentada no sofá, acuada.

Então, ok. Sei que deixei todo mundo preocupado. Sei que fui imprudente. Mas eu me recusava a baixar a cabeça para o homem que desistira de ser meu pai.

Ao meu lado, porém, Georgia encarava os pés.

— Você acha que só porque não está mais no Brasil pode fazer o que quiser? Que a gente vive aqui num mundo encantado de conto de fadas? Claro que não! — A voz dele aumentou de volume. — Podia ter acontecido alguma coisa! E você, Georgia! Acobertando essa loucura! Estou decepcionado.

Georgia se encolheu.

— Vocês sabem como eu me senti quando cheguei naquela mercearia e descobri que você tinha saído fazia horas? — ele continuou. — Que você tinha *mentido* pra mim?

A raiva borbulhou dentro de mim como água fervente. A raiva que tinha ficado adormecida nos últimos dias, enquanto eu começava a me acostumar àquela nova realidade, àquela nova família.

— Ah, me poupe! E *você*? — berrei em resposta, tremendo de fúria ao ouvir aquela ladainha. — Acha que só porque estou aqui agora, debaixo do seu teto, significa que você é meu pai de novo? Onde *você* estava quando eu ficava doente e minha mãe tinha que passar a noite cuidando de mim? Onde você estava quando ela virava a noite cozinhando marmita para nos sustentar sozinha? ONDE VOCÊ ESTAVA QUANDO ELA MORREU?

Eu pensei que, como da primeira vez, ele ia recuar. Fiquei esperando que ficasse tenso, que gaguejasse. Talvez eu tivesse subestimado sua raiva, porque a veia em seu pescoço só pulsou mais forte e ele estufou o peito, se impondo:

— Não importa o que aconteceu no passado. Você está sob *minha* responsabilidade agora e vai ter que obedecer às minhas regras!

Lauren deu um passo na direção de Roberto, levando a mão ao seu ombro. Até ela parecia assustada. Ao nosso pé, Ruffles começou a latir, perturbado.

— *Darling*, se acalme. — Parecia que eu tinha caído na toca do coelho da Alice e estava vendo tudo invertido. Roberto irritado, Lauren tentando amenizar a situação. — As meninas erraram, mas o importante é que a Dayana está bem.

— Mas podia não estar!

— Não importa o que aconteceu no passado?! — perguntei, incrédula, ignorando a tentativa de Lauren de apaziguamento. — Talvez você tenha vivido muito bem até agora sem a gente, mas não faz ideia de quantas vezes eu precisei de você! Onde estava sua "preocupação" — fiz aspas com o dedo, para afrontar — nos últimos dez anos?

Parecia que, quanto mais raiva eu jogava na cara dele, mais irritado Roberto ficava. E quanto mais ele expurgava a raiva, mais irracional eu me tornava.

— Você também não sabe nada do que vivi até agora! — ele retrucou.

— Se você não tivesse nos abandonado, talvez eu soubesse!

Ele respirou fundo.

— Chega de discussão. Você tá de castigo. E você também! — falou para Georgia. — E você, para de latir! — berrou para o cachorro, que choramingou acuado.

— O quê?! — Georgia perguntou, abismada.

— Ah, pelo amor de Deus… — falei ao mesmo tempo.

— Se reclamarem vão ficar sem celular também — ele cortou. — Vão já pro quarto! Sem conversinha!

— Eu já ia mesmo, não aguento olhar mais um segundo pra sua cara!

Saí pisando duro e bati a porta com força, mas a raiva não passou. A vontade que eu tinha era de quebrar tudo que estava ao meu alcance, mas uma voz na minha consciência — que parecia muito com a da minha mãe — me dizia que aquilo só iria piorar as coisas e, no fim das contas, eu só sairia perdendo.

Me joguei na cama, agarrando o travesseiro, e as lágrimas começaram a cair. Eu não conseguia *acreditar* que, quando finalmente conseguira dizer algumas das coisas entaladas em minha garganta, Roberto tivera a ousadia de ficar irritado. Havia imaginado aquela cena tantas vezes na minha cabeça — mas, em quase todas, ele chorava e me pedia perdão. Às vezes eu aceitava, às vezes não. Quando estava me sentindo particularmente deprimida, eu o imaginava dizendo friamente que não se arrependia de nada do que tinha feito e que só me aceitara de volta porque tinha sido obrigado, de um jeito ou de outro.

Mas nunca, *nunca* imaginei que ele sentiria raiva!

Que direito ele achava que tinha de jogar na minha cara que eu também não sabia o que ele tinha passado?

Ah! Eu imaginava muito bem: conhecera uma nova mulher, arrumara uma família nova e menos problemática para substituir a velha, que tinha ficado para trás, tinha uma qualidade de vida suficientemente boa.

Ele estava louco se pensava que eu ia me compadecer da sua suposta vida difícil.

Uma batida leve na porta interrompeu a espiral de pensamentos revoltados em que eu me encontrava.

— Eu vou conversar com ele, Day, não se preocupa. — Ouvi a voz de Lauren, abafada, do outro lado da porta. — Ele só ficou preocupado, mas vai se acalmar, prometo.

Não respondi. Os passos dela se afastaram e um silêncio tomou a casa. Meu choro copioso, de raiva, de tristeza, de luto, era o único som. Chorei até meu corpo ficar seco.

Eu me sentia tão sem chão. Tão perdida. Como poderia viver naquela casa por mais dois anos? Como aguentaria olhar para a cara de

Roberto todos os dias depois daquela briga? Não tinha sido a primeira, e definitivamente não seria a última.

Acabei cochilando, e fui despertada, algum tempo depois, por outra batida à porta.

— Day? — Era Georgia. Ela abriu uma fresta. — Posso entrar?

Sentei na cama, esfregando os olhos inchados de tanto chorar.

— Pode.

Ela veio, na ponta dos pés, e sentou na pontinha. Olhei a tela do celular e vi que já eram quase duas da manhã. Ela devia ter esperado os pais irem dormir para se esgueirar até o meu quarto.

— Tá com dor de novo? — perguntei, quando ela fez uma careta ao se remexer.

— Um pouquinho. Eu tava bem nos últimos dias, mas voltei a sentir agora de noite.

— Sério? — Eu franzi a testa. — Será que é psicológico?

Ela revirou os olhos.

— Não é psicológico, eu estou *mesmo* sentindo dor.

— Não — acenei as mãos —, quis dizer, psicossomático. Sabe, quando alguma questão emocional afeta fisicamente. Minha vó, por exemplo, vivia doente depois que... Sabe.

Ela torceu a boca.

— Não sei, não tinha pensado nisso. Eu tentei procurar no Google, mas podem ser quinhentas mil coisas.

— Talvez você deva procurar um psiquiatra, ou aqueles médicos alternativos, sabe? Especialista em dor, reumatologista, quiroprata. Meus avós viviam indo nesses negócios.

Ela inclinou a cabeça.

— Tá me chamando de velha?

Eu dei uma risadinha, a tensão se dissipando.

— *Você* tá bem? — Georgia perguntou depois de um tempo.

Eu só dei de ombros e ficamos em silêncio enquanto eu despertava do sono nada revigorante. A briga ainda estava bem vívida em minha mente.

— Você podia ter fingido que não sabia de nada — falei, por fim. — Acabou pagando o pato também.

Ela deu uma risadinha, que soou meio perturbadora.

— Não achei que seria justo você ser castigada sozinha, quando fui eu que dei a ideia.

Olhei para Georgia, agradecida pela solidariedade.

— E desculpa — ela continuou, meio triste. — Não paro de pensar que foi uma péssima ideia. Acho que eu só ando meio frustrada, porque parece que essas dores não vão embora nunca, só pioram. Talvez eu estivesse tentando viver através de você... — Ela deu um sorrisinho cabisbaixo. — Mas o que aconteceu afinal? Descobriu mesmo alguma coisa?

Franzi a testa, confusa. A discussão com Roberto tinha varrido completamente os acontecimentos da minha cabeça. À medida que fui lembrando — minha espiada no palácio, a nova fuga com Diana, filha do príncipe... *filha do príncipe!* —, a adrenalina voltou com tudo.

Hesitei. Diana tinha me pedido para não abrir a boca, e eu entendia o porquê. Aquilo não era brincadeira. Eu finalmente começava a assimilar a gravidade da situação: a porra do *príncipe* da Inglaterra tem uma *filha ilegítima* e, segundo as matérias, aquela revelação parecia estar abalando o casamento de Arthur. Se a notícia vazasse, seria um *escândalo*.

E Diana estaria no olho daquele furacão.

— Eu prometi que não contaria a ninguém — confessei, ainda insegura.

Eu deveria ter mentido e dito que não, não tinha descoberto nada. Mas não estava pensando direito.

Georgia sacudiu minhas mãos e me olhou com cara de cachorro que caiu da mudança.

— Eu sou sua *irmã*, não sou ninguém. Minha boca está selada.

Ouvir Georgia dizer que era minha irmã me trouxe uma estranha satisfação. Quase sorri. Ela tinha me apoiado naquela loucura, e, sem ela, eu jamais teria descoberto nada. Também ficara do meu lado, assumindo a culpa de ter me ajudado. Ela merecia a verdade, certo? Eu não tinha pedido a Diana confiança mútua?

Apertei suas mãos, retribuindo a empolgação como se eu não tivesse acabado de ter a maior briga com meu pai.

— Presta bem atenção, Georgia — falei, baixinho. — Você não pode contar isso pra *ninguém*, tá? Pelo amor de Deus. Não pode contar pra sua mãe, nem pro Roberto, nem pra sua melhor amiga.

Georgia arregalou os olhos.

— É tão sério assim?

Eu assenti.

E então contei tudo.

20

Maybe if we face up to this
We can make it through this
Closer, maybe we'll be closer
"Same mistakes"

— Há quanto tempo você está encarando esse celular aí, *sweetie*? — perguntou Lauren, me espiando pela porta da cozinha, com um sorriso conciliador.

Eu estava sentada na namoradeira do quintal, nos fundos da casa, abraçando meu próprio corpo. O sol brilhava desde cedo, mas ali, na sombra, o vento arrepiava meus braços. Ruffles brincava na grama com os passarinhos que ousavam pousar no chão. Eu tinha conseguido evitar Roberto durante o café da manhã, mas as paredes nuas do meu quarto começavam a me deixar inquieta e eu estava com medo demais de acabar esbarrando com ele para ficar na sala. Portanto, acabei me refugiando no jardim pela primeira vez desde que chegara em Londres.

Nunca tinha morado em casa, nunca tivera nem uma varanda e não estava acostumada a ter um espaço tão amplo e aberto para relaxar. Era gostoso sair do ambiente claustrofóbico do quarto, ouvir o barulho dos pássaros. A casa de Roberto ficava num bairro residencial tranquilo, e quase não dava para ouvir carros passando na rua. Lá em casa, no Brasil, era barulheira de ônibus o dia inteiro.

Olhei para Lauren, bloqueando a tela.

— Eu não tô encarando o celular — neguei com menos convicção do que desejava.

Ainda não havia recebido nenhuma notícia de Diana. Fiquei me perguntando se ela tinha acabado de castigo também. Era a segunda vez que fugia do palácio, e a mãe dela não parecera muito tolerante durante a conversa que entreouvi. O que era ridículo; era ela quem tinha mentido, para começo de conversa.

Mandei um *tá tudo bem?* por mensagem, em parte porque estava preocupada, mas também porque me sentia um pouco culpada por ter contado seu segredo, mesmo que só para Georgia. Sentia como se, a qualquer instante, um alerta grande e vermelho fosse surgir sobre a minha cabeça, com os dizeres QUEBRADORA DE PROMESSAS em letras garrafais.

Por desencargo de consciência, entrei nos sites e perfis de fofocas, mas não havia nenhuma nota sobre uma filha ilegítima do príncipe Arthur. Nem mesmo novidades sobre o boato de traição. Era ridículo como os tabloides não tinham escrúpulos. Qualquer suspeita virava capa de revista.

Sem mensagem nem notícias vazadas, fiquei ali, só esperando. E encarando o celular.

— É o *boy* de ontem? — Lauren perguntou, sentando ao meu lado na namoradeira da varanda.

Eu ainda não tinha muita certeza de que podia confiar aquele assunto a Lauren. Ela tentara acalmar meu pai no dia anterior, mas será que tinha sido apenas porque ficou assustada com a reação exagerada dele, ou porque não achava mesmo que tinha sido tão grave?

— Não é nada. Eu só tô aproveitando a brisa da manhã. — A desculpa soou falsa até para os meus ouvidos.

Ela me olhou desconfiada.

— Você pode confiar em mim, *sweetie*. — Tocou minha mão, num gesto de intimidade. — Prometo que não conto pro seu pai. Ele se exaltou ontem, eu sei. *Sure*, você não precisava ter mentido, e ele estava certo quando disse que podia ter acontecido alguma coisa, mas eu entendo sua desconfiança. E confio que você não faria nada imprudente.

Olhei para ela. Lauren estava com um sorriso cheio de expectativa. Meus pensamentos foram parar em minha mãe. Tivemos poucas conversas daquele tipo, e eu não tive oportunidade de contar a ela que era bi. Estava com Heitor antes da morte dela e usei isso como desculpa para esconder a verdade.

Havia tantas coisas que eu gostaria de ter contado a ela.

Respirei fundo.

— É... uma garota, na verdade — falei, hesitante.

— Oh. — Lauren não tentou esconder a surpresa. Pestanejou, assimilando a informação. — *Ok. No problem*. Não temos preconceito nesta casa. *You love who you love.*

Lauren apertou minha mão, e eu me senti estranhamente grata. Dava para ver que ela não estava cem por cento confortável com a conversa, mas sua reação foi muito melhor do que eu esperava.

— Era com ela que você estava ontem?

Eu assenti.

— *Ok* — ela repetiu, lentamente. — E vocês... vocês estão... sabe... — ela fez um gesto indecifrável com as mãos — ... se protegendo?

Arregalei os olhos.

— Lauren! — exclamei, ruborizando.

— O que foi? — Ela ergueu as mãos em rendição. — Gravidez não é a única coisa indesejada que sexo sem proteção pode trazer...

— Ai, meu Deus.

— Existem métodos de proteção para relações entre mulheres também, é importante que você saiba...

— Lauren — falei mais alto, o rosto quente de vergonha —, eu sou virgem, fica tranquila!

— Mas essas coisas acontecem sem planejamento — continuou ela, e eu quis cavar um buraco no chão e me enfiar lá dentro. — Não deixe de se informar. Se você precisar que eu...

— Não, obrigada! Eu vou pesquisar, pode deixar — me apressei em dizer, antes que ela insistisse.

Ela hesitou.

— E você tá encarando esse celular por quê?
Como eu não podia ser totalmente sincera, escolhi parte da verdade.
— Eu só queria saber se está tudo bem por lá. Não sei se ela acabou de castigo também.
Lauren estalou a língua em repreensão.
— Vocês, jovens, precisam aprender a confiar mais na gente. Adulto não tem sete cabeças, não.
Não pude deixar de rir, e ela acabou rindo junto, num momento improvável de cumplicidade. Quem diria que um dia eu estaria me abrindo para *Lauren*?
O mundo realmente dá voltas.
— *Mom!* — a voz de Georgia berrou da sala, testando o terreno.
— *Over here!*
Georgia apareceu no batente da cozinha.
Ela olhou da mãe para mim e de volta para a mãe, e algo estranho cruzou seu olhar. Será que estava *com ciúmes*? Por eu estar tendo uma conversa amigável, e a sós, com a mãe dela? Não era a primeira vez que eu via aquela expressão em seu rosto.
Mas era normal, não era? Eu sempre via as brigas de Emi e Lara com as irmãs, e era uma ciumeira danada.
Mas, como filha única, eu nunca tinha passado por isso.
— Estou pronta — disse ela, em inglês, e percebi que tinha trocado o pijama para um look básico.
Lauren deu um tapinha na minha perna.
— *Great talk, sweetie.* — Levantou, satisfeita com nossa conversa.
As duas saíram juntas, e eu ouvi a porta de casa bater.
E me surpreendi por me sentir levemente preterida. Caramba, tudo bem que elas só iam ao mercado, mas nem tinham cogitado me convidar para ir junto.
O pensamento me fez arregalar os olhos. Será que *eu* estava com ciúmes de Lauren? Meu Deus. O que Londres estava fazendo comigo?
Meio emburrada, a visão de Ruffles brincando não me pareceu mais tão agradável, e resolvi voltar ao quarto.

E dei de cara com meu pai.

Ele travou, e eu recuei. Pela primeira vez, Roberto não fingiu que nada tinha acontecido para amenizar o clima.

— Bom dia — cumprimentou, baixinho, evitando olhar nos meus olhos.

— Bom dia — retribuí, contrariada.

Tentei avançar, mas ele se mexeu na mesma hora e impediu minha passagem. Parecia desconfortável. Cruzei os braços e esperei. Que pedisse desculpas? Que continuasse a briga? Que dissesse *qualquer* coisa?

Ou talvez eu estivesse reunindo coragem. Tinha jogado tanta coisa na cara dele no dia anterior, mas não tivemos exatamente a conversa que eu sempre imaginara. Eu não tinha perguntado nada do que gostaria.

Ele era feliz? Alguma vez sentira saudade da gente? Da ex-mulher? Da ex-família? Da ex-vida? Será que se arrependia de nunca ter olhado para trás?

Ele chegou para o lado, liberando o caminho.

Nenhum de nós disse nada.

Meu coração batia acelerado enquanto o telefone chamava. Tantos anos haviam se passado, mas eu ainda me sentia como aquela mesma garota de sete anos, ligando para o pai, cheia de expectativa, e ouvindo outra menina chamando-o de pai.

O som do fone sendo tirado do gancho me fez prender a respiração. Depois daquela primeira vez, toda ligação para Roberto me fazia suar frio. Sempre ansiosa, sempre com medo de ter que lidar com Georgia ou Lauren.

— Hello? — *uma voz aveludada atendeu.*

Era Georgia.

Eu apertei o fone com mais força.

— *Alô, poderia falar com o Roberto?* — *pedi em inglês.*

— *Quem está falando?* — *ela perguntou, cheia de arrogância.*

— *É a filha dele.*

Ela se afastou para chamá-lo, e eu suspirei com força.

Um minuto depois, Roberto atendeu.

— *Oi, Dayana! Como você está, minha filha?* — *A voz animada de sempre. Como se não tivesse nenhuma preocupação.*

— *Tudo bem, e com você?*

— *Melhor agora!* — *Dava para sentir o sorriso do outro lado da linha.* — *O que você manda?*

— *Eu, hm...*

— *É a Dayana?* — *alguém perguntou ao fundo.*

— *É, sim!*

— *Oi, sweetie* — *Lauren cumprimentou, com aquele tom falso.* — *Faz tempo que você não liga! Quando vai vir nos visitar? Estamos esperando você aqui.*

Olhei para minha mãe no corredor da sala. Ela ergueu a sobrancelha para mim. "Lauriane?", perguntou, sem emitir som. Eu revirei os olhos e assenti.

— *Ah, não sei, Lauren. A grana anda meio curta, sabe como é* — *alfinetei.*

Se dependesse de mim, eu não ia era nunca. Pelo menos, não para a casa deles. Imagina a loucura que devia ser!

— *Claro, claro* — ela concordou, sem graça.
— Mas me conta, do que você precisa? — Roberto voltou à chamada.
Eu respirei fundo, olhei para minha mãe de novo, e ela acenou com a cabeça, me incentivando.
— Ah, é que... — *"Eu preciso muito de um computador novo pra estudar, será que você pode me ajudar?" Por que era tão difícil dizer?* — Eu só queria saber como estão as coisas.
Murchei com minha própria falta de coragem.
Minha mãe fez biquinho. "Quer que eu peça?", fez com a boca de novo. Assenti, e ela largou os papéis que tinha em mãos e veio para o meu lado.
Eu esperei meu pai terminar de falar.
— Então tá bom, pai. Vou passar pra minha mãe, ela quer falar com você.
Estendi o telefone para ela, sentindo os olhos marejarem.
Por que era tão difícil pedir as coisas para o meu próprio pai? Por que ele tinha que ter ido embora?

21

> *I've got scars, even though they can't always be seen*
> *And pain gets hard, but now you're here and I don't feel a thing*
> "If I could fly"

Com o castigo de Roberto, eu não poderia ver Diana durante o resto da semana.

Mas ela me respondeu quando eu estava entrando no trabalho, no dia seguinte à Grande Descoberta.

> Tive mais uma discussão com a minha mãe quando cheguei, claro

> Acabei esquecendo de mandar mensagem pra saber se tava tudo bem, desculpa

>> relaxa, você tá com a cabeça cheia

>> é compreensível

> E por aí?

> Ficou tudo bem?

Eu não queria perturbá-la com meus problemas, então apenas disse:

> tudo sob controle

> Você tá livre mais tarde?

> hmm, talvez eu esteja de castigo e tenha hora pra voltar pra casa até o fim da semana...

Ela mandou uma carinha confusa.

> Você não disse que tava tudo sob controle?

> sim, sob controle do meu pai

> Dayana!!

Mandei um emoji dando de ombros.

Continuamos a trocar mensagem nos dias seguintes e eu fiquei feliz em saber que realmente tínhamos superado aquela coisa toda de não conversar. Mas percebi que Diana evitava falar sobre O Escândalo Real, como ela mesma chamara. Quando precisava desabafar, ela me ligava, como se não quisesse deixar nenhum registro. Será que sua vida seria assim a partir dali? Para sempre tentando não ser descoberta?

No instante que Roberto anunciou o fim oficial do castigo, no sábado de manhã — acompanhado de um discurso sobre ele ter pegado leve e prometendo não ser tão bonzinho da próxima vez, mas que perdeu toda a força por ele ter gaguejado, incapaz de sustentar a pose de durão —, mandei uma mensagem para Diana pedindo que ela me encontrasse na estação Chalk Farm às três da tarde.

Sem poder sair, tinha passado os últimos dias planejando o nosso encontro seguinte. Tinha várias ideias — ir à London Eye, um restaurante bacana, andar de pedalinho —, mas no fim acabara decidindo pelo bom e velho piquenique. Toda sexta eu recebia o salário semanal, que tinha um cheiro excepcionalmente bom, mas sabia que, se quisesse guardar dinheiro para minha futura independência, não podia esbanjar. Já tinha gastado demais nos últimos encontros. Por isso, aproveitei meu desconto de funcionária para comprar alguns itens para o passeio, e guardei o restante do dinheiro enrolado num elástico na minha gaveta de calcinhas.

Enquanto eu me arrumava, depois do almoço, Georgia veio ao meu quarto e se jogou na cama. Aquilo estava virando um hábito.

— Vai sair com a sua princesa? — perguntou, me fazendo congelar.

Nos encaramos, e eu tive que morder o lábio para conter a risada.

— Boba — reclamei, tacando um vestido em cima dela.

Ela pegou o vestido.

— Esse não. Bota aquela saia de botão que você comprou na Primark.

— É um piquenique, acho que vou ficar meio desconfortável.

Ela refletiu.

— Então o macaquinho preto, aquele que parece um vestido.

Estalei os dedos.

— Boa!

Comecei a fuçar o armário, já quase cheio. Eu ainda não tivera coragem de desfazer as malas, que continuavam abertas no chão do quarto. Mas, à medida que ia me acomodando, as coisas acabavam indo direto para o guarda-roupa quando eu terminava de usar. Minhas roupas, maquiagens, produtos de beleza e de higiene. Reparando bem, as malas já estavam praticamente vazias.

— Estou com inveja — brincou Georgia, enquanto eu me arrumava. — Você chegou tem um mês e já arranjou namorada.

Olhei para ela, que fez biquinho.

— Quer que eu pergunte se ela tem alguém para te apresentar? Tem alguma preferência?

Ela refletiu.

— Gosto de pessoas altas, de preferência não muito magrelas. O gênero não importa. Contanto que tenha uma coroa na cabeça.

Revirei os olhos.

— Você é muito interesseira. — Mas um sorrisinho continuou no canto dos meus lábios. *O gênero não importa* era uma bela de uma confissão.

— Qual é a graça de ter uma irmã que namora a filha do príncipe da Inglaterra se ela não vai me apresentar alguém da realeza?

Dei língua para ela.

— É só por isso que você gosta de mim?

— Talvez você seja legal também, mas só um pouquinho. — Ela deu uma piscadela.

Virei para Georgia, já com o macaquinho preto de alça e um cropped branco de meia manga por baixo.

— E aí, ficou bom?

Ela uniu o indicador e o polegar num círculo, aprovando, e assentiu.

— Perfeita.

Abri um sorriso empolgado e comecei a arrumar a bolsa.

Alguém bateu à porta.

— Georgia, *dear*, você está aí? — A voz de Lauren atravessou a porta.

— Eu! — Georgia gritou.

Lauren abriu a porta e Ruffles entrou em disparada, rodopiando empolgado atrás do próprio rabo. Ela olhou para a filha, deitada na cama, e então para mim.

— Vai sair, *sweetie*? — Ela também se sentou na beira da cama.

Me encolhi.

— Achei que o castigo tinha acabado. Eu posso sair, né?

— Claro, claro. — Ela se apressou em dizer. — Só estava perguntando. Você tem um *date* com sua *girl*? — Um sorrisinho se abriu em sua boca.

Minhas bochechas esquentaram.

Georgia sentou de repente, com uma careta de dor.

— Você contou pra ela? — perguntou, surpresa. E talvez um pouco irritada.

Lauren se empertigou.

— Qual o problema em me contar? — Ela pareceu ultrajada. — *You know*, algumas pessoas confiam em mim.

— Eu confio em você — ela se defendeu, encolhendo os ombros e desviando o olhar. — Só não tenho nada para contar.

— Pois deveria ter. Sua *irmã* está saindo, curtindo a vida, e você fica aí presa dentro de casa.

Era a primeira vez que Lauren me chamava de "irmã" para Georgia, e eu senti um quentinho no peito.

Georgia fechou a cara.

— É difícil curtir a vida estando *com dor o tempo todo*.

Lauren soltou um suspiro.

— *I know, dear,* mas você precisa tentar. Não pode ficar assim pra sempre, vendo a vida passar. Você precisa se esforçar mais.

Com certeza aquela era a coisa errada a dizer, porque o peito de Georgia estufou de irritação. Eu me apressei em acabar de arrumar minha bolsa, peguei a bolsa térmica para levar as comidinhas do piquenique, que tinha separado mais cedo, o tênis no armário e o celular na mesa de cabeceira o mais rápido que pude.

— Tô indo! Tchau!

— Não volta tarde! — Lauren gritou quando eu já saía do quarto. — E não ignore nossas mensagens!

— Eu preciso *me esforçar mais*? — ouvi Georgia perguntar, enquanto eu calçava o tênis no hall da entrada.

Saí de casa antes que Lauren pudesse responder.

22

And somehow you kicked all my walls in
So, baby, say you'll always keep me
Truly, madly, crazy, deeply in love with you
"Truly, madly, deeply"

— Quer dizer então que você contou pra sua madrasta sobre mim? Eu sou *oficial* agora? — Diana levou a mão ao peito, emocionada. — Que honra!

Peguei o suco de caixinha e tomei um gole, tentando esconder um sorriso bobo.

Estávamos sentadas lado a lado sobre uma toalha vermelha que eu havia surrupiado da gaveta da cozinha, enquanto à nossa frente se estendia uma variedade de comidinhas: suco de caixinha, garrafinhas de cappuccinos, um potinho com frutas vermelhas — todas as *berries* possíveis e intraduzíveis —, uma caixa dos donuts de Rico, o confeiteiro da Grocery Sugary, que, ao me ver escolhendo, me perturbara até eu confessar que tinha um encontro, decidindo assim caprichar no pedido (uma das rosquinhas tinha até confeitos de coraçõezinhos), e dois sanduíches na baguete com peito de frango e salada, que eu fizera na noite anterior, depois que todo mundo tinha ido dormir.

Pelo celular de Diana, uma playlist que ela montara tocava "About you", da Fletcher, baixinho. Eu tinha conhecido a cantora por indicação dela e andava viciada. A playlist também incluía One Direction, claro.

— Infelizmente isso aqui não é o banquete *real* que você merece, mas até que dá pro gasto, né?

Diana semicerrou os olhos e ficou me encarando. Comprimi os lábios para conter a risada.

— Engraçadinha.

Talvez eu tivesse sido um pouco contagiada por Georgia.

— E aí, você e sua mãe conversaram? — Puxei um guardanapo para pegar o sanduíche. — Você disse que ela te deu um ultimato ontem.

Diana suspirou enquanto beliscava um mirtilo. Ou era um *cranberry*? Eu sempre me confundia com aquelas frutas.

— *Yeah*. A gente conversou.

Seu olhar se dirigiu à paisagem à nossa frente. Primeiro, vinha a grama descampada do Primrose Hill, cheia de outros grupos e casais curtindo o tempo limpo; em seguida, árvores ladeavam as trilhas; e, mais adiante, prédios se estendiam por cima das copas verdes e floridas, sob o céu azul. Era uma vista de tirar o fôlego.

— Ela me explicou um pouco do que aconteceu, mas não é fácil.

— Vindo de uma história que envolve a família real, não imagino que seja.

Diana deu um sorriso resignado.

— Ela disse que eles se conheceram *at St. Andrews University, in Scotland*.

Parecia estar se esforçando para continuar contando a história em português, então a interrompi.

— Pode falar em inglês, eu acompanho — sugeri, prestativa.

Ela balançou a cabeça.

— Acho que é mais seguro em português mesmo. — Ela respirou fundo antes de continuar. — Um amigo da minha mãe conheceu o Arthur num pub através de outro amigo, e aí eles passaram a fazer parte do mesmo círculo social. Não sei os detalhes, como passaram de amigos *to something more*, mas acho que não importa muito, né? Eles se curtiram, ficaram, me conceberam. — Ela ergueu a sobrancelha, como se ficasse nervosa só de pensar naquilo. — E aí... — Eu prendi a respiração, cheia de expectativa. — Bom, a realeza aconteceu.

— Ameaçaram sua mãe? — perguntei, ainda mastigando um pedaço do sanduíche.

— Uma universitária bolsista, filha de imigrantes, não era exatamente a esposa que o rei Oliver sonhava pro neto dele.

— Ele chamou sua mãe pra conversar e entregou um envelope cheio de dinheiro pra ela ir embora?

A ideia tirou uma gargalhada de Diana.

— Não em pessoa, claro. O rei nunca lidaria com esse tipo de coisa diretamente. — Ela fez um gesto de desdém, como se entendesse do assunto. — Mas foi mais ou menos isso.

— Mas como o rei descobriu que sua mãe estava grávida, se nem seu pai sabia? — Aquela história tinha tantas camadas que eu ficava confusa só de pensar.

— Não acho que ele tenha intervindo por causa da gravidez, e sim porque as coisas estavam ficando sérias, a ponto de os jornais estarem começando a falar da namorada do príncipe. Com o Andrew tendo se assumido gay, o Arthur era meio que "a esperança" do rei. — Diana revirou os olhos. — Então o velho se meteu antes que a história explodisse. A minha mãe gostava do Arthur, mas não o suficiente para se meter naquela confusão. Então ela só aceitou o dinheiro, abandonou a faculdade e fugiu pra Brighton.

— E por que ela decidiu vir para Londres?

Diana deu de ombros.

— Ela recebeu a proposta para trabalhar aqui e, como tinha desistido da universidade, era uma proposta muito boa. Ela cresceu na Grocery Sugary com o suor do seu trabalho, conseguiu completar o ensino superior graças à loja. Fora que já fazia muito tempo. Ela achou que era seguro vir para a capital.

— Mas e o dinheiro que ela recebeu? — Eu sentia como se estivesse interrogando Diana, mas era mais forte do que eu. Aquela história toda era tão... *maluca*.

— Ela guardou numa poupança para mim.

— E por que contar a verdade agora?

— Porque o rei Oliver morreu.

Eu me endireitei e fiquei calada por um tempo, assimilando aquelas informações, imaginando como tudo devia ter sido difícil para Rose.

— Então o Arthur não sabia mesmo de você?

Ela negou com a cabeça.

— Menos mal, né? E ele não recusou te conhecer nem fazer o teste de paternidade.

— Não, pelo contrário, ele foi bem... *thoughtful*. Atencioso, acho? — Um brilho alegre iluminou os olhos de Diana. Eu podia imaginar a sensação. Era tudo que esperara do meu próprio pai. — Ainda é muito esquisito, parece que eu tô sonhando, sabe? Não é exatamente um sonho bom, só não parece verdade. Quer dizer, eu tô aqui conversando com você sobre o *príncipe* — ela baixou a voz — ser meu pai?! Parece que de repente minha vida virou *the bloody Princess Diaries*.

Eu dei um sorriso, e Diana retribuiu. Eu a sentia mais leve depois de conversar com a mãe, como se enfim estivesse aceitando a nova realidade. Pela primeira vez desde que nos conhecemos, toda a sombra, a hesitação, o medo em seus olhos estavam desaparecendo. Eu não sabia se ela estava pronta para fazer parte da realeza — mesmo que daquele jeito torto que filhos ilegítimos fazem, recebendo muita atenção da mídia, mas não sendo realmente incluído na família —, mas dava para ver que estava feliz. Feliz por ter descoberto que seu pai estava vivo. Que ele tinha intenção de cumprir seu papel de pai, ainda que as coisas não fossem tão convencionais quanto ela gostaria.

Ela esticou os braços às costas, apoiando as mãos na grama, e voltou a admirar a vista. Usava um short de alfaiataria e blusa de botão levinha, bem confortável. Ela era sempre *tão* bonita, mas naquele momento parecia brilhar. Sabe quando se está num shopping de rico e as pessoas estão vestindo short, camiseta e chinelo, mas você sabe que cada uma daquelas peças deve ter custado mais do que a sua mãe ganha em um ano? Era aquela aura que ela me passava.

Naquele momento, Diana me pareceu distante de mim e do meu mundo. Como alguém da realeza.

Ela me flagrou, e o encanto se quebrou.

— O que foi? — perguntou, envergonhada.

Eu peguei uma framboesa e estendi o garfo para ela.

— Estava pensando em como você se encaixaria bem nas fotos oficiais de família.

Ela deu uma risada alta e sentou novamente, batendo as palmas para limpar as mãos antes de aceitar o garfo.

— Sabe uma coisa que me deixou curiosa? — perguntei, comendo uma framboesa. Ela ergueu a sobrancelha. — Por que sua mãe escolheu te chamar de Diana, apesar de tudo que aconteceu?

Diana deu um sorrisinho.

— Minha mãe é obcecada pela Diana Ross.

Eu dei uma gargalhada.

— O quê? É sério? Não foi por causa da rainha?

— Ela ama mesmo a Diana Ross, é um saco às vezes, de tanto que ela escuta. — Diana riu, depois encolheu os ombros. — Mas ela também me disse que, uns meses depois de ter fugido pra Brighton, recebeu uma ligação da princesa *se desculpando* por tudo o que aconteceu e por ter demorado tanto a ligar. Disse que às vezes o rei agia tão... *on the quiet*... que nem ela ficava sabendo. Também disse que, se minha mãe quisesse voltar para a universidade na Escócia, ela mesma resolveria tudo. Minha mãe recusou e nunca mencionou que tinha engravidado, mas acho que ela sempre guardou uma admiração pela princesa por causa disso. Então talvez também tenha sido por causa dela, sim.

Eu pestanejei, admirada, o respeito pela rainha crescendo ainda mais.

— Uau, ela é incrível mesmo.

— Pois é, dá pra acreditar que ela é *minha avó?*

Arregalei os olhos, me empertigando.

— Meu Deus! Eu ainda não tinha parado pra pensar nisso! — Desabei na toalha vermelha, encarando o céu. — Preciso de um momento para digerir essa informação.

Diana riu e comeu mais algumas frutinhas. Em seguida, pegou o celular e trocou de música.

— Conhece essa? — perguntou, quando os acordes dedilhados de um violão começaram com um estalar de dedos. Fiz que não com a cabeça e sentei novamente. — Se chama "Best part", da H.E.R. Ela me lembra você. *You're the coffee that I need in the morning. You're my sunshine in the rain when it's pouring* — cantarolou com a voz grave.

Eu sorri, tocada, enquanto escutava a letra.

Diana deitou no meu colo, e eu comecei a fazer cafuné nela. Seus cabelos ruivos brilhavam entre meus dedos. A gola da camisa escorregou pelo ombro e eu vislumbrei uma tatuagem de arco-íris em sua clavícula. Passei o dedo pela tatuagem.

— Você se identifica como o quê?

— Pan — ela respondeu, fechando os olhos. — E você?

— Bi. Teve uma época que eu cheguei a me definir como pan. Mas acabei percebendo que me identificava mais como bi. Acho que gosto de como soa. — Dei um sorrisinho.

Tem muitas informações desencontradas sobre a diferença das duas orientações, mas, com o tempo, acabei entendendo que a bissexualidade não era binarista, como algumas pessoas costumavam dizer. No fim das contas, o mais importante era com qual dos dois termos a pessoa se sentia bem. E "bissexual" se encaixava como uma luva para mim.

— Comigo foi a mesma coisa, só que ao contrário. Na verdade, antes de tudo, achei que era lésbica. Eu sempre me interessei mais por mulheres, mas às vezes sentia atração por pessoas de outros gêneros e acabei me encontrando mais na pansexualidade.

— Você já namorou?

— Uma vez, com uma garota. Mas durou pouco tempo. Acho que era mais… como se diz? *A nine-day wonder.*

Franzi a testa.

— Como assim?

— Quando você fica empolgada, mas a empolgação acaba tão rápido quanto surgiu.

— Ahh! A gente chama de fogo de palha.

Sua risada rouca invadiu meus ouvidos.

— Isso mesmo!

— Eu tive *a thing* com um garoto, ano passado — contei, usando a expressão em inglês, porque não tinha certeza de que ela sabia o que significava "rolo". — Mas acabou quando minha mãe morreu.

Diana abriu os olhos e me encarou do meu colo.

— Como ela era?

— Minha mãe? — perguntei, e Diana assentiu. Olhei para a frente, observando o grupo mais abaixo na colina, que gargalhava de alguma coisa. — Ela era como uma estrela cadente. Brilhante, forte, impactante. Aquele tipo de pessoa que todo mundo admira.

— Como você, então — complementou, me fazendo sorrir. — Você deve sentir muita saudade dela.

— Tanta que dói.

— Eu não sei como deve ser perder alguém tão importante, mas eu me sentia um pouco assim em relação ao meu pai. Mas é estranho sentir saudade de alguém que você nunca conheceu. É diferente, como ter um buraco onde todas as outras pessoas têm carne e osso.

— No meu caso é mais como se alguém tivesse feito um buraco onde antes havia carne e osso.

Ela contorceu a boca, compadecida, e segurou minha mão. Eu analisei as flores tatuadas ao redor do pulso.

— Quantas tatuagens você tem? — perguntei, curiosa, entrelaçando nossos dedos.

As mãos dela eram finas e ossudas e uma pinta se destacava em seu dedo anelar.

— Só essas duas. Na verdade, menores de dezoito não podem fazer tatuagem aqui no Reino Unido. Mas minha mãe e eu fomos comemorar meu aniversário de dezesseis anos na Irlanda, e ela me deu essas duas de presente lá.

— Quando é seu aniversário?

Havia tantas coisas que eu queria perguntar a ela. Tantas coisas que eu ainda queria descobrir. Coisas banais, como sua cor preferida, o sabor de sorvete preferido, que superpoder ela escolheria. E coisas complexas: qual era seu maior sonho; como ela se via no futuro; se ganhasse um milhão de libras, com que gastaria.

Eu queria descobrir quantas pintas ela tinha no corpo, se havia outras constelações em sua pele, se assistir um filme de mãos dadas era tão gostoso quanto parecia, se dividir um prato de comida era mesmo romântico. Se todas as coisas que hoje eu achava bobas ficariam melhores ao lado dela.

Havia tantas coisas que eu queria perguntar. E, assim como com a minha mãe, eu achei que teria todo o tempo do mundo.

Mas então o celular de Diana recebeu uma notificação.

E, de repente, tudo desmoronou.

Verdade chocante sobre duque de York enfim é revelada!
Fontes informam que príncipe Arthur teve uma filha ilegítima
por Chloe Ward

Os boatos sobre a separação do casal mais queridinho da Inglaterra estavam nos deixando de cabelo em pé. Mas agora a verdade foi revelada — e é mais bombástica do que imaginávamos!

Segundo uma fonte confiável, descobrimos que a mulher misteriosa com quem o príncipe vinha se encontrando era ninguém menos do que um antigo affair. E o mais chocante de tudo: os dois tiveram uma filha juntos!

Ao que tudo indica, Arthur e a brasileira Rosane Lima se conheceram em 2004, na faculdade, e tiveram um romance de verão. As noites de amor entre os pombinhos geraram uma descendente, da qual, até este ano, nem ele sabia!

E, ao que parece, nem a adolescente, fruto desse amor-relâmpago.

A brasileira escondeu de pai e filha a importante informação de que ele tinha uma primogênita, e que ela era filha do príncipe da Inglaterra.

Por quê? Só nos cabe especular...

Assine nossa newsletter para saber em primeira mão mais informações do caso secreto do duque de York.

23

> *Does it ever drive you crazy*
> *Just how fast the night changes?*
> *Everything that you've ever dreamed of*
> *Disappearing when you wake up*
> "Night changes"

Diana encarou o celular com uma expressão horrorizada.

— *Bloody bollocks bastard!* — soltou, e na minha cabeça traduzi o xingamento como *eita preula*, porque me soou mais digno da realeza.

Me inclinei na direção dela.

— O que foi? — perguntei, curiosa.

Ela virou o celular, e em um segundo fiquei com a mesma expressão horrorizada. Antes mesmo de ler a chamada ("Verdade chocante sobre o duque de York enfim é revelada!"), meu olhar se fixou numa foto de Diana e Rose, estampada logo abaixo. Era uma foto de paparazzo, então a qualidade não era das melhores, e as duas estavam bem distantes. Mas não havia dúvida de que eram elas.

— *Caralho de asa* — xinguei, com muito menos graciosidade. Encarei Diana, chocada. — Mas... como?

— Eu não sei! — retrucou, com um tom agudo.

Ela puxou o celular de volta e começou a fazer uma ligação.

— O que houve? Como isso vazou? — perguntou em inglês, assim que a pessoa atendeu. Supus que fosse Rose. — Não, eu não sei! Não sei quem poderia ter vazado. Não, eu não... — ela ergueu o olhar rapidamente para mim — ... não contei pra ninguém.

Sua voz parecia à beira do pânico. Levou a mão à boca, roendo a unha, e por fim falou:

— Eu tô indo pra casa, calma. Vou pegar um táxi. Já já tô aí.

Ela desligou o telefone e me encarou, desolada. Comecei a juntar as coisas do piquenique com pressa, enfiando a comida de qualquer jeito na bolsa térmica.

— Não se preocupa, vai dar tudo certo — fui falando, enquanto arrumava tudo. — Não dá pra ver que é você na foto, isso não vai te afetar. E a família real é ótima em jogar tudo pra debaixo do tapete.

— Day... — ela chamou com a voz fraca. — Você não... não contou pra ninguém, né?

Eu parei com o pote de frutas a meio caminho da bolsa.

— Eu não tô te acusando — ela se apressou em dizer. Mas estava, sim. — É só que... todo mundo do palácio que *sabia* assinou um *non-disclosure agreement*. Se eles revelarem a história, vão ter que pagar uma multa bem alta e, além deles... eu só contei pra você. Não sei, por acaso você não deixou escapar, ou... alguém pode ter ouvido uma conversa nossa?

Continuei paralisada.

Meus piores temores enfim estavam se tornando realidade. Eu havia contado à Georgia, e a história tinha vazado pra imprensa. Logo mais estaria em todos os jornais e revistas. Mas Georgia não teria contado a ninguém... Teria? Eu confiava nela.

Só que Diana também havia confiado em mim. E eu tinha repassado seu segredo.

Será que *eu* tinha feito merda?

— Day, você não contou pra ninguém, né? — Diana repetiu, mais incisiva.

Engoli em seco.

— Só pra minha irmã — confessei, baixinho, e ela arregalou os olhos.

— Day! — Ela levantou num salto, atraindo alguns olhares ao redor. — Não acredito! Eu confiei em você.

Levantei junto.

— Eu sei, eu não fiz por mal, eu juro. — Meu tom era quase uma súplica. Peguei suas mãos, tentando fazer com que olhasse para mim. — Ela sabia das minhas desconfianças, e acabou me pressionando. Mas não pode ter sido ela, Diana, o que ela ia ganhar com isso?

— *Dinheiro?* — cuspiu, transtornada. — Fama? Poder dizer às pessoas que a "irmã" — ela fez aspas com o dedo — dela estava saindo com a filha bastarda do príncipe? Meu Deus, como eu fui burra! Eu devia ter desconfiado quando te vi no palácio. Mas, em vez disso, contei a verdade toda pra você ir correndo divulgar pro mundo!

Eu recuei, largando suas mãos de súbito, e terminei de enfiar meus pertences na bolsa térmica de qualquer jeito.

— Agora que você descobriu que é da realeza, vai começar a achar que qualquer um é interesseiro e quer colocar o seu na reta por um minuto de fama? — Ainda tive a decência de baixar a voz. — Nunca pensei que alguém poderia mudar tão rápido.

Comecei a andar em direção à saída do parque.

— Por que você está tão ofendida? — Ela vinha atrás de mim. — Pensei que odiasse todo mundo naquela casa.

Virei tão rápido que Diana quase esbarrou em mim.

— Acha que eu contaria seu segredo pra alguém que eu odeio? Você pensa tão mal assim de mim também?

Ela pareceu assustada com a minha explosão.

— Claro que não, eu...

— Tudo bem, eu sei que errei — interrompi. Uma raiva como eu nunca havia sentido antes, nem mesmo nas discussões com meu pai, parecia se espalhar por cada partícula do meu corpo. — Eu peço desculpas, de verdade. Sei que você me pediu segredo, e eu deveria ter cumprido a promessa. Mas você não hesitou nem um segundo antes de me acusar e acusar minha irmã, quando um monte de gente naquele lugar adora vazar fofoca e ser fonte anônima nos jornais. Então quer saber? Talvez seja hora de aceitar sua nova realidade e se misturar às pessoas de mesmo naipe. Assim você não precisa se preocupar com quem é interesseiro.

Dizendo isso, eu saí em direção ao metrô, puta da vida.

Quando cheguei em casa, a raiva tinha se transformado em frustração, e a frustração me levou aos prantos. Tentei entrar no quarto o mais rápido que pude, mas Lauren tinha olhos de águia e, antes mesmo que eu chegasse à cama, ela já foi abrindo a porta.

— O que aconteceu, *sweetie*? — perguntou, cheia de preocupação. Larguei as bolsas no chão e fui correndo para a cama, sem responder.
— Você e sua garota brigaram?

Meu estômago embrulhou só de ouvir *sua garota*.

Eu tinha ferrado com tudo. Destruí a melhor coisa que havia acontecido comigo desde a morte da minha mãe. De novo. Era tudo culpa minha, *de novo*.

— Me deixa em paz, Lauren! — gritei, me jogando de bruços e pegando o travesseiro para cobrir a cabeça, como se pudesse me isolar do mundo.

Eu queria fechar os olhos e rebobinar minha vida. Voltar para aquele dia, seis meses antes, e refazer tudo. Salvar minha mãe. Abraçá-la forte. E nunca mais sair de perto dela.

A cama afundou quando Lauren sentou ao meu lado e acariciou minhas costas, enquanto eu chorava de soluçar. Ela não disse mais nada, mas ficou ali, me confortando por vários minutos, até que a porta se abriu de novo.

— Day, o que aconteceu? — Era a voz de Georgia.

Levantei de repente, sobressaltando Lauren, e encarei Georgia.

Não sei o que deu em mim. Eu a havia defendido para Diana e sabia que ela não tinha motivos para revelar nada, mas, por algum motivo, minha mente voou para o que ela tinha dito mais cedo, sobre sentir inveja de mim.

— Você contou pra alguém? — perguntei em tom acusatório.

— Dayana, *sweetie*, se acalme — Lauren tentou dizer.

— O quê? — Georgia demorou um segundo para entender do que eu estava falando. Então seu rosto se encheu de compreensão. Em seguida, sua expressão se contorceu de culpa, e eu soube. Eu *soube*. — Eu… eu… — ela gaguejou.

— Meu Deus, foi você! Você contou. Você contou *mesmo*.

As acusações que Diana tinha jogado na minha cara me vieram à mente, e eu me senti a pior pessoa do mundo. Porque eu entendia exatamente o que ela tinha sentido. E era *horrível*.

— Foi por ciúmes? Inveja? Raiva? — Aquelas pareciam opções muito mais plausíveis do que dinheiro ou fama. — Você pode ter fingido muito bem que gosta de mim, mas eu sei que não está feliz com a minha vinda. Eu sei que tirei a paz da casa e que vocês eram muito mais felizes antes.

— *Sweetie*, pare com isso. — Lauren deu um tapinha conciliador na minha perna. — Nós estamos muito felizes em recebê-la.

— Ah, para de falar merda! — gritei, empurrando a mão dela.

— Não fala assim com a minha mãe! — Ela puxou meu braço. — Tá na hora de você acordar pra vida e parar de ser tão mimada! Sim, você chegou e destruiu a paz da minha família, e mesmo assim todos nós fizemos o possível e o impossível para te receber de braços abertos e fazer você se sentir em casa. Talvez, se você tivesse enxergado o quanto é privilegiada, nada disso teria acontecido!

— Ah, agora a culpa de você ser uma fofoqueira é *minha*?

— Bom, se você não tá feliz, VOLTA PRO BRASIL!

— Sai do meu quarto! — gritei, num tom tão agudo que incomodou até meus ouvidos.

Ela nem olhou duas vezes para mim.

Lauren ficou perdidinha, sem entender o que estava acontecendo. Mas, no fim, foi atrás da filha. Quando ela fechou a porta, me largando sozinha com a minha culpa, eu desabei no chão, chorando como tinha chorado naquele dia, seis meses atrás.

Eu não conseguia parar de chorar.

As lágrimas escorriam pelo meu rosto enquanto eu discava o número da minha mãe.

— Oi, Lady Day! Tava pensando em você agori... — *ela foi dizendo, sem nem me dar tempo de falar. Eu funguei, e ela parou.* — Tá tudo bem?

— Mãe — *minha voz tremeu, e eu sabia que só a deixaria mais preocupada, mas não conseguia controlar* —, vem me buscar?

Um barulho do outro lado da linha me indicou que ela tinha acabado de largar tudo que estava fazendo para vir me socorrer. Uma chave tilintou.

— Onde você tá? O que aconteceu?

— Vou te mandar a localização por mensagem.

— Você não tinha ido no cinema com o Heitor? — *O alarme do carro soou.*

— Eu ia, mas aí não tinha mais ingresso pro filme que a gente queria ver e acabamos vindo comer a batata de Marechal e... — *Eu comecei a chorar de novo ao lembrar.* — Só vem me buscar, mãe.

A verdade é que eu estava com vergonha de contar o que realmente tinha acontecido.

Heitor e eu estávamos comendo nosso lanche e tínhamos visto os amigos dele chegando. E aí...

"Heitor?", *eles gritaram de repente, nos sobressaltando.*

Eu vira o exato momento em que os olhos de Heitor se arregalaram. O exato momento em que foram dos amigos para mim. E então ele levantara, tão assustado que a cadeira caiu para trás.

Os amigos dele, seu trio do colégio, dois garotos altos, magros e brancos demais, como louva-a-deus, e outro baixinho e gordo, pararam à nossa mesa.

"O que tu tá fazendo aqui, cara?", *um dos louva-a-deus perguntara, olhando para mim com curiosidade.*

Eles nem me cumprimentaram. Era como se eu fosse invisível.

Eu me sentira encolher de repente.

"Nada", *respondera ele, rápido demais.* "Só tinha essa mesa vaga, daí pedi pra sentar aqui."

Ele dera um tapinha na mesa.

"*Valeu, hein*", *dissera simplesmente e se afastara com os amigos.*

A vergonha tinha me dominado como um tsunâmi. Girando na cadeira, eu quisera xingar Heitor de tudo quanto era nome, mas não saíra nada da minha boca.

Antes de sumir de vista, eu ainda ouvira um dos amigos dizer:

"*Coé, cara, levei um susto. Por um segundo achei que tu tava saindo com a gordinha da escola.*"

Ao que Heitor respondera, rindo:

"*Tá doido, maluco? Ela não faz meu tipo, não. Deve fazer do Bolinha aí, ó.*"

As lágrimas vieram feito um rio após a quebra de uma barragem. Emi e Lara estavam certas. Sempre estiveram. Eu só nunca quisera enxergar. Eu me sentia um lixo, pior que um cocô de cavalo.

Tinha chorado tanto que uma das atendentes viera perguntar se estava tudo bem.

Quando me acalmei o suficiente, liguei para minha mãe. E as lágrimas voltaram tudo de novo.

— Tá bom, tô indo — minha mãe disse ao telefone, desesperada. — Me espera dentro de alguma loja ou algum restaurante.

— Tá.

Ela desligou e eu continuei sentada no mesmo lugar, numa lanchonete próxima à famosa barraca de Marechal, matando o restante da batata sozinha. Eu nem gosto tanto de batata frita assim, pensei, irritada, jogando uma batata de volta no saco.

À medida que a noite caía e minha mãe não chegava, comecei a ficar preocupada. Liguei para ela de novo e de novo, até que enfim alguém atendeu.

Mas não era minha mãe.

24

> *'Cause I'm on my knees and, baby, I'm bleeding*
> *And it kills me that you're not around*
> "Half the world away"

Diana não tentara entrar em contato comigo nenhuma vez desde a briga, e o clima em casa estava ainda pior do que no dia da minha chegada. Sair para trabalhar era um alívio enorme, mas só quando eu conseguia não esbarrar em Rose. Não que fosse tão frequente, porque, considerando O Escândalo Real, ela passava mais tempo fora do que no escritório.

O rosto do antigo affair do príncipe Arthur se tornara conhecido, então é claro que os funcionários da Grocery Sugary não paravam de fofocar. Eu evitava ao máximo sair do estoque, porque cada comentário me afundava ainda mais na tristeza. Queria mandar mensagem para Diana, perguntar como ela estava diante de toda aquela exposição, mas não conseguia. Mágoa e culpa se entrelaçavam dentro de mim como uma bola de neve crescendo ladeira abaixo, e a cada dia que passava eu me sentia mais e mais frustrada comigo mesma e com o mundo.

Eu era uma bomba-relógio.

Também não estava falando com Georgia. Eu estava com raiva, mas também me sentia mal. As dores dela tinham piorado desde a briga.

A culpa pesava em meus ombros na saída do trabalho na sexta-feira seguinte.

Eu me surpreendi ao dar de cara com o Ford Focus prateado do meu pai.

Custei a acreditar que era ele, até que o vidro do carona deslizou para baixo e Roberto se inclinou sobre o banco.

— Vim te buscar — ele informou, como se não fosse óbvio.

— Por quê? — perguntei, mas entrei no carro, batendo a porta com um pouco mais de força que o recomendado, e coloquei o cinto.

Ele ignorou minha pergunta.

— E aí, como foi o trabalho? — Parecia relaxado, mas eu ainda não o tinha desculpado pela última discussão.

— Normal — respondi, curta e grossa.

— Lauren e eu estamos vendo um professor de inglês pra te ajudar na conversação, vamos ver se conseguimos agora pra julho, pra você começar a escola já mais segura — continuou, naquele mesmo tom ameno de sempre.

Permaneci em silêncio, olhando pela janela. Eu havia andado poucas vezes de carro em Londres, então ainda não tinha me acostumado muito bem com a mão inglesa. Me assustava toda vez que Roberto ia fazer uma curva e pegava a mão "errada", especialmente quando tinha outro carro vindo.

— Sei que parece difícil entender o inglês daqui no começo — ele insistiu, e talvez eu tivesse notado um traço de hesitação antes de ele falar novamente, como se estivesse se forçando a manter a conversa —, mas logo você vai estar entendendo tudo sem nem se dar conta. Ainda mais trabalhando. Você é jovem, é inteligente.

— Uhum.

— Eu nunca fiz muita questão de aprender, mesmo morando aqui há tanto tempo. — Ele se remexeu no banco e ligou a seta. Me preparei para a curva. — A gente fica meio acomodado, acaba se envolvendo muito com a comunidade brasileira na hora de pedir ajuda e os empregadores não fazem muita questão de que você saiba falar, só que saiba o que fazer e que faça direito. Então é fácil não ver o tempo passar. Mesmo assim, eu consegui aprender o suficiente pra me virar.

— Você... — Parei de falar. Roberto se voltou para mim, assustado, e rapidamente olhou de novo para a rua. Quase me arrependi de ter aberto a boca, mas a curiosidade falou mais alto. — Você não teve medo? De vir pra um país diferente, sozinho?

Como devia ter sido para ele se mudar para um lugar do outro lado do oceano, com um idioma diferente, sem conhecer ninguém, sem ter nenhum apoio? Eu estava muito mais amparada do que meu pai estivera quando se mudou, e mesmo assim era assustador. Ele devia ter ficado com o cu na mão.

— Tive, claro! Mas eu também tinha medo de ficar no Brasil. — Ele olhou de esguelha para mim. Será que estava analisando o que deveria ou não me contar? — O Brasil começou a entrar numa recessão braba em 2008, e eu fui demitido de uma empresa muito boa no ano seguinte. Nenhuma empresa estava contratando, em todo lugar a ordem era corte, corte, corte. Trabalhei uns bons anos na OdontoCorp, então recebi uma boa rescisão. E aí um amigo da sua tia Mara tinha vindo pra cá um ano antes e tava se dando bem. Mesmo a crise tendo afetado a Europa também, pra quem é imigrante não falta trabalho. Os cortes são mais de empregos formais. Eu precisava decidir logo, senão o dinheiro da rescisão ia acabar com todos os... gastos. — Ele fez uma pausa, pigarreou. Eu e minha mãe éramos os gastos. — E aí eu resolvi arriscar. E... bom... — Ergueu os braços, como se dissesse "aqui estamos".

E valeu a pena?, pensei, com os olhos marejados. *Valeu a pena abandonar tudo para viver essa vida?*

Em vez disso, engoli o choro e perguntei:

— Por que você veio me buscar?

Ele ficou igualmente assustado com a mudança brusca de assunto.

— Eu, hmm... eu e Lauren pensamos em levar vocês para comer fora. — Ele pigarreou. — Acho que estamos precisando de um momento família, né?

Ah. Eles queriam uma trégua entre mim e Georgia.

Cruzei os braços, com medo de voltar a vê-la, enquanto ele fazia mais uma curva e diminuía a velocidade para estacionar.

Roberto me guiou até uma lanchonete bem anos cinquenta, com garçonetes vestidas de pinup e garçons com topetes à la Elvis Presley, todos de patins. Havia um jukebox recostado na parede e os bancos eram de couro vermelho com detalhes em alumínio, como assentos de carros antigos.

Em condições normais, eu teria amado.

Seria um ótimo lugar para ir com Diana: conhecer o tipo de hambúrguer favorito dela; se comia batata com milk-shake ou preferia refrigerante mesmo (ou suco, talvez? Parando para pensar, eu nunca a tinha visto beber refrigerante); escolher músicas no jukebox uma para a outra.

Afastei o pensamento, tentando não ficar ainda mais deprimida.

Georgia e Lauren já estavam lá, sentadas em uma das cabines no fundo do restaurante. Georgia mexia no celular e nem ergueu o rosto quando cheguei. Voltei a cruzar os braços e virei a cara.

Um Elvis de topete loiro veio nos atender e eu me demorei no cardápio, desejando fazer uma cabaninha com o livreto e sumir.

Quando ele voltou para o balcão, o silêncio reinou por alguns segundos.

Então Lauren entrou no pior assunto possível:

— *Absolutely outrageous!* Uma filha de dezesseis anos nunca divulgada. — Ela comentava sobre O Escândalo Real, alheia ao meu desconforto. Pelo visto, a filha não tinha explicado nossa briga. Devia estar com vergonha da merda que fizera.

Georgia espiou por entre os cílios, ainda de cabeça baixa.

— Será que ele não sabia mesmo? — Lauren estalou os dedos. — Aposto que pagaram a ela pra se afastar.

Fechei os olhos, respirando fundo para conter minha irritação. Em uma mísera semana, a voz de Lauriane voltara a me irritar profundamente.

Os hambúrgueres levaram uma eternidade para chegar, mas, quando o Elvis loiro se aproximou da nossa mesa com uma bandeja, eu quase o beijei de alívio. A comida nos deu alguns segundos de paz.

— Georgia — meu pai chamou de repente, algum tempo depois. Talvez eu tenha visto uma troca de olhares entre ele e a esposa. Georgia ergueu a cabeça, indiferente. — Você viu sobre o professor de inglês que te pedi? Com o pessoal da escola?

— Não. Ninguém me respondeu ainda. Estão de férias, lembra? — Ela voltou a se concentrar no sanduíche, estranhamente intocado.

— Ah, sim. — Ele se calou, e flagrei abertamente os olhares autoritários de Lauriane. — Será que tem alguma forma de a gente entrar em contato com eles mais rápido?

Ela deu de ombros.

— E será que... — Roberto tentou continuar, mas Georgia levantou de um salto, dizendo:

— Vou ao banheiro. — Seu rosto se contorceu em uma careta de dor, e eu tive um impulso de perguntar se ela precisava de ajuda.

Mas me contive.

Pelo menos até o segundo seguinte, quando ela pisou fora da cabine e simplesmente desmaiou.

25

> *You gotta help me, I'm losing my mind*
> *Keep getting the feeling you wanna leave this all behind*
> "History"

Fibromialgia.

Aquela era a suspeita do médico que havia atendido Georgia na emergência.

Fazia sentido. Uma síndrome caracterizada por dor generalizada e sensibilidade no corpo, cuja causa ainda era desconhecida. Eu só tinha ouvido falar na doença porque Lady Gaga havia cancelado a participação no Rock in Rio por conta disso. Mas não conhecia ninguém que tivesse, nem nunca havia pesquisado sobre o assunto.

Até então.

— Por que você não falou que a dor estava tão forte assim? — perguntei a Georgia, no dia seguinte.

Ela acabara passando a noite no hospital, tomando soro na veia, porque não vinha nem conseguindo comer direito. Voltara para casa de manhã e só conseguira subir para o quarto porque estava dopada de analgésico.

Georgia tinha sido uma escrota comigo, mas eu não queria que ela ficasse *doente*. Ela estava encolhida na cama, voltada para a parede. Fiquei sentada na cadeira da escrivaninha do quarto dela, me sentindo péssima. Ainda que estivéssemos brigadas, eu *devia* ter notado alguma coisa.

— Eu falei. Vocês acharam que eu estava exagerando — disse com o tom ríspido.

Ela se calou, e eu fiquei tentando encontrar o que dizer. Ela estava certa, é claro. Mesmo acreditando nela, todos nós tínhamos menosprezado a intensidade do que dizia sentir.

Georgia tinha reagido muito mal à suspeita da fibromialgia, especialmente porque não tinha cura. Havia chorado sem parar, mesmo que o médico insistisse que ainda era apenas uma suspeita. No fundo, ela devia saber que o diagnóstico era muito provável.

Ela teria que fazer uma bateria de exames para descartar outras doenças. Aparentemente, ainda não existia nada que comprovasse a fibromialgia de imediato. Se o diagnóstico fosse confirmado, algumas opções para amenizar as dores eram atividades físicas, um possível acompanhamento psiquiátrico, talvez algum analgésico.

— Só me deixa em paz, Dayana — Georgia pediu depois de um tempo. — Eu quero ficar sozinha.

— E eu tenho que te obedecer por quê? — perguntei, brincando com a alavanca da cadeira, abaixando o assento até o final. — É pra isso que servem irmãs postiças.

Ela virou para mim, com o olhar irritado, que perdeu eficácia com a careta de dor que tomou conta do seu rosto.

— Me poupa, tá? Só vai embora. Eu não quero falar com você.

Baixei a cabeça, desolada.

— Desculpa — pedi, baixinho, mesmo que tivesse sido ela quem me ferrou.

Saí antes que a deixasse ainda mais irritada.

Fechei a porta do quarto devagar e suspirei, me encostando à madeira atrás de mim. Eu queria tanto apagar os últimos dias, voltar a como as coisas estavam antes de sábado. Queria esquecer que Georgia traíra minha confiança, que *eu* traíra a confiança de Diana, que tudo estava uma merda colossal.

Comecei a descer, suspirando, mas a voz alta de Lauriane me fez parar.

— Não sei o que vou fazer se confirmarem essa doença, *darling*, não aguento ficar vendo minha filha assim. *I can't bear it.* — Lauren parecia cansada, mesmo com a voz abafada pela porta fechada do quarto. — Estou arrependida de não ter me esforçado mais para encontrar o problema. Ela devia estar sofrendo tanto!

— Para com isso, amor, você não tem culpa. — Mas o tom do meu pai soava igualmente preocupado. — Nenhum de nós conhecia essa doença, e nenhum dos médicos que procuramos antes nos alertou sobre isso. Como a gente ia saber? Mas vamos dar um jeito. Sempre damos, não é? — Por mais motivador que o discurso fosse, o desânimo parecia estar vencendo aquela batalha dentro dele.

— Não concordo, Roberto. Acho que fui negligente com ela. Eu deveria ter prestado mais atenção. — Dava para perceber que ela andava de um lado para o outro. — E depois da mudança da Dayana... Deu pra ver que ela estava tendo mais crises, eu sabia disso, mas fechei os olhos. Esse estresse todo talvez esteja piorando a saúde dela.

Senti meu coração dar um solavanco. Lauren estava... *me* culpando?

— O que você quer que eu faça, Lauren? — perguntou meu pai, demonstrando uma leve irritação. — Sei que não é fácil lidar com a Dayana, mas ela também não tá num momento bom. Eu não podia fechar as portas para ela. Ela é minha filha.

Eu *quase* sorri com a resposta do meu pai. Mas estava chocada demais para isso.

Lauren bufou.

— Claro que não, Dayana precisava da gente. É claro que não recusaríamos. Só foi um *bad timing*. Justo quando a Georgia começou a ficar mal, a Dayana veio. Esses ataques de raiva dela, as dores de Georgia piorando. Só foi demais. *Overwhelming.* Eu estou exausta. — A voz de Lauren falhava, como se ela estivesse prestes a chorar.

— Eu sei, amor, mas a gente vai encontrar uma solução, fica tranquila — falou meu pai, com um tom mais calmo.

Ouvi passos dentro do quarto, e os dois ficaram em silêncio.

Antes que eles acabassem saindo e me pegando ali, desci correndo na ponta dos pés, tentando não fazer barulho naquela casa infernal, que rangia a cada passo que se dava.

Mas acho que eles estavam ocupados demais com a família da qual eu não fazia parte para lembrar que eu também morava ali. Para serem cuidadosos ao falarem de mim.

Talvez não se importassem de verdade. Eu tinha deixado todo mundo exausto, não era mesmo?

Eu deveria estar feliz que a fachada da família perfeita tivesse caído antes que eu pudesse me apegar. Eles estavam começando a se embrenhar nos meus sentimentos, me deixando à vontade. Logo logo, eu teria me sentido em casa.

Mas eu não estava em casa.

Aquilo não era um lar.

Em um lar as pessoas não te acusavam de fazer sua irmã postiça ficar doente.

Em um lar as pessoas te aceitavam, não por pena, mas porque queriam te acolher.

Em um lar as pessoas te amavam.

Aquilo não era um lar.

Eu sempre soubera. Mas a ilusão às vezes era mais fácil de aceitar do que a realidade. Era fácil me acostumar com aquilo quando eu não tinha mais nada.

As lágrimas transbordaram sem que eu tivesse chance de contê-las e algo se partiu dentro de mim. Eu queria tanto ligar para Diana e me refugiar no abraço dela. Mas nem aquilo eu tinha mais. Toda a vida que eu havia construído com tanta dificuldade naquele lugar distante se estilhaçou, como se feita de porcelana.

Eu me senti sufocada de repente naquela casa, naquela cidade, naquele país.

Mas o que eu podia fazer? Fugir?

A ideia se acendeu como uma lâmpada em minha mente.

Era como se eu estivesse em queda livre.
A cada hora.
A cada minuto.
Meu mundo havia sido destruído.
Minha mãe estava morta.
Por minha culpa.
O pensamento rastejou como uma cobra dentro de mim.
Assustador.
Sufocante.
Venenoso.
E eu caía, sem conseguir me proteger da inevitável mordida fatal.

26

Don't forget where you belong, home
If you ever feel alone, don't
You were never on your own
"Don't forget where you belong"

Um alarme tocou na cabine, me despertando do sono inquieto.

— *Atenção, tripulação, preparar para a aterrissagem* — anunciou o piloto pelo alto-falante.

Um solavanco fez meu estômago afundar à medida que o avião perdia altitude. Eu me remexi, desconfortável, no assento entre dois passageiros. Infelizmente, comprar passagem em cima da hora me impedira de garantir a poltrona no corredor e eu tinha sido obrigada a prender o xixi na maior parte da viagem. A exaustão emocional me fizera passar mais da metade do voo dormindo, e, no restante do tempo, vi filmes tristes que me permitissem chorar sem receber olhares tortos dos vizinhos. Finalmente, com a tela à minha frente travada nas instruções de pouso, eu começava a assimilar o que tinha feito.

Puta merda.

Eu estava voltando para o Brasil.

Eu tinha esperado todo mundo ir dormir antes de pegar o cartão de emergência guardado na gaveta da sala e comprar passagem para o primeiro voo para o Brasil no dia seguinte. Eu tinha arrumado uma mala com as coisas mais essenciais — não daria para levar *tudo* de volta porque comprara a passagem mais econômica e porque teria mais chances de o barulho despertar alguém. Esperara até quase amanhecer e chamara um Uber também com o cartão de emergência, indo embora o mais silenciosamente que conseguira.

É claro que eu tinha consciência da tamanha irresponsabilidade do que fizera — bem pior do que mentir que ia trabalhar e desaparecer por algumas horinhas sem avisar —, mas tinha sido mais forte do que eu. Eu simplesmente não conseguiria ficar mais um segundo naquele país. Deixara um bilhete para Roberto e Lauren preso na porta do quarto, pedindo desculpas por ter atrapalhado a vida deles e pelo uso do cartão e prometendo que pagaria minha dívida (como, eu não sabia, com a libra custando tão caro; mas eu daria um jeito), e deixara junto o peso em meu peito, que parecia querer me esmagar.

As luzes do Rio de Janeiro brilhavam lá fora, e senti certa emoção com a visão noturna da *minha* cidade. Quando o avião quicou na pista de pouso, a descarga de adrenalina quase me fez chorar de novo. Levantei para pegar a mala no bagageiro antes mesmo de estacionarmos no terminal. Eu só queria chegar em casa, abraçar meus avós e passar o restante da semana encolhida na cama, tentando esquecer todas as pessoas que eu tinha decepcionado.

Sabia que não seria fácil, considerando que estava prestes a ver a decepção no rosto deles. Mas, contanto que estivessem comigo, eu aguentaria. Eu perdoaria o fato de terem me despachado sem pensar duas vezes, se eles não tentassem me mandar de volta.

Era por isso que eu estava quase comendo o sabugo da unha quando toquei a campainha do apartamento. Eu ainda tinha a chave, mas achava que talvez fosse assustá-los menos se me vissem parada na porta, e não perambulando pela casa como uma assombração. Mesmo que nada pudesse preparar meus avós para abrir a porta de casa e dar de cara com a neta que haviam mandado para a Inglaterra.

E nada poderia ter *me* preparado para ver meus avós à minha frente de novo, depois de um mês de altos e baixos.

— Dayana? — perguntou minha vó, franzindo a testa e ajeitando os óculos, como se estivesse vendo uma miragem. Ela olhou para trás.
— Tião! Tião! — chamou, a voz subindo uma oitava.

Quando meu vô parou atrás da minha vó, tão chocado quanto ela, eu larguei minhas coisas no chão, abracei eles e chorei.

No dia seguinte, acordei sentindo o corpo moído e triturado. Demorei a abrir os olhos, com medo de descobrir que eu tinha sonhado e, na verdade, nunca tivera coragem de voltar ao Brasil. Mas o cheiro do amaciante que minha vó usava infestava meu nariz, e lá fora o barulho dos ônibus, tão alto que era como se fossem entrar em casa, e as buzinas irritantes de motoristas sem-noção invadiam meus ouvidos. Um carro com alto-falante passou anunciando "compro geladeira velha, ar-condicionado velho, fogão velho". Quase ri, de tão aliviada, e achei que seria seguro despertar.

Esfreguei os olhos inchados de chorar e os abri lentamente. O teto do meu quarto, branco, com um ventilador de madeira, ocupou minha visão, e eu sorri. Virei para o lado, sentindo que poderia voltar a relaxar.

E dei de cara com Emi e Lara.

Pulei na cama.

— O que vocês estão fazendo aqui? — perguntei, assustada.

Fui retribuída por um tapa de Emi. Bem forte.

— Sua ingrata, filha da mãe. — Ela continuou a me estapear, muito irritada. Emi tinha olhos proeminentes, mas, quando estava puta da vida, eles se estreitavam tanto que quase não dava para ver a íris escura. — Depois de todos esses anos de amizade, como você pôde ir embora sem falar comigo? *Como pôde nos ignorar e fingir que a gente não existia?* Eu tô muito magoada com você, Dayana Maria! Muito! — Contrariando o que acabara de dizer, ela se jogou no meu pescoço e me abraçou.

Lara ficou de pé, de braços cruzados. Ela estava com os cachos presos num coque alto, como se estivesse preparada para a luta.

— Sabe o que mais me chateia? — Lara perguntou, de cara fechada. — Você não postava uma foto sequer no Instagram. Não facilitou nem pra gente te odiar, porque eu só queria saber se tava tudo bem! Precisava ficar ligando pros seus avós pra ter notícias suas.

Eu me encolhi, acuada, mas estava contente com a companhia delas. Sentira saudade das minhas melhores amigas, de ter alguém com quem conversar e desabafar minhas frustrações. Georgia tinha sido aquela pessoa, por um tempo, mas não era a mesma coisa.

Emi e Lara me conheciam como ninguém.

— O que você tá fazendo aqui, piranha? — Emi questionou, sem nem me deixar respirar. — Você não deveria estar morrendo de frio na terra da rainha?

Só a menção à rainha fez meu estômago embrulhar.

Eu tinha mandado uma mensagem para Diana antes de vir embora, pedindo desculpas por tudo, inclusive por ter deixado a mãe dela na mão. Mas, até então, não havia recebido nenhuma resposta.

Balancei a cabeça, tentando expulsar os pensamentos sobre Diana.

— A terra da rainha é horrível — falei, abaixando a cabeça e temendo chorar de novo. — Eu não quero voltar nunca mais.

— Pobre menininha rica que foi fazer o ensino médio na Inglaterra e não gostou — Lara zombou.

Ergui a cabeça de supetão e encarei sua expressão debochada.

Então, para a minha surpresa, comecei a rir e chorar ao mesmo tempo.

— Eu senti tanta saudade de vocês — choraminguei, abraçando Emi de novo, com ainda mais força.

Lara se juntou a nós, e de repente éramos um emaranhado de cabelos e braços, as três chorando abraçadas, no meu quarto, na minha cama, no meu Brasil.

— Eu sei exatamente do que você precisa pra expulsar esse frio todo dos seus ossos — Lara disse, com um sorrisinho esperto, quando nos separamos.

Retribuí o sorriso, sabendo que ia amar qualquer que fosse a ideia.

O cheiro do café da minha vó preencheu o quarto, e a buzina de uma bicicleta anunciou lá fora que o moço do pão estava passando. Ao longe, minha vó gritou:

— Corre lá, Tião! Compra uns pãezinhos pras meninas.

Meu vô saiu correndo, a porta bateu atrás dele, o barulho de passarinhos na janela se misturou à confusão carioca, e eu me senti feliz.

Era tão bom estar em casa.

Uma depois da outra, as pessoas vinham me abraçar, apertar minha mão, prestar suas condolências. Elas não paravam de dizer que sentiam muito.

Sentiam pelo quê? A culpa tinha sido minha. Eu é que estava sentindo demais.

Se eu tivesse ouvido minhas amigas, se eu tivesse terminado com Heitor, se eu não tivesse aceitado ir comer a batata de Marechal.

Se, se, se.

Eram muitas hipóteses.

A única verdade comprovada era: minha mãe havia sofrido um acidente de carro enquanto ia me buscar depois de eu ter ligado desesperada para ela.

Todo mundo dizia que eu estava sendo forte. Que eu precisava ser forte para cuidar dos meus avós. Mas quem ia cuidar de mim?

Como se tentando responder a minha pergunta não verbalizada, Emi veio para o meu lado, pousou a mão nas minhas costas.

— *Tá tudo bem?*

Eu assenti, mecanicamente.

Uma amiga da minha mãe entrou na capela e parou à minha frente.

— *Era tão nova! Tanta vida pela frente* — *a mulher dizia, chorando tanto que parecia da família. Deu tapinhas nas minhas costas e olhou para Emi com um sorriso contido.* — *Ainda bem que você tem amigos queridos pra te apoiar, eles vão ser muito importantes nesse momento.* — *Ela olhou ao redor.* — *Seu namorado não está com você?*

Eu desviei o olhar, me sentindo exposta.

Era como se ela tivesse acabado de gritar para a capela inteira que eu estava ali, sozinha, abandonada pelo garoto por quem havia colocado a vida da minha mãe em risco.

— *Ele vai chegar em breve* — *Emi respondeu por mim, e a amiga da minha mãe se foi.*

Senti o olhar de Emi penetrar em minha nuca.

Será que ela também achava que a culpa era minha?

27

You and me were raised in the same part of town
Got these scars on the same ground
Remember how we used to kick around just wasting time?
"A.M."

— O quê?! Você teve um rolo com a filha do príncipe da Inglaterra?

Emi se apoiou nos cotovelos e ergueu os óculos escuros para me encarar. Os olhos se estreitaram para se proteger da luz solar, e ela olhava para mim, deitada na canga, como se tivesse nascido outra cabeça no meu pescoço. Sua pele clara já estava rosada da exposição ao sol.

— É, mas acabou. — Engoli o nó que se formou em minha garganta e fechei os olhos de novo para evitar seu olhar. Apertei as mãos, agarrando um punhado da areia da praia da Barra. — Deu tudo errado. Londres foi uma bosta grande e melequenta.

— Eca, Dayana — Lara reclamou, do meu outro lado. Diferente de mim e de Emi, ela pegava cor rápido. A pele negra clara já tinha adquirido um bronzeado uniforme. — Sem analogias com cocô. Foco aqui. Rebobina essa história.

— É, conta tudo do começo, porque eu nem sabia que você curtia meninas.

Abri um dos olhos de novo, espiando Emi. Sua expressão exalava expectativa. Nenhum rastro de julgamento à vista.

Ergui o tronco, me sentando sobre a canga.

Uma onda especialmente grande quebrou ao longe. Água salgada salpicou meu corpo com o vento. Era inverno no Brasil, então o sol não estava tão forte. Mas eu nunca tinha gostado do verão mesmo. O tempo estava perfeito, e ir à praia realmente tinha me trazido um pouco de paz. Era um programa tipicamente brasileiro, tipicamente carioca. Pisar na areia me trouxera uma sensação de estabilidade. Como se a terra de repente voltasse à rotação certa.

Era uma segunda-feira de julho, então a praia não estava tão cheia quanto no verão, mas também não tão vazia porque era período de férias escolares. Já passava das onze, e as barracas se amontoavam no horizonte, me impedindo de ver o fim da orla. Um ambulante carregando um saco de biscoitos Globo no ombro direito e um galão de alumínio no esquerdo gritou:

— *Olha o mate, olha o ma-tê!*

Emi e Lara se ergueram também, abandonando a missão de pegar uma corzinha para esperar pela minha história.

Suspirei.

— Eu descobri que gostava de meninas há três anos, com a... Angélica. — Olhei para Emi de canto de olho. Ela e Angélica se detestavam por conta de uma rixa boba no grêmio estudantil.

— A Angélica? — Ela fez uma careta.

— Em minha defesa, foi antes de vocês concorrerem à presidência do grêmio. Foi quando ela foi transferida pra escola. Eu fiquei meio encantada e isso me fez repensar minha sexualidade.

— E por que você não contou pra gente? — Lara perguntou, mas seu tom era leve, bem diferente do normal. Como se tentasse deixar bem explícito que não era uma acusação.

— Por que mais seria? Eu tava me cagando de medo.

Elas abriram a boca para protestar, mas eu já sabia o que iam dizer.

— Eu sei que não faz sentido. Eu sei que vocês não iam me julgar. Mas eu tremia toda só de pensar em contar.

Emi assentiu. Ela entendia melhor do que ninguém.

— Não posso dizer que entendo — Lara falou —, mas fico feliz que esteja contando agora. Você sabe que a gente te ama do mesmo jeito, né?

Eu me inclinei na direção dela.

— Isso quer dizer que você me perdoou por ter ido embora sem dar notícias? — Pestanejei para ela, com uma expressão inocente.

Lara empurrou minha cabeça.

— Ainda não.

Joguei um beijo para ela e me endireitei.

O cheiro de camarão frito me deu água na boca e outro ambulante passou anunciando:

— *Sanduíche natural!*

Esperei até que ele se afastasse para continuar:

— Bom, aí foi isso. Eu percebi que era bi por causa dela, mas depois veio o Heitor e eu preferi guardar a informação pra mim mesma.

— Eu sou *muito* mais a Angélica do que o Heitor — Emi anunciou, o que significava muito vindo dela.

— Eu *sei* que fiz besteira ficando com o Heitor, ok? — Fiz uma careta de dor. Falar de Heitor sempre provocava pontadas em meu peito. Por tudo que ele me fizera passar. — Não sou tão sem-noção assim.

— Tá bom, mas chega de Heitor — Emi reclamou, e eu sabia que não estava falando aquilo só pela curiosidade da fofoca. Ela me conhecia melhor do que ninguém. — Conta da *princesa*.

— Ela não é princesa. Não tem direito ao título sendo filha ilegítima.

— Dayana, você sabe que isso não é o mais importante, né? — Lara cruzou os braços.

Bufei. Não queria relembrar minha história com Diana, mas, já que tinha começado, Emi e Lara nunca me deixariam em paz.

Então, como se estivesse arrancando um band-aid, contei tudo de uma vez, sem nem mesmo parar para respirar. Quando terminei, Lara e Emi ficaram em silêncio por um tempo.

— E aí ela te culpou por ter vazado o segredo que você prometeu que não vazaria e você só foi embora? — Lara indagou, enfim. — Não mandou nem uma mensagem pedindo desculpas? Uma segunda chance?

— Claro que não. — Cruzei os braços, fechando a cara. — Ela nem quis me ouvir.

Bom, eu *tinha* mandado uma mensagem. Antes de ir embora. Mas aí já era tarde demais. Diana não queria mais saber de mim.

— Mas, tipo, você sabe que ela devia estar apavorada com a repercussão da matéria, né? Fora que você foi mesmo uma cuzona. — Lara, como sempre, era cirúrgica em seus apontamentos e não passava pano nem mesmo para a melhor amiga.

Eu tinha tido muito tempo para refletir e minha maior certeza era que havia errado muito com Diana. Mesmo depois de dizer que a entendia, que havia me identificado com ela, com sua dor, eu não fora solidária no momento em que ela mais precisou de mim. Não fora forte por ela, não segurara sua mão para trazê-la à realidade. Não fora digna de sua confiança.

Por não aguentar ouvir as acusações, eu tinha simplesmente fugido. Era o que melhor sabia fazer.

Talvez tudo aquilo significasse mesmo que eu não a merecia.

Emi assentiu, e por um momento pensei que tivesse ouvido meus pensamentos.

— A gente brinca que queria ser herdeira, mas imagina como deve ser passar a vida inteira no anonimato e de repente ter um monte de jornalista na sua porta, vazando uma história que você ainda nem digeriu direito? — Emi era mais gentil do que Lara, mas a acusação em sua voz tinha o mesmo propósito. As duas estavam contra mim. — Contando pro mundo inteiro que você tem um pai, e ele é da realeza, quando você passou a vida inteira achando que ele tinha morrido?

Olhei para as duas.

— Mas vocês acham que eu estava *errada* em discutir com ela? Quer dizer, ela me acusou sem nem pensar duas vezes. — Eu queria me agarrar àquela justificativa porca com todas as minhas forças.

— Não, assim, não *errada*... — Emi tentou, cheia de dedos. — Mas sabemos que você tem certa tendência explosiva e impulsiva. E uma grande dificuldade de pedir desculpas.

— Você está sendo educada demais, Emi — Lara retrucou, e virou para mim. Uma faísca de irritação brilhou em seus olhos, e eu me preparei para o que viria. Lara nunca fora de medir palavras. — Você é uma cabeça-dura, Day. Faz as coisas sem pensar duas vezes, sem nunca tentar considerar o outro lado. Foi por isso que você desapareceu depois da morte da sua mãe. Você nem *permitiu* que a gente te apoiasse. — Ela passou a mão pelos cabelos cacheados, jogando de um lado para o outro numa tentativa frustrada de se controlar. — A gente sabe que não foi fácil pra você, que você tava tendo que lidar com muita coisa. Mas, poxa, nós somos suas melhores amigas. Ou achávamos que éramos, né? E você não apenas parou de falar com a gente, como foi morar em outro país sem dizer uma palavra! — Seus olhos marejaram, e ela secou o rosto com o dorso da mão, enfurecida. — Sabe o quanto foi difícil pra gente? Todo dia eu queria pegar um avião pra ir te encontrar. Não sei se pra te agredir ou pra te consolar.

Um nó se formou em minha garganta, e eu levantei, irritada demais para ficar sentada.

— Foi por isso que eu sumi! — Comecei a catar minhas coisas, quase bufando de raiva. Eu ia fugir de novo. Ia fugir porque não conseguia suportar o buraco que havia se aberto em meu peito desde a morte da minha mãe. Eu me sentia inquieta, desolada, como se ficar parada fosse fazer aquele buraco aumentar mais e mais, até me engolir. — Eu não *queria* lidar com o luto de ninguém. Eu não *queria* ver ninguém chorando e me dando os pêsames. Eu não *queria* ninguém me dizendo que não era minha culpa.

A última frase fez Lara recuar.

Eu via, pelo canto do olho, que as pessoas ao redor já começavam a prestar atenção na nossa briga. Queria gritar com elas também, mandar que cuidassem da própria vida, mas Lara falou antes que eu pudesse me exaltar ainda mais.

— Por que alguém diria que foi culpa sua? — perguntou com o cenho franzido. — É óbvio que não foi culpa sua.

— Mas foi! — gritei, lançando a ela um olhar que poderia fazer tudo ao meu redor explodir.

A atenção da praia toda estava finalmente voltada para nós três. Até um ambulante que fazia tatuagens de hena havia parado para observar. Um adolescente atrás de mim gritou:

— Barraco! Barraco! Barraco!

Eu o ignorei, sem desviar o olhar de Lara.

— Foi tudo culpa minha! Se eu não tivesse saído com o Heitor naquele dia... Se eu não tivesse ligado pra ela depois da briga... — O soluço que deixei escapar veio sem aviso. Levei a mão à boca, sem conseguir completar a frase.

Não importava.

Nada daquilo importava, porque eu não aguentaria ficar mais um segundo naquela praia.

Calcei o chinelo de qualquer jeito, ignorando os olhares curiosos, os assovios inconvenientes, e saí correndo para o ponto de ônibus, jogando areia para trás enquanto Lara e Emi gritavam meu nome.

As mensagens de Lara, Emi e tantos outros amigos não paravam de chegar. As notificações iam se acumulando, fazendo crescer o número em vermelho acima do aplicativo de mensagens.

Mas eu não queria olhar nenhuma delas.

Não queria falar com ninguém, não queria ver a acusação em suas palavras.

Era por isso que estava fugindo de todos, encolhida no canto do quarto da minha mãe — que passaria a ser dos meus avós, porque eles teriam que se mudar para cuidar de mim. Houvera uma conversa, um debate sobre o melhor lugar. A casa deles ou o nosso apartamento. No fim das contas, acharam melhor não me fazer passar por outra grande mudança.

Eu não teria ido mesmo. Não queria sair dali, me afastar das memórias. Não sei se teria forças. Segurando a camisola antiga da minha mãe, presente da avó dela, que ela sempre me emprestava quando eu estava doente, dizendo que era uma camisola mágica e fazia curar qualquer dor, eu me sentia rasgar por dentro. O cheiro dela ainda estava na roupa, a presença ainda era constante naquele quarto. Era como se a qualquer momento ela fosse entrar ali, levar as mãos à cintura e dizer:

— Dayana! Eu não mandei você ficar me esperando?

Mas ela não ia.

Ela não ia entrar.

Ela tinha morrido.

Não havia consolo para a morte de uma mãe.

Como poderia haver? Se a pessoa que melhor poderia me consolar era ela?

28

Who's that shadow holding me hostage?
I've been here for days
Who's this whisper telling me that I'm never gonna get away?
"Stockholm syndrome"

Tentei ser o mais discreta possível ao chegar em casa. Não queria que meus avós me vissem chorando, não queria que me perguntassem o que tinha acontecido. Eu só queria ficar em paz.

— Dayana? — minha vó chamou ao me ver passar pela sala. Eu não respondi, e ela veio atrás de mim. — Dayana? Dayana, me responda!

Me joguei na cama, afundando o rosto no travesseiro. O celular não parava de vibrar no bolso, mas eu não queria falar com ninguém. Havia um nó em minha garganta e o rombo em meu peito se tornara um buraco negro, me sugando inteira. Era como se eu tivesse voltado no tempo, àquelas semanas terríveis após a morte da minha mãe.

Minha vó acariciou minhas costas enquanto meu vô se juntava a nós no quarto.

— Dayana, eu preciso que você fale com a gente. Sei que as coisas não têm sido fáceis, mas você não pode continuar assim. — Ela esperou, mas eu só continuei chorando. — Estamos muito preocupados com você.

Uma risada cruel escapou pela minha boca.

— Desculpa por estragar a tranquilidade de vocês voltando pra cá — falei, cheia de veneno, toda a raiva que eu sentia fumegando por cada poro do meu corpo. Não era raiva deles, não exatamente. Era de mim mesma. — Sei que vocês estavam felizes por terem me despachado pra Londres.

— Dayana, é claro que não! Meu coração só faz doer desde que você se foi. Mas a gente sabia o quanto tudo estava sendo difícil pra você, ainda mais tendo que cuidar de dois velhos. Quando você sugeriu ficar com seu pai... pensamos que seria bom para você se reconectar com ele. Você teria uma vida nova pela frente em Londres, num lugar diferente, longe das memórias dolorosas da Patrícia.

Virei o rosto para ela, ainda deitada de bruços.

— Não importa onde eu esteja, vó — cuspi —, *nunca* vou esquecer minha mãe. Muito menos que ela morreu por minha culpa.

Os dois se entreolharam, horrorizados.

Meu vô se ajoelhou ao meu lado, fazendo carinho em meus cabelos como ele fazia quando eu dormia na casa deles, ainda criança, e acordava assustada de um pesadelo.

— De onde você tirou essa ideia absurda, minha borboletinha? — perguntou, com a voz suave. — É claro que a morte dela não foi sua culpa.

— Claro que foi! — Voltei a abrir o berreiro, consumida demais pela tristeza e pela raiva. Os sentimentos espiralavam dentro de mim como um furacão, arrancando do peito todas as coisas boas que eu ainda conseguia sentir. Tudo estava sendo destruído. Tudo. Eu me sentia sufocada e percebi que não importava mais onde estivesse. No Rio ou em Londres, aqueles sentimentos continuariam a me perseguir. Não havia escapatória. Não havia como fugir do que eu sentia. Quanto mais errante eu me tornasse, mais vidas seriam estragadas pela minha raiva. — Ela estava indo me buscar quando... qu-quando sofreu o acidente. — Solucei. — Ela morreu preocupada comigo! Sem saber que eu estava bem, sem saber que eu só estava envergonhada.

Os soluços se tornaram ainda mais fortes.

— Não foi sua culpa, Day. Nada do que aconteceu foi sua culpa. — Minha vó me abraçou, desesperada, e eu a agarrei pelos ombros, fechando os olhos, tentando me ancorar nela. — A morte da Patrícia foi uma fatalidade que poderia ter acontecido a qualquer momento, mesmo que ela não estivesse indo te buscar. A culpa foi do motorista que avançou o sinal. Ela sempre foi uma mulher prudente, você sabe disso. Mesmo preocupada, era responsável e sabia o que estava fazendo. Sua mãe te amava. Ela te amava muito.

Eu estava tão cansada. Tão cansada de me sentir sem chão.

Meu vô acariciou minha bochecha, me fazendo abrir os olhos.

— Minha borboletinha, nós dois sabemos como você está se sentindo. Perder uma filha é a pior dor que já senti na vida. Pior do que o infarto que sofri. Pior do que o medo de deitar no travesseiro e não acordar. Eu iria em paz, se soubesse que a Patrícia ficaria bem. — Ele suspirou, entristecido. — Mas Deus quis levá-la antes, e só Ele sabe os motivos. E, enquanto viveu, sua mãe te deu todo o amor do mundo, e eu não tenho dúvida de que ela morreu feliz por ter criado uma filha tão linda, tão cheia de vida e com um futuro brilhante. — Ele me segurou pelo queixo quando percebeu que eu estava atenta. — Eu entendo você se sentir culpada, mesmo que não tenha sido sua culpa. Quantas vezes, depois daquele dia, eu não pensei: se eu tivesse vindo visitá-la, se eu não tivesse insistido que ela tirasse a carteira, que ela nunca quis tirar, se eu tivesse sido um pai melhor. Mas pensar nesses "se" não vai trazê-la de volta. — Ele comprimiu os lábios, e eu senti como se aquele fosse seu golpe final. Porque era verdade. No fim das contas, tudo o que eu queria era trazê-la de volta. — A melhor coisa que podemos fazer para nos livrar dessa culpa é viver nossa vida plenamente. Aproveitar cada dia como se fosse o último. Ser fiel aos nossos sentimentos, a quem nós somos. E chorar, sim, mas também sorrir e ser feliz. Porque é isso que ela ia querer se estivesse aqui, não é?

Ele olhou para mim, cheio de expectativa, e eu assenti. Suas palavras pareciam agulhas, costurando o buraco em meu peito. Eram dolorosas e afiadas, mas faziam a mágica de remendar os retalhos do meu coração. Meu vô voltou a acariciar minha cabeça, me acalentando, me acalmando.

Meus olhos estavam pesados, exaustos, e em algum momento eu acabei dormindo. E sonhei com a minha mãe.

Eu ainda estava deitada na cama, mas algo não estava certo. Havia um brilho diferente no ar, como a imagem de um sonho em um filme. Meu corpo parecia feito de chumbo, e eu me sentia incapaz de me mexer.

Um relógio digital enorme estava pendurado na parede do meu quarto, em frente à cama. Numa fonte pixelada e verde, anunciava a hora.

3:33.

Quando eu era criança, participei de uma festa do pijama com alguns amigos da escola. Antes de irmos dormir, meus colegas começaram a contar histórias de terror. Uma delas dizia que 3:33 era o momento em que os demônios e fantasmas conseguiam atravessar o mundo dos espíritos para o mundo dos humanos e que todas as crianças que acordassem nesse horário estariam amaldiçoadas para sempre.

É claro que me caguei de medo. E, toda vez que acordava de madrugada, ficava tão tensa que não conseguia pregar o olho. Foi em um desses dias que minha mãe acordou para ir ao banheiro e me encontrou encolhida na cama, assustada demais para voltar a dormir.

— Ih, esses seus amigos não sabem de nada. — A voz de mamãe era um eco de uma lembrança distante. Porém, quando olhei para o lado, ali estava ela. Viva. Sorridente. Ajoelhada ao lado da cama com a mesma aparência de antes de morrer. — Na verdade, 3:33 é a hora dos espíritos de luz. É a hora que eles vêm cuidar do nosso sono e proteger a gente. Normalmente a gente acorda muito nesse horário porque tem muita energia ao nosso redor, sabe? É nessa hora que a gente fica mais sensível. Dizem também que, se alguém estiver pensando ou sonhando com a gente, é mais fácil de a gente sentir nesse horário.

— Será que tem alguém pensando em mim, mamãe? — eu me vi perguntando. — Será que é o papai?

— Eu não tenho dúvida de que seu pai pensa em você o tempo todo. Mas sabe quem mais também pode ser?

— Quem?

— A pessoa que mais te ama neste mundo!

— Quem? Papai do céu?

Minha mãe soltou uma risadinha.

— É, ele também. E eu, bobona. — Ela fez cócegas em mim, me fazendo rir e esquecer meus temores.

O peso que prendia meu corpo de repente se dissipou como fumaça. Eu me contorci na cama, gargalhando com ela, vendo as rugas recentes em seu rosto tão jovem.

Ela sorriu para mim, e a imagem começou a ficar mais nítida, menos irreal.

— Eu estou sempre pensando em você. — A voz dela soou alta em meus ouvidos. — Sempre zelando pela sua felicidade. É tudo que mais me importa. — O carinho dela fez cócegas como uma pena. — Nunca esqueça que estou aqui — sua mão pousou acima do meu coração —, sempre com você.

Quando acordei, meus avós ainda estavam comigo, deitados num colchonete improvisado no chão do quarto, como se tivessem medo de me deixar sozinha. Ergui o olhar para a mesa de cabeceira.

Uma lágrima escorreu quando vi que eram 3:33.

E eu me senti em paz pela primeira vez em muito tempo.

Era ela, eu tinha certeza. Minha mãe era a melhor pessoa do mundo em me consolar — onde quer que estivesse.

Eu sabia que não poderia continuar encolhida para sempre no canto do quarto da minha mãe. Mesmo que eu me sentisse sem chão. Mesmo que o mundo parecesse girar ao contrário, me deixando tonta, desequilibrada.

Não dava para continuar ali para sempre.

Então, em algum momento, eu me ergui.

Quanto tempo havia passado desde o velório? Desde o dia em que abaixaram seu caixão num buraco na terra, um buraco igual ao que havia em meu peito, e a enterraram para sempre naquele lugar escuro, sozinha?

Horas? Dias? Semanas?

Eu não saberia dizer.

Talvez a vida fosse ser assim dali em diante. Um eterno vazio. A sensação de que as coisas nunca mais estariam no lugar certo. Era assim que os adultos se sentiam o tempo todo?

Era assustador.

Eu queria continuar para sempre encolhida naquele canto.

Mas minhas costas doíam, minhas pernas formigavam, o mundo me chamava lá fora.

Então dei o primeiro passo de volta à vida.

29

> *There's a lightning in your eyes, I can't deny*
> *Then there's me inside a sinking boat, running out of time*
> *Without you, I'll never make it out alive*
> *But I know, yes I know, we'll be alright*
> "Ready to run"

De todas as surpresas que eu esperava ter na volta ao Brasil, a visita do meu pai não era uma delas.

Mas, quando abri a porta do apartamento na noite seguinte, lá estava ele, em carne e osso. Daquela vez, não havia rosto sorridente e falsos cumprimentos. Ele ficou ali parado com as mãos nos bolsos, sem graça.

— Oi, filhota — disse, por fim, enquanto eu o encarava, perplexa.

Um sentimento inexplicável invadiu meu peito. Era a primeira vez que ele me chamava de *filhota* desde que tinha ido embora, dez anos antes.

Eu pigarreei, despertando do transe, e me afastei para que ele pudesse entrar.

Meus avós não demonstraram surpresa com a chegada dele.

— Quanto tempo, Roberto. — Meu vô estendeu a mão num cumprimento tenso.

Ele nunca tinha perdoado meu pai por ter abandonado minha mãe. Já minha vó continuava a vê-lo como seu genrinho querido.

— Deve estar cansado, né, Beto? — ela disse, toda atenciosa. — Tô esquentando a janta. Aceita um café enquanto isso? Ou chá? Acho que chá é típico dos britânicos, né? — Ela deu uma risadinha, e eu vi meu vô lançar um olhar enviesado.

— Pode ser um café, Sônia. Você não sabe a saudade que eu tô do seu cafezinho.

— É pra já! — Ela saiu apressada para a cozinha, puxando meu vô junto, para nos deixar a sós.

Um silêncio constrangedor se estendeu pela sala.

— Hmm... — comecei, arrastando o pé pelo chão. — Pode sentar, se quiser.

Puxei uma cadeira à mesa quando ele sentou no sofá.

— A Georgia tá melhor?

Ele assentiu.

— Ela e a Lauren queriam vir, mas ela tem vários exames esta semana, pra confirmar a suspeita da fibromialgia.

Eu duvidava muito. Lauren e Georgia deviam me odiar depois de tudo.

Eu me remexi, desconfortável, lembrando da conversa que havia entreouvido. Roberto parecia estar pensando a mesma coisa.

— Você ouviu a minha conversa com a Lauren, não foi?

Desviei o olhar, mexendo num fiapo solto do assento da cadeira.

— Como você sabe?

— Pelo bilhete que você deixou. "Desculpa por ter estragado a paz da família perfeita." — Eu corei ao ouvir minha própria frase sendo dita em voz alta. — Não acha que exagerou um pouquinho?

Respirei fundo, tentando manter o temperamento controlado, mas a raiva nem chegou a vir. Eu estava cansada. Tudo o que restava em meu peito era uma sensação de estranhamento. Como um bebê vindo ao mundo — tudo era novo e diferente. Desconhecido.

— Acho que eu tinha esse direito — falei simplesmente.

Ele assentiu.

— Acho que sim. — Roberto olhou para as mãos, entrelaçadas no colo. — Sinto muito que você tenha ouvido aquilo. Espero que saiba que a Lauren não pensa assim de verdade. Ela só estava preocupada com a Georgia e acabou falando besteira.

— Eu sei — admiti, baixinho.

— A nossa casa *está* aberta pra você. Nós queremos que você volte.

Eu balancei a cabeça.

— Não acho que eu possa voltar.

— Por que não?

Eu o encarei e, pela primeira vez, senti que tínhamos uma abertura. Que poderíamos falar do grande tabu que estava sempre entre nós.

— Porque eu não consigo perdoar você — confessei, a voz saindo num fiapo. Era tão esquisito poder dizer em voz alta tudo o que passara dez anos pensando. — Na verdade, nem sei se você se arrepende. Você nunca veio conversar comigo. Nunca veio me contar seu lado da história. — Eu hesitei, me preparando para a verdadeira confissão. — Você sabe como foi quando descobri que nós não íamos mais pra Inglaterra porque você tinha arranjado outra família? Sabe como eu me senti quando liguei pra você e ouvi a Georgia te chamar de pai? — Minha voz tremeu um pouco. — Eu me senti traída. Me senti abandonada. E tinha sido mesmo. Você nem queria saber de mim, como eu estava crescendo. Não veio me visitar uma vez sequer. Um dia eu tinha um pai, e de repente não tinha mais. — Mordi o lábio quando uma lágrima escorreu. — E aí quando minha mãe morreu, meu mundo desmoronou. E eu lembro de pensar "por que ela? Por que não o Roberto?".

Roberto voltou a olhar para as mãos, mas percebi que seus olhos estavam marejados.

— Eu queria que vocês tivessem uma vida boa — ele começou a dizer, e eu prendi a respiração. — Nunca tive a intenção de deixar vocês duas pra trás, a sua mãe sabia disso. Eu queria juntar dinheiro suficiente pra levar vocês. Conseguir um bom trabalho, uma casa pra morar. Mas arranjar emprego foi mais difícil do que eu imaginava, e eu comecei a achar que o problema era comigo. Todos os amigos que fiz lá estavam conseguindo alguma coisa, e eu... eu fui ficando pra trás. — Ele pigarreou quando sua voz fraquejou. — Não consegui levar vocês, mas não queria voltar como um fracassado. Só que eu me sentia muito sozinho. Pedi que sua mãe juntasse dinheiro e fosse pra lá assim que conseguisse, mas ela começou a ficar receosa. Eu não a culpo. Nunca passei segurança pra ela, e com o tempo comecei a ligar cada vez menos, temendo que ela sentisse o medo na minha voz. E aí um dia ela me ligou e disse que não ia mais. Que, se eu quisesse continuar com a nossa família, eu deveria voltar pro Brasil. Depois disso... — Roberto respirou fundo. — Eu comecei a beber muito. Não sabia o que fazer. Estava desempregado, sem dinheiro pra voltar, longe da minha família. E aí um dia eu saí pra beber e acabei provocando um acidente. Fui parar na Corte britânica e tive que pedir ajuda pra uns amigos brasileiros. Foi assim que conheci a Lauren. O primo dela é advogado, e ele aceitou me representar. Logo depois, ela me ajudou a conseguir um trabalho fixo. E eu acabei ficando. Eu não queria voltar.

Engoli em seco, mas a saliva ficou presa na garganta. Sentia como se alguém comprimisse meu coração.

— Eu... eu entendo que você e minha mãe não tenham dado certo — falei, fungando. — Mas isso não justifica você ter sumido da minha vida.

Roberto balançou a cabeça.

— Eu sei que não. Não estou dizendo nada disso pra me justificar. Só quero que você saiba que eu nunca deixei de pensar em você, nem um segundo da minha vida. Mas fui um covarde. — As lágrimas escorriam abertamente pelo rosto dele. — Não queria que você e sua mãe vissem o que me tornei, não queria ser esse tipo de pai. E você era tão pequena, era muito difícil falar com você, e ainda não existia essa tecnologia toda de videochamada. Eu não estive do seu lado quando você precisava de mim, e, pra aguentar a culpa, comecei a dizer a mim mesmo que era melhor assim. Que você não precisava de um pai como eu. — Ele deixou escapar um soluço, e eu baixei o rosto para lutar contra as lágrimas. Ouvir aquilo tudo era muito mais difícil do que eu havia imaginado. — Foi por isso que, quando casei com a Lauren, tentei ser o melhor pai que eu podia pra Georgia. Acho que foi minha forma de compensar. — Roberto ergueu os olhos cheios de lágrimas para mim. — Eu não tô pedindo que você me perdoe. Só não quero que pense que não foi amada. Eu te amo muito, nunca deixei de amar. Mas eu também sou humano. Não sou perfeito, e é difícil entender que, quando você se torna pai, as suas atitudes podem impactar tanto a vida de alguém, de um ser tão pequeno como você era. E eu fiz, na época, o que pensava que fosse o melhor. Depois, com a Lauren e a Georgia, é que comecei a perceber o quanto eu estava errado. Mas aí eu já não sabia mais como consertar. A Lauren sempre me lembrava de ligar e, quando você me pedia alguma coisa, ela me ajudava a escolher o melhor que eu pudesse dar. Eu fui covarde. Tão covarde que, quando você foi pra lá, eu não sabia mais como agir. E disso eu me arrependo muito. Me dói muito que você não tenha se sentido amada. Porque em nenhum momento você deixou de ser.

Eu não disfarçava mais o choro, e mal notei quando Roberto se aproximou. Ele se agachou ao meu lado e segurou minhas mãos.

— Eu entendo, entendo de verdade — falei, tentando controlar as lágrimas. — Mas não sei se consigo perdoar. Não é tão fácil assim.

— Eu não tô pedindo perdão. Só queria uma chance de tentar ser um pai melhor. De te dar tudo o que não dei nos últimos anos. — Ele levou uma das mãos ao meu rosto. — Você me dá essa chance? Volta comigo pra Londres?

Eu respirei fundo, fungando. Solucei enquanto ele secava as lágrimas do meu rosto.

Olhei para ele, que era quase um estranho para mim, apesar de tão parecido comigo. Contei as pintas em suas bochechas. Notei que alguns cabelos brancos destoavam dos fios escuros. Analisei as íris castanhas, úmidas e cheias de expectativa.

Por fim, assenti devagar.

— Tudo bem. Acho que posso fazer isso.

Um sorriso surgiu em seu rosto, e era como se eu me encarasse num espelho. Como duas pessoas poderiam ser tão parecidas, mesmo vivendo a maior parte da vida separadas?

Ainda era um mistério para mim.

Um mistério que, por enquanto, eu estava disposta a desvendar — mas me reservava o direito de mudar de ideia.

— Você sabe que vai ficar de castigo por ter usado meu cartão, né? — ele disse, baixinho, como se para quebrar o gelo.

Abri um sorriso sem graça.

— Talvez eu deva repensar essa história de segunda chance.

Ele deu uma gargalhada.

30

If you're lost, just look for me
You'll find me in the region of the summer stars
The fact that we can sit right here and say goodbye
Means we've already won
"Walking in the wind"

No dia seguinte à chegada de Roberto, recriei o grupo que antigamente tinha com Emi e Lara e mandei uma mensagem.

> vocês estavam certas, eu sou uma cabeça-dura. acho que não era segredo pra ninguém, né? a diana me dizia isso o tempo todo…

> enfim, desculpa por ter gritado com vocês e por ter me afastado e por não ter dado valor à nossa amizade. tudo tem sido tão difícil desde que minha mãe morreu, e eu não consigo parar de pensar que, se eu não tivesse aceitado as migalhas do heitor, se eu não estivesse com ele naquele dia, se eu não tivesse

> pedido ajuda pra minha mãe, talvez ela ainda estivesse viva. eu sei que não é minha culpa, que foi um acidente. mas os "se" continuam voltando à minha cabeça, e é difícil lidar com todos esses sentimentos sem surtar.

> eu prometo que vou tentar não descontar minha frustração em vocês. só... desculpa!

> eu tô indo visitar ela agora, se vcs quiserem ir também

> amo vocês ♥

Quando desliguei a tela, ergui o rosto e vi Roberto me encarando.
— Vamos? — chamou, com um gesto de cabeça.

Nós descemos de elevador e pegamos o Uber juntos em direção ao cemitério. Eu não tinha voltado lá depois do enterro; primeiro, porque sabia que não era lá que minha mãe estava; segundo, porque eu não tinha coragem. Mas o túmulo era um símbolo. Era um lugar onde chorar, conversar com ela e despejar meus sentimentos.

Então achei que era hora de fazer uma visita.

Sempre sentira medo de cemitérios — me lembravam filmes sobrenaturais e histórias de terror. Nunca tinha perdido ninguém próximo o suficiente para ter a experiência de visitar um, até a morte da minha mãe. Mas, no enterro, eu estava destruída demais para formar uma opinião.

No dia da visita, enquanto cruzava as lápides em direção à dela, tudo só me parecia muito melancólico. Frases gravadas abaixo de datas de nascimento e morte, flores murchas e outras muito vivas sobre os túmulos, visitantes errantes chorando a morte de entes queridos. Ali era o lugar mais triste do planeta. E era naquele lugar triste que minha mãe estava.

Quando paramos à frente do túmulo dela, tive que respirar fundo antes de olhar para sua foto sorridente, emoldurada em um pequeno porta-retratos oval.

ASSIM DEUS O QUIS: FUI AO ENCONTRO DO SENHOR, dizia a frase genérica na lápide, provavelmente escolhida pela minha vó. Eu não lembrava muito bem. Todos aqueles dias tinham ficado confusos e embaçados, como um sonho do qual não se consegue lembrar quando acordada.

Será mesmo que Deus quis levá-la? Eu nunca saberia.

Meu pai se agachou sobre o túmulo e disse algumas palavras, baixinho. Fechou os olhos, pousando a mão sobre a parte cimentada. Quão estranho devia ser pensar que a ex-mulher, a mulher que havia abandonado, estava morta?

Depois de alguns segundos, ele se ergueu, secou os olhos e segurou meu ombro.

— Vou esperar você na entrada.

Eu o observei se afastar, antes de me virar de volta.

Fiquei encarando o túmulo, pensando no que dizer, antes de puxar da bolsa um pedaço de cartolina que eu decorara no dia anterior e arrancar a proteção da fita banana colada atrás.

Posicionei a cartolina na lápide, logo acima da frase escolhida pela minha vó, e me afastei para ler:

I WILL KEEP YOU, DAY AND NIGHT, HERE UNTIL THE DAY I DIE. I'LL BE LIVING ONE LIFE FOR THE TWO OF US.

Era um trecho da letra de "Two of us", que o Louis havia escrito para a mãe dele, depois que ela morreu. Eu nunca mais tinha conseguido ouvir a música desde que tudo aconteceu, mas me parecera um presente melhor para trazer do que flores.

— Bem mais a nossa cara agora, não é, mãe? — perguntei, baixinho, retorcendo as mãos. Era tão estranho estar ali, falando sozinha com seu túmulo. — Viu só a bagunça que você deixou quando se foi, dona Patrícia? Você imaginava que veria seu ex-marido vindo te visitar? Pois é, e agora eu moro com ele. Quem diria, né? — Me recostei, olhando para o céu azul e límpido. Um pombo passou voando por cima de mim. — Foi estranho, no começo. Mas depois eu comecei a me sentir estranhamente acolhida naquela casa. E sabe a Lauriane? Até que ela é legal. Gostaria que vocês pudessem se conhecer... — Pensei no temperamento intempestivo de Lauren. — Se bem que talvez vocês não se dessem tão bem assim. E tem a Georgia também. Lembra que eu falava que queria ter uma irmã da minha idade? Agora eu tenho...

Olhei para os pés, riscando o chão de terra com o tênis preto. O silêncio era sepulcral. *Literalmente.*

— E eu fui pra Londres, você acredita? Visitei os lugares que sempre sonhamos em visitar e também me apaixonei. — Meu peito formigou com a frase. Eu nunca tinha dito aquilo em voz alta. — Não tive a oportunidade de te contar antes, mas eu sou bi, mãe. E a Diana, a garota por quem eu me apaixonei, é incrível. E aparentemente, uma quase-princesa. — Soltei uma risadinha fraca e fechei os olhos. — Pena que eu deixei ela ir embora. Agora todo mundo sabe que ela é filha do príncipe, e eu confesso que não sei muito bem o que fazer para conquistar ela de volta. Talvez, no meio da nobreza, ela conheça pessoas mais inteligentes e engraçadas do que eu. Mais bonitas eu acho meio difícil, mas vai que...? — Apoiei a mão sobre o túmulo, tentando sentir alguma coisa, *qualquer coisa*. Um sinal, uma resposta. — Queria tanto ouvir sua voz, mãe. Queria que você me abraçasse e dissesse que vai ficar tudo bem. Que me desse algum dos seus conselhos inteligentes e engraçadinhos. — As lágrimas voltaram a escorrer pelo meu rosto. — Por que você tinha que ir embora assim, tão de repente? Sem nem me dar chance de dizer as coisas que eu precisava dizer? Que eu te amo, que você era meu maior exemplo, que eu tinha um orgulho danado da mulher que você era. Eu queria tanto dizer tudo isso pra você...

Passos sobre folhas ressecadas me fizeram olhar para trás.

— Você sabe que não precisava dizer nada disso, né? — Emi perguntou, se aproximando de mim. Ela estava com os cabelos pretos e lisos presos em uma trança caída por cima do ombro. Lara vinha logo atrás. — Sua mãe sempre soube. Ela sempre teve o maior orgulho de você. Eu queria que minha mãe olhasse pra mim com um terço do brilho que sua mãe sempre tinha no rosto.

— Ela te amava muito, Day — Lara reforçou. — E aposto que, se estivesse aqui, ia te dar um puxão de orelha por ficar se culpando pela morte dela. — Ela me abraçou de lado, se recostando ao túmulo junto a mim. — Se você quer que ela tenha orgulho de você, a melhor coisa que pode fazer é ser feliz.

Emi veio para o meu outro lado.

— E nunca mais ignorar a gente — acrescentou.

— E ir atrás da sua garota.

Emi assentiu com veemência.

— É verdade, ir atrás da sua garota é a cereja do bolo.

Eu abracei Lara, o choro voltando tudo de novo.

— Eu amo tanto vocês. Senti tanta saudade...

Emi me abraçou por trás, e nós três choramos juntas. De luto, de saudade, de amor. Eu tinha uma sorte danada de tê-las na minha vida. Como pudera ficar tanto tempo sem falar com elas? E como voltaria para Londres e as deixaria para trás de novo?

— A gente vai conversar por vídeo o tempo todo — Emi disse, quando contei sobre minha decisão.

— E você vai trabalhar pra ganhar em libra e pagar nossa passagem pra te visitar — completou Lara. — Até porque... precisamos estar lá no fim do ano.

Tanto Emi quanto eu viramos para ela.

— Por quê? — perguntamos em uníssono.

Lara abriu um sorriso maroto.

— Vocês não estão sabendo?

Nós fizemos que não, e o sorriso de Lara aumentou ainda mais. Então começou a mexer no celular.

Até que enfim virou a tela para nós.

— Puta que pariu! — exclamei, assim que vi o tuíte.

> One Direction anuncia reencontro no fim do ano
> ♡ 💬 ⬆   ○○○

Então comecei a gritar. Descontroladamente.

— Meu Deus, meu Deus, meu Deus! — não parava de repetir.

Emi e Lara se juntaram a mim, e começamos a pular de empolgação no meio do cemitério.

— Eu não tô acreditando! — choramingou Emi, emocionada.

— Meu Deus, amigas, eu esperei tanto por esse momento! Eu *preciso* ir para Londres, Dayana, dá seu jeito.

— Eu *preciso* de vocês duas lá comigo, pelo amor de Deus. Vai ser incrível!

Emi deu um pulinho enquanto seguíamos até a saída do cemitério.

— Ai, imagina nós três em Londres! No show da One Direction! Indo aos pubs! — Ela arregalou os olhos e me sacudiu pelos ombros. — Indo aos bailes reais.

Eu revirei os olhos.

— Vai sonhando.

Mas, por dentro, fiquei pensando: *será que a Diana me perdoaria? Será que eu conseguiria meu final feliz?*

Afastei o pensamento, porque duvidava muito que a resposta fosse sim.

A nova Lady Di
Revista *Stars*

Diana Rose Lima pode não ter direito ao trono, nem ser considerada da realeza ainda, mas já está sendo chamada por aí de nova Lady Di.

Digna da beleza da rainha Diana, a jovem de dezesseis é reservada, mas tem um ar um tanto rebelde. Constantemente flagrada de jaqueta de couro e se escondendo dos paparazzi que tentam vislumbrar um pedacinho da sua rotina, a impressão é que Diana foi jogada no meio do furacão. Seu aparente desinteresse pela realeza e por todos os benefícios de ser filha do segundo na sucessão do trono é o que mais fez aumentar sua popularidade. Jovens do mundo inteiro estão fascinados por cada detalhe da vida da ruiva de olhos claros.

Segundo o Google, "Diana filha de Arthur", "jovem Lady Diana" e "Diana Lima" estão entre os termos mais pesquisados da semana. Afinal, não é o sonho de garotas do mundo inteiro tornarem-se princesas? Não só pela coroa, ou as roupas elegantes, ou o felizes para sempre, mas também pela garantia de ter o mundo na palma da mão?

Diana Rose Lima foi a sortuda da vez — e não dá a mínima.

Diana Rose Lima

Diana Rose Lima (Brighton, 26 de setembro de 2004) é a primeira filha de Arthur Henry Oliver George, duque de York, e da comerciária brasileira Rosane Lima de Oliveira. Até os dezesseis anos, não sabia que fazia parte da realeza. Em julho, sua origem foi anunciada através de uma declaração oficial assinada pela rainha Diana I.

NASCIMENTO E EDUCAÇÃO

Nasceu em Brighton, na costa sul da Inglaterra. Estudou na White Rose Primary and Middle School. Com dezesseis anos completos, começará o segundo ano do ensino médio em setembro.

31

I know your heart's been broken
But don't you give up
I'll be there, yeah, I know it
To fix you with love
"Stand up"

Era estranho voltar voluntariamente.

Ao aterrissar no Heathrow, minha sensação era muito diferente da primeira vez. Uma mistura de medo e empolgação diante das novas possibilidades.

Roberto voltara mais cedo, porque precisava trabalhar. Ele tinha conseguido adiantar algumas folgas, mas não podia ficar mais do que três dias no Brasil. Afinal, precisaria trabalhar muito para compensar o rombo que eu tinha deixado em sua conta bancária. Passagens em cima da hora já não eram muito baratas, ainda por cima duas... Eu devia me sentir culpada, mas ele bem que merecia. Era o mínimo, depois de tantos anos sem me dar apoio financeiro.

Aproveitei que já estava no Brasil para matar a saudade das minhas amigas, dos meus avós e da minha cidade, e estendi a viagem até a semana seguinte. No fim de semana, meus avós fizeram um churrasco no play do prédio e prepararam todas as comidas que eu amava, chamaram todos os meus antigos amigos e eu me diverti tanto que quase desisti de ir para Londres. Enquanto caminhava pelo terminal do aeroporto, as lembranças do Brasil eram como uma lembrancinha de viagem guardada no coração.

Segui em direção à porta do desembarque, onde meu pai me aguardava de carro. No meio do caminho, porém, minha atenção foi atraída para a vitrine de uma livraria. Junto de várias capas noticiando o reencontro da One Direction, uma revista tinha a foto de Diana. Meu coração acelerou por um segundo, e eu comprei a revista antes de encontrar Roberto.

A família real tinha enfim oficializado o anúncio: o mundo inteiro sabia quem era Diana Rose Lima, filha do príncipe Arthur, o duque de York.

A minha garota não era mais tão minha.

Lauren e Georgia me aguardavam na porta de casa, como naquele primeiro dia. Ruffles estava sentado aos pés delas, abanando o rabinho. Quando me viu, veio correndo na minha direção, latindo e pulando como se estivesse muito feliz em me ver.

— Oi, garoto! Que saudade eu senti de você. — Me agachei para coçar as orelhas e fazer carinho em Ruffles, enquanto ele pulava e me lambia.

— *Sweetie*, estou tão feliz que você voltou! — Lauren abriu os braços para mim quando levantei, e, surpreendendo a mim mesma, retribuí o abraço com intensidade. — Eu preparei um almoço especial pra você. — Ela se afastou e bateu palmas, empolgada. — Liguei para o seus *grandparents*, e eles me contaram que você ama lasanha de abobrinha!

Ela seguiu para o interior da casa e meu pai foi arrastando minha mala atrás dela.

Georgia e eu ficamos para trás.

— Oi — ela cumprimentou, parecendo envergonhada.

— Oi — retribuí, olhando para o chão. — Você tá melhor?

— Tô, sim. Parece que é fibro mesmo, ao que tudo indica.

— Putz, sério? E agora?

— Bom, o médico me passou um remédio pra lidar com as crises por enquanto, mas aparentemente o melhor tratamento é atividade física, tipo ioga, pilates e tal. E procurar um psiquiatra também.

— Caramba. Mas que bom que enfim descobriram o que é, né?

— Pois é.

Nós duas ficamos em silêncio.

— Georgia, eu... — comecei a dizer.

— Day... — ela disse ao mesmo tempo.

A gente se calou, rindo, sem graça.

Foi ela quem voltou a falar primeiro:

— Eu queria conversar com você depois, pode ser?

— Claro, eu também queria falar com você.

Então, depois do jantar, Georgia veio até meu quarto, que estava exatamente como eu o deixara.

Assim que ela fechou a porta, deixou escapar um suspiro.

— Day, eu estou muito arrependida, muito mesmo — se adiantou em dizer, como se quisesse arrancar aquilo de dentro de si o mais rápido possível. Começou a andar de um lado para o outro, completamente afobada. — Quando eu soube que você vinha, fiquei muito abalada. Não por *você*, mas porque a sua presença me lembrava algo que eu não tinha. O meu próprio pai. O Roberto sempre foi um padrasto incrível pra mim, mas você sabe que não é a mesma coisa. — Ela passou a mão pelos cachos. — Quando eu soube que você vinha e quando vi o Roberto todo animado e ansioso com a sua vinda, senti uma vontade absurda de procurar meu pai, de saber se ele se arrependia de ter me abandonado, sabe? Então fui atrás dele. A minha mãe nem sabe disso, e espero que nunca saiba. Mas eu fui. Fui, fiquei cara a cara com ele e perguntei se ele se arrependia. — Ela parou e olhou para mim. — E ele disse que não.

Dava para ver em seu olhar o quanto aquilo era dolorido para ela. Eu entendia melhor do que ninguém.

— Georgia...

O lábio dela tremeu.

— Ele disse que nunca quis ser pai, que pediu pra minha mãe me tirar, mas ela não quis. Então ele achou que seria melhor sumir da nossa vida do que ser um péssimo pai. O que, ok, é verdade. Mas ouvir aquilo dele... Ele dizer na minha cara que não queria que eu nascesse... Foi tão horrível.

Ela começou a chorar de repente, e as pernas cederam. Sentada no chão, soluçou baixinho. Eu fui até ela e dei palmadinhas desajeitadas em suas costas.

— Foi depois disso que as dores começaram?

Ela assentiu. Ficou ali, chorando por algum tempo, antes de voltar a falar.

— O médico disse que as dores podem surgir devido a algum trauma ou emoção forte. Eu não falei nada, porque meus pais estavam lá, mas acho que ele pode ter imaginado que havia alguma coisa por trás, por isso pediu que eu procurasse um psiquiatra. — Ela respirou fundo, no meio de um soluço. — Eu tinha um rancinho de você desde antes. Ciúmes, talvez. E quando você chegou, foi tão difícil pra mim te ver tratando seu pai daquele jeito. Você tinha um pai ali, que te queria, que te amava. E não dava valor. Mas não quero que você pense que eu estava sendo falsa, nem nada. Depois daquela nossa primeira briga, eu realmente passei a te entender melhor, a gostar de você. Nunca pensei em como seria ter uma irmã, mas, à medida que a gente se aproximava, eu fui me sentindo bem por ter você aqui.

"E tava tudo certo. Só que eu vi minha mãe sendo tão boa pra você, mesmo depois de todas as suas malcriações. Eu vi você conhecendo alguém, e depois essa garota descobrindo que era da *bloody* realeza. E nem era inveja o que eu sentia. Só parecia que você não dava valor pra nada disso, sabe? Então de repente me passou pela cabeça... que você precisava de um chacoalhão para finalmente enxergar as coisas boas que tinha ao seu redor. As coisas que eu daria tudo para ter. Foi por isso que deixei a história da Diana vazar. Não foi premeditado, mas... Sabe aquela jornalista obcecada pela família real?"

Eu assenti, mesmo sendo uma pergunta retórica.

— Uma amiga minha é sobrinha dela. A Kate, que você conheceu lá no Tabernacle. E naquela manhã, quando você foi pro piquenique e eu fiquei discutindo com a minha mãe, resolvi desabafar com a Kate. E contei tudo. — Georgia levou a mão à testa. — No fundo, eu sabia onde ia dar. Mas quando vi já era tarde. A história já tinha vazado.

Racionalmente, eu me solidarizava com Georgia. Meu peito estava apertado só de pensar como ela devia ter se sentido mal com as coisas que o pai dissera, em me ver chegar na casa dela, revoltada com o mundo.

Mas *caramba*.

Levantei, inquieta.

— Eu entendo o que você está dizendo, mas você nem parou pra pensar como *eu* deveria estar? Você ouviu seu pai dizer que nunca te quis, e isso é uma merda gigante, você deve ter ficado arrasada. Mas, apesar de o Roberto estar me recebendo tão bem agora, ele foi um desconhecido nos últimos dez anos da minha vida. Veio pra Inglaterra dizendo que ia nos dar uma vida melhor e simplesmente nos abandonou. Não apenas nos abandonou, mas se tornou o pai de outra família. Eu entendo que, pra você, ele tenha sido um pai incrível. Mas pra Dayana de seis anos foi como se ele tivesse dito que não queria saber dela também. Como se ele tivesse desistido de ser meu pai.

— É verdade — Georgia disse, baixinho.

— E aí, eu perdi minha mãe. A mulher que foi meu exemplo, minha guerreira, que me criou sozinha por mais de dez anos. E fui obrigada a vir morar com esse homem que me abandonou. Você entende como eu estava confusa? E, bom, ainda estou. Só porque eu aceitei dar uma segunda chance pro Roberto não quer dizer que eu superei tudo. Ainda guardo muito mágoa dele, mas estou disposta a tentar. — Respirei fundo, e foi minha vez de andar de um lado para o outro, tentando lidar com toda aquela confusão dentro de mim. — Mas eu estava superando. Eu tinha conhecido alguém legal, estava começando a me abrir pra vocês, ver você como minha irmã. — Eu olhei para ela, que recomeçou a chorar. — E você estragou tudo.

— Eu sei! — ela disse mais alto. — Me perdoa, Day, por favor. Sei que não posso desfazer o que fiz, mas só quero que você saiba que as coisas também estão confusas pra mim. Eu também só estou tentando lidar com um dia de cada vez.

Eu sentia como se minha cabeça fosse explodir. Tinha deixado todas as mágoas para trás no Brasil, tinha perdoado a mim mesma e queria fazer as pazes com as pessoas que sofreram com toda a minha confusão. Tinha me reconciliado com as minhas amigas, me aberto com meus avós, dado uma segunda chance para Roberto. Georgia era a única questão pendente. E, enquanto ouvia sua justificativa, eu percebia que não conseguia sentir raiva dela. Tentei procurar dentro de mim a fúria que me movera nos meses anteriores, mas tinha desaparecido. Eu não queria mais brigar.

Deixei escapar o ar pelo nariz com força e sentei na cama.

— Tudo bem.

Georgia secou o nariz com as costas da mão.

— Tudo... bem?

Dei de ombros.

— Tudo bem — repeti. — Eu entendo. Eu tô cansada, não quero brigar de novo. Deixei minhas questões pra trás no Brasil, e eu só... só quero recomeçar.

— Então você me... perdoa? — perguntou, cautelosa.

— Não posso dizer que vai ser fácil confiar em você de novo, mas — eu cocei a nuca — acho que é isso que significa ter uma irmã, né? Minhas amigas viviam se engalfinhando com as irmãs e sempre reclamavam.

Abri um sorriso cansado, e Georgia retribuiu.

Ela secou os olhos e encarou o chão, traçando desenhos no carpete escuro.

— Obrigada, Day. Por não desistir de mim também.

32

> *Only half a blue sky*
> *Kinda there but not quite*
> *I'm walking around with just one shoe*
> *I'm half a heart without you*
> "Half a heart"

Quando acordei no dia seguinte ainda era cedo. Tão cedo que a casa estava silenciosa. Peguei um copo de água e fui para o quintal, para sentar na namoradeira que havia descoberto semanas antes. Ruffles ergueu a cabeça da casinha de madeira quando me viu e veio correndo para ficar comigo.

As vendas da turnê da One Direction estavam para começar, e eu não podia me dar ao luxo de perder a hora.

Fiquei ali, aproveitando o silêncio do subúrbio e ouvindo os passarinhos cantando, com o notebook no colo, dando F5 freneticamente na página da nova produtora dos meninos. A calmaria da manhã parecia um presente. E ficou ainda mais saborosa quando completei a compra do meu ingresso. Depois de sete anos, eu finalmente veria meu grupo favorito ao vivo de novo!

Perdi a noção do tempo imaginando aquele dia, até minha atenção ser atraída por um barulho na cozinha. Lauren devia ter acordado.

Ela veio aos fundos alguns segundos depois.

— Bom dia, *sweetie*! Nem percebi que você estava aí. — Ela sentou ao meu lado e deu um tapinha na minha perna. — Não conseguiu dormir?

— Por incrível que pareça, dormi muito bem. Tava comprando o ingresso do show que te falei. Inclusive — estendi o cartão que tinha em mãos e baixei o tom de voz —, *obrigada*. Eu prometo que vou pagar.

Lauren sorriu, sabendo bem que eu não tinha como prometer aquilo, visto que estava desempregada. Mesmo assim, ela tinha se oferecido para comprar o ingresso para mim sem que meu pai soubesse. Eu não tinha parado de falar sobre o show, mas sabia que seria cara de pau demais pedir ajuda do meu pai depois da minha fuga usando o cartão de emergência.

— E como foi lá no Brasil?

— Foi difícil... — respondi com sinceridade. — Mas foi bom matar a saudade.

Ela deu um sorrisinho e baixou a cabeça.

— Sinto muito pelo que eu disse — ela murmurou, encabulada. — Você não merecia que eu tivesse jogado a culpa em você, e nada no mundo me isenta dessa responsabilidade. — Ela apertou minha mão. — Sei que nunca fui sua pessoa favorita, mas quero que você saiba que estou aqui de braços abertos para te receber, para que se sinta em casa. Não vai ser a mesma coisa que a sua casa lá no Brasil, é claro, e eu nunca vou substituir a sua mãe, mas gostaria que você me permitisse cuidar de você.

Era a primeira vez que eu ouvia Lauren dar um discurso inteiro sem dizer uma só palavra em inglês. Era a maior prova de sua seriedade. Dei um sorriso acanhado.

— Eu também devo desculpas a você. Antes mesmo de te conhecer, eu já te julgava. Caçoei de você, do seu jeito, te dei apelido... — Lauren fez uma careta, e eu mordi o lábio, me refreando. — Enfim, joguei a culpa do abandono do meu pai em você e, quando cheguei aqui, já vim com uma mala de pedras pronta pra descontar a raiva em você. E sei que não foi justo.

Lauren apertou minha mão.

— É normal que você tenha se sentido assim, e em parte eu fico feliz por ter recebido essa culpa. Desse jeito, a sua relação com seu pai pôde ser preservada, em parte. Talvez, se você tivesse nutrido mais raiva dele, fosse mais difícil dar essa segunda chance. — Lauren suspirou, e eu pensei em todas as vezes que a julgara mal, antes de tudo. Eu tinha sido tão boba. Ela nunca tentara me afastar do meu pai, afinal. Pelo contrário. — Não apoio o que seu pai fez com vocês e sempre tentei incentivá-lo a ser mais presente. Quando a gente se conheceu, ele já não estava bem com a sua mãe, mas dei todo o meu apoio para que ele tentasse manter a família unida. Mas quando eu percebi que o relacionamento dos dois não tinha mais jeito... Bom, não tem nada pior do que uma família despedaçada que tenta se manter unida pelo "bem" dos filhos. Eu sei disso, porque cresci num lar assim. Eu sentia que às vezes seu pai se culpava, que sentia que nada do que ele lhe desse poderia compensar a falta, mas ainda assim era a obrigação dele como pai. E eu fiz o que pude pra manter essa ligação, por menor que fosse, porque foi o que sempre esperei do pai da Georgia. Ainda espero que um dia ele se arrependa e tente conhecer a filha incrível que teve.

Pensei no que Georgia havia me contado na noite anterior e desviei o olhar. Lauren parecia esperançosa com aquela possibilidade, e eu sentia pena dela. E de Georgia. Mas talvez fosse melhor ter aquele choque de realidade do que viver com uma expectativa que nunca seria suprida.

Ela expirou fundo e se empertigou, mais enérgica.

— Mas você é jovem e ainda vai sentir raiva, vai amar, vai odiar, e por aí vai. E tudo bem, contanto que você seja fiel aos seus sentimentos. *Right?* — E com isso percebi que o papo sério havia acabado. Ela deu outro tapinha na minha perna. — Vou preparar *some coffee* pra gente. *Shall we go?*

Assenti e fui ajudá-la na cozinha. Antes que entrasse de volta em casa, porém, Lauren se virou.

— Que apelido era esse que você me dava?

Dei um sorriso sem graça.

— Melhor a gente ir fazer o café — disfarcei, contornando-a e saindo rapidinho dali.

Depois do café da manhã, meu pai subiu para o quarto, e nós três sentamos na sala para ver TV. Foi então que Lauren resolveu que era a hora ideal de me atualizar do Escândalo Real.

— Você perdeu tudo, *sweetie*! Não param de sair fofocas e mais fofocas — disse, empolgada.

Fui escorregando no sofá enquanto uma matéria mostrava imagens de Rose e Diana sendo perseguidas por câmeras e microfones.

— Mãe... — Georgia advertiu, envergonhada com o falatório da mãe.

— O que foi? — ela reclamou, totalmente alheia ao nosso desconforto. E prosseguiu contando sobre a declaração real de que o príncipe tivera uma filha na época da faculdade mas só ficara sabendo agora. — Os boatos diziam que o rei Oliver pagara pra elas sumirem. — Ela balançou a cabeça. — Tsc, tsc, essas pessoas da realeza acham que tudo se resolve com dinheiro. A mulher está certíssima em voltar e reivindicar o que é dela por direito. E olha como a menina é linda! Uma verdadeira princesa.

A tela foi preenchida por uma imagem de Diana sorrindo, e eu me senti caindo no abismo.

Até o momento, ainda não tinha parado para refletir sobre Diana. Eu havia ficado com raiva dela por me acusar, e de mim mesma por ter quebrado minha promessa; mas, depois que toda a minha raiva evaporou, eu só me sentia triste.

Tínhamos vivido uma história incrível juntas e nos apoiado no momento em que mais precisamos uma da outra. Ela tinha sido minha âncora quando meu navio deslizava diretamente para o olho da tempestade. Eu devia a ela todos os meus melhores momentos após a morte da minha mãe.

Mas ali, olhando para o rosto dela na televisão, Diana parecia tão distante. Eu queria ir atrás dela e pedir desculpas e implorar pelo seu perdão, mas era como se aquela tela à minha frente determinasse o nosso fim. Como eu poderia querer me envolver com a filha do príncipe da Inglaterra?

Era ousadia demais até para mim.

E Lauren estava certa: ela era mesmo uma verdadeira princesa. Ao que parecia, os boatos de que Tanya e Arthur estavam se separando haviam sido desmentidos, e a família real havia organizado um evento no palácio de Buckingham. Seria a primeira vez que Diana apareceria em público oficialmente, e não flagrada por paparazzi. Trajava um vestido preto simples de alça — eu podia imaginá-la brigando com os conselheiros reais, recusando as roupas extravagantes e bregas típicas da realeza — e o cabelo ruivo estava solto na altura do ombro, sem nenhum penteado ou acessório. Ainda assim, era como se ela brilhasse.

Quando ela sorriu, sem graça, o Cruzeiro do Sul reluziu como estrelas de verdade.

Suspirei, entristecida.

— Você deveria ir lá — Georgia disse, me sobressaltando.

Me empertiguei e olhei para ela.

— Quê? — foi Lauren quem perguntou, também olhando para a filha.

Georgia a ignorou.

— Se vai ficar com essa cara aí de bunda, por que não vai pedir desculpas e tentar reconquistar a garota?

— *Wait a minute* — Lauren pediu, erguendo as duas mãos. — *Essa é a sua garota?* — Ela apontou para a televisão, chocada.

Estreitei os olhos para Georgia, como se dissesse *muito obrigada*. Ela sorriu sem graça e deu de ombros.

— E aí? — insistiu.

Virei o rosto.

— É claro que eu não vou lá. Eu nem vou conseguir entrar.

— Vai ficar aberto pra imprensa até as dez, ó. — Ela apontou para a televisão. — Dá seus pulos, você consegue.

— Eu posso só mandar uma *mensagem*.

Georgia desdenhou da opção com a mão.

— Uma briga dessas exige grandes gestos de reconciliação.

Olhei de novo para a jornalista que cobria o evento na televisão.

— Será que alguma de vocês duas pode me responder?

— Depois eu te explico, mãe — Georgia disse, segurando-a pelo braço. — Você não acha que a Dayana deveria ir atrás da garota dela?

— *Of course!* — Lauren disse, exaltada. Parecia mais empolgada com o fato de "a minha garota" ser a famosa filha de Arthur do que de fato com a minha reconciliação.

Mas tudo bem.

Mordi o lábio.

— Eu devia?

— O máximo que vai acontecer é você não encontrar ela. — Georgia ergueu as sobrancelhas. — Você já foi atrás dela por muito menos.

Bati o pé no chão, nervosa. Meu coração dizia que eu deveria ir, mas meu cérebro não estava muito convencido.

Lauren resolveu decidir por mim.

Levantou, com uma expressão tão determinada que parecia estar protagonizando um filme de luta.

— Vamos, meninas. *Let's go get Dayana's girl!*

33

If there's something I've learnt from a million mistakes
You're the one that I want at the end of the day
"End of the day"

Ajeitei o vestido xadrez amarelo da Primark enquanto o Ford Focus corria pela M25. Segurei a alça presa no teto do carro quando pegávamos a saída para a cidade, fazendo uma curva fechada.

Engoli em seco, em parte tensa com a direção de Roberto, em parte apavorada com o que estava prestes a fazer. Ainda não tinha muita certeza de que era a coisa certa, mas Georgia tinha razão. O "não" eu já tinha, agora ia correr atrás da humilhação.

Como se percebendo meu nervosismo, Georgia apertou minha mão no banco de trás e sorriu. Ela parecia bem, sem dores.

Eu tivera muito tempo no Brasil para refletir. À medida que toda a minha revolta com o mundo ia se dissipando, eu percebia cada vez mais quanto tinha sido burra em não ir atrás de Diana. Tinha ficado seis meses com um garoto que sentia vergonha de mim, correndo atrás dele enquanto era escondida dos amigos, me entregando mesmo quando nada nele me passava confiança.

E Diana...

Diana tinha me passado toda a confiança do mundo desde a primeira vez. De todos os segredos que ela guardava, *eu* nunca fora um deles.

Minha mãe dizia que precisamos dar valor àquilo que nos faz bem, porque, antes que a gente perceba, o tempo passa, pessoas vão embora, e tudo o que fica é o arrependimento. Eu tinha me arrependido muito de todas as coisas que deixara de fazer com minha mãe, da forma como a tratara, de não ter dito "eu te amo" o suficiente. Eu não queria que Diana se tornasse mais um arrependimento.

Era por isso que eu estava naquele carro, indo atrás da garota de que eu gostava.

Eu me sentia como se estivesse vivendo meu próprio final de *Um lugar chamado Notting Hill*. Exceto que, quando assistia o filme, tudo parecia lindo e emocionante. Na vida real, eu só queria vomitar.

O carro fez uma curva, entrando numa via de mão dupla, e meu coração foi na boca quando o clássico ônibus vermelho de dois andares veio na nossa direção.

— Me lembrem por que a gente tá correndo? — meu pai perguntou, olhando pelo retrovisor.

Enquanto eu me trocava, Lauren tinha saído gritando por ele, mandando que se arrumasse para levar a gente ao palácio. Nenhuma de nós havia explicado o que estava acontecendo, e eu não sabia muito bem qual seria a reação dele.

Respirei fundo.

— Estou indo me reconciliar com a garota que eu gosto — confessei, a voz determinada, os dedos apertando o assento do banco traseiro com força.

— *O quê?* — meu pai gritou, olhando para trás.

O carro deu uma guinada para o lado, e os carros na outra pista buzinaram alto. Georgia, Lauren e eu gritamos.

— Olha pra frente, Roberto! — Lauren berrou, segurando o volante para se assegurar de que continuaríamos na pista certa.

— Mas... mas... — ele tentou dizer.

A esposa deu um beliscão no seu braço.

— "Mas" nada, só dirige.

Senti uma onda de gratidão por Lauren. Certamente não estava disposta a ter aquela conversa agora. Ou nunca, talvez.

— O horário de entrada da imprensa é às dez — Lauren falou, olhando o relógio antes de olhar para trás. — Não sei se vamos conseguir.

— Tudo bem, a gente dá um jeito — respondi, com mais coragem do que achava que tinha.

Quando o carro chegou à via lateral do palácio, Roberto encostou perto do meio-fio.

— Preciso procurar um lugar pra estacionar — avisou, e eu não precisei nem pensar duas vezes antes de saltar do carro.

Minhas pernas estavam até tremendo.

Georgia saltou pelo outro lado.

— Vai, *sweetie*! — Lauren disse, acenando com a mão pela janela do carona. — *Good luck!*

Eles arrancaram com o carro, e Georgia me puxou pela mão em direção a uma das entradas laterais. Me curvei, apoiando as mãos nos joelhos para recuperar o fôlego quando vi que os portões estavam fechados. Já eram dez e quinze.

O que eu ia fazer?

Dizer que o lugar estava lotado era eufemismo. Apesar de terem liberado a entrada da imprensa, ainda havia uma centena de repórteres, turistas e curiosos pela família real. Não que eu não estivesse ali para dar uma espiada também. Mas percebi que seria ainda mais difícil dar um jeito de entrar.

Eu poderia mandar uma mensagem para Diana, mas... Será que ela me responderia? Será que sequer veria?

Balancei a cabeça. Não, eu daria um jeito. Tinha que encontrá-la cara a cara. Só assim eu poderia saber o que ela pensava de verdade.

Passeamos de um lado para o outro, procurando uma brecha, mas nenhuma ideia me veio à mente.

— O que a gente faz agora? — Georgia perguntou, e eu a fuzilei com o olhar.

Não foi ela quem dissera para eu dar meus pulos?

Arregalei os olhos de repente.

É isso.

Comecei a correr seguindo a grade do palácio, espiando pela área externa de vez em quando, tentando avistá-la. Os passos de Georgia indicavam que ela vinha atrás. Diana não era lá muito fã do palácio, mas será que tentaria fugir de novo? Ela só tinha feito aquilo das outras vezes porque ficara apavorada com a perspectiva da realidade. Mas a realidade já tinha batido na porta dela e se infiltrado em todas as áreas da sua vida. A realidade estava estampada em todos os jornais do país, do mundo, talvez.

Ela não tinha mais motivos para fugir.

Ainda assim, quando me aproximei do local onde havíamos nos conhecido, senti o estômago afundar. Não havia ninguém.

A movimentação naquele trecho era menor, mas ainda havia bastante gente, e repórteres estacionados perto de todas as entradas e saídas do palácio. É claro que Diana não sairia por ali. Seria flagrada.

— Não sei mais o que fazer, não tenho nenhuma ideia — falei, recostando na grade, arrasada.

Georgia começou a andar de um lado para o outro, tentando pensar. Ao longe, vi Roberto e Lauren virando em uma esquina e indo até o sinal de trânsito para atravessar.

Talvez eu devesse apenas mandar uma mensagem.

Se ela não me responder, o que eu faço?

Estava listando todas as possibilidades em minha mente quando ouvi o barulho de passos sobre a grama atrás de mim. Instintivamente, puxei Georgia e me escondi na parte murada, espiando por entre as grades.

Meu coração acelerou.

Eu soube que era ela antes mesmo de vê-la.

Quando o cabelo ruivo entrou no meu campo de visão, senti uma alegria descomunal. Diana se inclinou um pouco para o lado de fora, espiando a movimentação. Confirmando se não havia ninguém por perto. Não parecia estar tentando fugir, mas talvez aquele tivesse se tornado um refúgio onde podia respirar. Ela parecia perdida em meio a toda aquela atenção.

Se aquilo era óbvio, ou se era eu que a conhecia bem demais, eu não sabia.

Com um ímpeto de coragem, saí do meu esconderijo.

— Psst — chamei, baixinho, com medo de atrair a atenção dos repórteres ou da segurança.

Diana se virou.

Ela arregalou os olhos quando me viu e veio até a grade, segurando as barras de ferro.

Assim que me vi de frente para ela, esqueci tudo. A vergonha, o luto, a culpa que havia me atormentado, a raiva que eu sentira. Esqueci tudo o que havia se passado, e só pensei em nós duas.

— Dayana? O que você está fazendo aqui? — perguntou, chocada.

— Eu... eu achei que você tinha voltado pro Brasil.

— Eu *fui* pro Brasil. Mas voltei.

Ela baixou a cabeça.

— Desculpa não ter respondido a sua mensagem. Eu não queria atrapalhar mais a sua vida. Com tudo isso — ela fez um gesto amplo, indicando o palácio —, pensei que você ficaria melhor sem mim.

Diana estava tão triste que me surpreendi. Ela não tinha me respondido com medo de *atrapalhar minha vida*? E não porque estava com raiva de mim?

Me aproximei da grade, hesitante.

— Eu é que tenho que pedir desculpas. Estourei naquele dia porque estava chateada por você não ter confiado em mim, mas principalmente porque estava chateada comigo mesma. Eu realmente não deveria ter contado seu segredo, por mais que eu confiasse na pessoa. — Olhei para o tênis branco em meus pés. — E, no fim das contas, você estava certa. A Georgia contou mesmo.

Fuzilei Georgia pelo canto do olho, e ela se encolheu.

— Desculpa — falou, baixinho, recuando alguns passos.

Diana balançou a cabeça.

— Nada disso importa. Eu não deveria ter descontado em você. Essa bomba ia estourar uma hora ou outra. Eu só tava apavorada, com medo, com raiva dessa história toda. Tudo junto.

— Eu também. Eu tava com raiva do mundo, do meu pai, da morte da minha mãe. E também acabei descontando em você.

Ela deu uma risadinha, e me aproximei mais um pouco. Segurei as barras de ferro logo abaixo das mãos dela. Uma comichão se espalhou pelo meu peito, só por estar tão perto.

— A gente foi boba, né? — Diana disse, um dedo se soltando da grade e acariciando minha mão. O toque provocou uma onda de arrepios pelo meu corpo inteiro. Sem conseguir me conter, segurei suas mãos. — Senti tanta saudade sua nessas últimas semanas. Tudo tem sido tão frenético e intenso. No fim do dia, quando eu deitava, só queria poder te mandar uma mensagem ou ouvir sua voz.

Meu coração deu uma cambalhota ao ouvir aquilo.

— Tem sido assim tão horrível? — perguntei, preocupada.

Ela balançou a cabeça com um sorriso.

— Até que não. É bom. Ter meu pai. Sem ficar me escondendo. Essa coisa de realeza é que ainda não me desceu. — Diana fez uma careta. — E ficar longe de você.

Apertei suas mãos, e ela ergueu o rosto, suspirando.

Foi naquele exato momento em que vi o primeiro flash. Um repórter nos avistou ali na grade e gritou:

— A princesa está aqui!

Uma manada de outros repórteres veio correndo na nossa direção.

Eu fiquei desesperada.

— Tá cheio de repórter aqui, Di! — Olhei para trás, frenética, vendo-os se aproximarem cada vez mais. Roberto e Lauren tinham atravessado a rua e nos observavam a alguns metros de distância. Georgia havia se juntado aos dois, e estendia o celular, gravando tudo. Soltei as mãos de Diana e dei um passo para trás. Não queria expô-la ainda mais. — Melhor você entrar, depois a gente conversa. Senão você vai se encrencar.

Mas Diana continuou parada no mesmo lugar. Os repórteres nos alcançaram, flashes e perguntas gritadas em inglês invadiram meus ouvidos.

— Existem coisas pelas quais vale a pena se encrencar. Você é uma delas.

Eu sorri, sentindo que o mundo inteiro poderia explodir. Eu não ia nem sentir. Só havia nós duas ali, como William Thacker e Anna

Scott no final de *Um lugar chamado Notting Hill*, cercados pelos repórteres, mas nunca desviando os olhos um do outro.

Me empertiguei, sabendo que aquele era o meu momento. Como Georgia havia dito, uma briga como a nossa exigia grandes gestos de reconciliação.

Impulsivamente, loucamente, apaixonadamente, eu me ajoelhei.

Diana arregalou os olhos pelo outro lado da grade, e mais flashes começaram a disparar. Me senti exposta. Mas, por ela, valia a pena.

— Eu só queria dizer... — declarei, olhando para Diana e apenas para Diana — ... que sou apenas uma garota, parada na frente de *outra garota*, pedindo a ela que a ame.

Diana paralisou, chocada e emocionada. Levou as mãos ao rosto, escondendo a vermelhidão em suas bochechas e o sorriso que brilhava em sua boca.

Me levantei, limpando os joelhos de um jeito nada glamoroso — me ajoelhar tinha sido uma *péssima* ideia —, e me inclinei na direção dela.

— O que você me diz?

Meu coração batia tanto que achei que até os repórteres seriam capazes de capturar o som. Mordi o lábio, contendo o sorriso bobo que ameaçava me entregar, e ergui as sobrancelhas, cheia de expectativa.

Diana deixou escapar uma risadinha, e então, para a minha surpresa, começou a escalar a grade do palácio. Fiquei olhando para ela, embasbacada com sua ousadia e destreza enquanto se impulsionava até o topo. Lá de cima, ela olhou para mim e ergueu as sobrancelhas.

Dei uma risada e ergui os braços.

Diana pulou.

Obviamente não consegui agarrá-la como gostaria, e acabamos rolando pelo chão, no maior mico de todos os tempos flagrado por repórteres.

Mas nada daquilo importava.

Quando Diana apoiou as mãos no chão, sem levantar, e me encarou, eu me perdi em seus olhos verdes tão intensos, tão felizes.

— Eu nem sei por que você está pedindo isso — falou, olhando em meus olhos. — Não é óbvio que eu já te amo?

Em seguida, sua mão veio parar na minha bochecha, segurando meu rosto com tanta firmeza que eu pensei que ela nunca mais me deixaria ir embora.

Ainda bem.

Porque eu não queria mesmo ir.

Ela começou a se aproximar, mas, quando nossas bocas estavam quase se tocando, eu falei:

— Preciso te dizer uma coisa.

Diana se afastou ligeiramente, com uma expressão curiosa e um pouco temerosa. Eu quase ri.

— Você viu que a One Direction voltou? — Ela demorou um segundo para assimilar que eu tinha interrompido nosso beijo para falar daquilo. — Quem é a iludida agora? — provoquei, sentindo uma alegria que mal cabia em mim. Não por estar certa, ou pela volta do meu grupo favorito. Mas porque não havia nada melhor no mundo do que poder provocar Diana de novo, rir com ela, tocar nela.

Diana suspirou, revirando os olhos.

— *Oh, shut up* — ela disse, e me beijou.

Eu suspirei, me sentindo em paz, o mundo ao redor silenciou, e tudo que existia era Diana, Diana, Diana. A boca quente. O gosto de espumante sem álcool. Os cabelos ruivos entre meus dedos. A cintura sob minha mão. As estrelas cadentes no rosto, atendendo ao meu desejo mais profundo.

Amar e ser amada.

William Thacker tinha dito que as chances eram sempre mínimas, não?

Mas ali estava eu, de frente para aquela garota marcada por constelações, com um sorriso apaixonado e o olhar de quem estava disposta a tudo para me fazer feliz.

E eu soube.

Eu tive certeza.

Eu era a garota mais sortuda do mundo.

ÍCONE LGBTQIAP+ NA REALEZA
Em evento real, nossa nova Lady Di é vista aos beijos com namorada

Stars On-line

No último sábado, o palácio de Buckingham recebeu Diana Rose Lima, filha do príncipe Arthur, em seu primeiro evento real. E a princesinha deu o que falar! Na frente de todos os repórteres, Diana recebeu uma declaração de amor cheia de referências ao clássico *Um lugar chamado Notting Hill* e foi flagrada pulando as grades do palácio para dar um beijo apaixonado em sua namorada.

As redes sociais estão em polvorosa!

> QUE COISA LINDA! Diana já chegou chegando na realeza, esfregando seu amor na cara dos conservadores

> uma princesa queer era TUDO que eu queria na minha vida

> uma princesa lésbica beijando uma garota gorda EU TÔ EMOCIONADO DEMAIS

> só porque uma garota beijou outra garota não significa que seja lésbica. PAREM DE APAGAR IDENTIDADES MONODISSIDENTES (mas Diana e a namorada se beijando foi TUDO pra mim)

> Por que a imagem de Diana Lima como princesa pansexual é tão importante?
>   a thread:

> essas fotos da princesa beijando a namorada na frente do palácio!!!!! se Deus odeia os gays, POR QUE CONTINUAMOS VENCENDO?

Mas a atitude impulsiva de Diana não parece ter agradado a todo mundo. Segundo fontes, as alas mais conservadoras do palácio, que já estavam em polvorosa com o recente decreto da rainha Diana de revisão das políticas de diversidade, podem estar tentando barrar a carta-patente da regente, que concederia o título real de princesa à filha de Arthur.

Rainha Diana dribla as críticas e concede o título real de princesa à sua homônima
The Daily News

No último dia 24, a rainha Diana I emitiu uma carta-patente garantindo o direito a todos os filhos do príncipe Arthur de serem príncipes ou princesas e de receber o título de sua alteza real. Isso permite que a nova queridinha da Inglaterra seja oficialmente chamada de princesa, além de seus meios-irmãos, Noah e Sebastian, filhos da duquesa Tanya Parekh.

A decisão foi um golpe duro para a ala mais tradicional da monarquia, mas foi bem recebida por grande parte da população britânica. Segundo uma análise feita pelo *Daily News*, a popularidade da família real, que já voltava a crescer com a coroação da Rainha Pop, aumentou exponencialmente desde a revelação da existência da jovem princesa Diana.

Princesa Diana e namorada são flagradas em show de reencontro da One Direction
Royal Gossip

A filha do duque de York foi vista com a namorada curtindo o show da boyband One Direction, em sua primeira apresentação na turnê de retorno, no estádio de Wembley. O casal foi flagrado em meio ao público de mãos dadas, com amigas. No fim da noite, o grupo conseguiu acesso ao camarim.

A brasileira Dayana Martins (@daydaym) postou uma foto com os integrantes do grupo, com a seguinte legenda: "AAAAAAAAAAAA". A nossa princesinha Diana respondeu à postagem com um coração e recebeu uma declaração de amor: "você é a melhor namorada do mundo!!!!!!".

Lady Diana recusa título de princesa!
Chloe Ward

Quando todos achavam que a queridinha da Inglaterra não poderia mais surpreender, a Casa Real anuncia que, por decisão pessoal, Diana Rose Lima não se tornará princesa da Inglaterra.

Segundo fontes confiáveis, a filha do duque de York não tem "nenhum interesse na monarquia e em toda essa baboseira real". A declaração parece não ter agradado à rainha Diana, apesar de a própria já ter sido tema de polêmica similar no passado, quando revelou à BNC as discriminações sofridas por seu primogênito, o príncipe Andrew, assumidamente gay desde a adolescência.

Incrível como uma Lady Di consegue abalar as estruturas da monarquia como ninguém, não é mesmo? Por aqui, seguimos no aguardo das próximas peripécias da nossa eterna princesinha.

Agradecimentos

Romance real foi uma história difícil de sair. Ela teve tantas etapas, tantas camadas — começou lá em 2018, com o casamento do príncipe Harry com a Meghan Markle e a minha vontade de escrever um conto de fadas para quem nunca teve a oportunidade de se enxergar em um. A Day surgiu como um furacão na minha vida: ela sabia exatamente quem era e que chegaria abalando a tranquilidade de todo mundo, inclusive a minha.

Talvez por isso tenha sido tão complexo dominar essa história. Encontrar o tom certo, a direção certa e, principalmente, o momento certo. Entre pausas e mudanças de rumos e reestruturações, a Day finalmente conheceu a Alba Milena e a Nathalia Dimambro, duas pessoas que fizeram com que essa história parasse de dar voltas e finalmente encontrasse sua melhor versão. Alba, obrigada por ter aturado meus muitos e-mails de IGNORA ESSE, MUDEI TUDO, AGORA VAI (e não foi), além dos surtos diários. Eu queria poder traduzir em palavras o quanto sua parceria mudou minha vida. Nati, os seus apontamentos foram tão cirúrgicos que eu tenho certeza de que sem eles essa história continuaria correndo em volta do próprio rabo, sem nunca achar uma direção. Obrigada por ser essa editora tão competente. Quando minhas histórias chegam aos leitores, eu tenho total confiança de que fizemos o melhor trabalho possível juntas.

Um imenso obrigada a Marcela Ramos, Sofia Soter e toda a equipe do editorial da Seguinte, pelo olhar minucioso durante a preparação e revisão do texto. Sério, sou grata demais por saber que meu livro está sendo cuidado por tão boas mãos.

À Isadora Zeferino, pela capa mais linda e original do mundo. Você sabe que desde o início sempre foi minha escolha número um para ilustrar a história da Day, né? Eu não tinha dúvida de que você seria a pessoa perfeita. E foi.

A toda a equipe de marketing da Seguinte, em especial ao Paulo Santana, por sempre me apoiar nas minhas ideias doidas de marketing, por fazer um trabalho maravilhoso tanto por *Conectadas* como por *Romance real*, por vibrar comigo a cada conquista e ainda aguentar minhas perturbações. Você é foda!

Um obrigada especial à minha alma gêmea, Agatha Machado. Amiga, você esteve aqui desde que essa história nasceu, acompanhou cada passo que eu dei e desandei com este livro, torceu tanto por mim que às vezes parecia que o livro era seu. Eu te amo de um jeito que você não faz ideia. Obrigada por ser a melhor amiga do mundo.

Aos Purs, minha rede de apoio mais que perfeita. Sou muito grata pelas risadas, pelas fofocas, pela parceria. Minha vida seria muito vazia sem vocês. Um obrigada especial a Ana Rosa, pela amizade de milhões; a Paula Prata, por ser a melhor assistente do mundo; a Maria Freitas, por ter lido este livro em *live* e ter feito todo mundo surtar nesse um ano de espera; e a Amanda Condasi, pelos seus surtos e comentários. Foi bom demais saber que vocês gostaram deste livrinho quando eu era só um poço de insegurança e medo.

Um obrigada gigantesco à minha mãe, Glícia Alves, por ser a minha fã número 1, e a toda a minha família, pelo apoio e torcida de sempre.

É claro que sempre acaba ficando gente de fora, mas espero que vocês saibam, amigos, que cada um foi e continua sendo especial demais não apenas para a minha carreira, mas para a minha vida e meu crescimento pessoal. Ter vocês ao meu lado me faz sempre querer ser uma pessoa melhor.

Por último, mas não menos importante, a todos os meus leitores — vocês me tiram o sono com os incansáveis pedidos de spin-off do Leo e com as mensagens diárias de "quando sai o livro novo, Clara?", mas eu amo vocês mesmo assim! Obrigada demais por acreditarem em mim, por me acompanharem, divulgarem minhas histórias e ansiarem por mais. Eu cheguei mais longe do que jamais imaginei que um dia fosse chegar, e é tudo graças a vocês!

Assim como a Day, eu sou a garota mais sortuda do mundo.

Com orgulho,
Clara

Entrevista com a autora

1. Ao longo do livro, vemos um pouco da obsessão com a família real britânica, e esse é um assunto popular mesmo no Brasil, em um contexto tão diferente. Na sua opinião, de onde vem essa febre e o que isso tem a dizer sobre nós?

Acho que a Disney consagrou essa nossa obsessão por histórias de príncipes e princesas, não é? A gente cresce vendo e ouvindo sobre contos de fadas, sobre os tempos de reinado (ainda que de uma forma totalmente glamorizada), e acho que por isso é tão fascinante ver uma família real *de verdade* em pleno século XXI. Pode ser algo ilusório e até teatral, mas é uma forma de encontrar certa magia na vida real.

2. DiDay nos apresentam a lugares icônicos de Londres, como Notting Hill e o palácio de Buckingham. Quais são suas recomendações de filmes, séries ou livros para os leitores que quiserem continuar o passeio pela cidade?

Um lugar chamado Notting Hill, óbvio, não pode faltar. *Tudo que uma garota quer* e *O diário de Bridget Jones* também são clássicos da minha adolescência. O livro *Londres é nossa!*, da Sarra Manning, te leva a um tour pela cidade. E tem os clássicos, pra quem quer conhecer a Londres do passado: *Grandes esperanças*, do Dickens, *Razão e sensibilidade*, da Jane Austen, as histórias de Sherlock Holmes. Obviamente não posso deixar de citar a série *The Crown*, para aqueles que querem conhecer mais da família real atual.

3. Na ficção, temos espaço para imaginar, por exemplo, um governo que promova uma revisão da política de diversidade racial, étnica e de orientação sexual da Casa Real Britânica. Como foi brincar com o real e o imaginado enquanto escrevia?

A primeira versão de *Romance real* foi escrita com a verdadeira família real. Era legal brincar com as possibilidades, mas um pouco limitante. Quando decidi criar uma realeza britânica fictícia, percebi que estava livre para sonhar — e não é esse todo o propósito de escrever ficção? Por mais mágico que seja existir uma família real hoje em dia, a impressão que dá é que foi algo que parou no tempo. E poder trazer esses debates tão importantes pra um contexto conservador como a nobreza britânica nos ajuda a refletir o quanto ainda precisamos *mudar* nos nossos governos e na nossa sociedade — não só no contexto da monarquia.

4. E, para você, qual é a importância de usar essas infinitas possibilidades da literatura para criar um ambiente mais acolhedor para todos os leitores, especialmente os LGBTQIAP+?

Eu sempre gostei de trazer debates necessários, mas sem perder a aura de esperança que só um livro de ficção pode trazer. *Romance real* fala de muitas temáticas sérias, como abandono parental, luto, gordofobia, saída do armário — então escrever sobre uma família real mais moderna, que discute essas pautas relevantes, que tem um príncipe abertamente gay, foi uma forma gostosa de contrapor toda a seriedade em volta da história da Day.

5. Inevitável conversar sobre esse livro sem falar de One Direction! As epígrafes de cada capítulo já formam uma playlist perfeita. Qual é o seu integrante favorito? Acha que existe chance de um *comeback* na vida real?

Por favor! Precisamos falar de One Direction, haha. Assim como a Day, o Harry e o Louis são meus favoritos, mas eu amo o Niall, o Zayn e o Liam de paixão. Ultimamente os álbuns do Niall andam no meu *repeat*, inclusive. Sobre o *comeback*, eu confesso que não tenho muitas esperanças. Os meninos estão bem demais na carreira solo e eles com certeza passaram por muitas questões difíceis na época da banda. Mas uma garota pode sonhar com tempos melhores, não é mesmo?

6. Do luto pela morte da mãe à relação repleta de mágoa com o pai, sem contar a sensação de abandono pelos avós e a desconfiança com a madrasta, Dayana está em um lugar de muita solidão e sofrimento. Que mensagem você gostaria de deixar para leitores que estejam passando por relações turbulentas com a família e se identifiquem com esses sentimentos?

Primeiro de tudo: procurem terapia! Eu sei que às vezes parece que nada vai se resolver, mas como alguém que demorou tanto para procurar ajuda eu posso atestar: falar sobre o que nos aflige (e, talvez, se necessário, estar medicado) tira um peso do nosso peito que muitas vezes nem sabemos que carregamos. E o diálogo, não só com um profissional, é fundamental — muitas vezes criamos sentimentos e situações mirabolantes em nossa cabeça, como a Day fez, e conversar sobre isso pode ajudar a desatar esses nós. Por último, mas não menos importante, se apoiem em seus amigos. Desabafem. Permitam que as pessoas ouçam você, confortem você. Tantas vezes eu me afastei, não querendo incomodar ninguém com as minhas dores. Mas se perguntem se vocês se incomodam quando seus amigos pedem sua ajuda, e prometo que isso vai ajudar a colocar tudo sob uma nova perspectiva.

7. No livro, você trata de questões delicadas, entre elas a gordofobia e doenças crônicas, como a fibromialgia. Quais são as suas preocupações ao escrever sobre esses temas?

A maior preocupação, é claro, é sempre escrever com responsabilidade. Não acho que possamos fechar os olhos para essas realidades, e é importante que a gente fale e debata esses assuntos, para que cada vez mais pessoas saibam, entendam, aprendam. Mas é sempre difícil falar sobre vivências que não são suas. Confiei na leitura beta de amigas gordas para escrever sobre a Day (e no conhecimento e bom senso de todos os profissionais que trabalharam no livro) e na pesquisa intensa sobre a fibromialgia, além de ter consultado minha própria psicóloga e outras terapeutas que conheço para confirmar algumas informações.

8. Dayana e a sua mãe eram obcecadas pela Inglaterra e sonhavam em conhecer o país juntas. Você também tem algum sonho que compartilha com a sua mãe?
O nosso é conhecer a Itália! Quem sabe um dia não vem aí?

9. Que outros livros com famílias reais — fictícias ou não — você recomenda para quem terminou *Romance real* também obcecado pela realeza?
Vermelho, branco e sangue azul, de Casey McQuiston, não pode faltar, é claro. Também amo *Sua alteza real*, de Rachel Hawkins, *O diário da princesa*, de Meg Cabot, o clássico dos clássicos. Tem também *Teoricamente princesa*, de Alyssa Cole. Para quem gosta de ficções históricas, a Philippa Gregory tem livros e mais livros sobre a realeza britânica da era Tudor, escritas sob o ponto de vista das mulheres da época.

10. E, para terminar, uma pergunta que todo mundo que é fã de *Conectadas* quer saber: Dayana jogaria Feéricos e participaria de uma feira do game com Raíssa e Ayla?
Infelizmente, acho que jogar Feéricos não faz muito o tipo da Dayana. Mas ela com certeza faria parte do grupinho de transgressoras do Santa Helena, junto com a Ayla, a Drica e a Vick, hahaha!

1ª EDIÇÃO [2022] 3 reimpressões

ESTA OBRA FOI COMPOSTA POR OSMANE GARCIA FILHO EM BEMBO E IMPRESSA PELA GRÁFICA SANTA MARTA EM OFSETE SOBRE PAPEL PÓLEN NATURAL DA SUZANO S.A. PARA A EDITORA SCHWARCZ EM JULHO DE 2023

A marca FSC® é a garantia de que a madeira utilizada na fabricação do papel deste livro provém de florestas que foram gerenciadas de maneira ambientalmente correta, socialmente justa e economicamente viável, além de outras fontes de origem controlada.